云之端
——剑桥游学随笔集

蔡芳 著

中国海洋大学出版社
·青岛·

图书在版编目(CIP)数据

云之端:剑桥游学随笔集/蔡芳著.—青岛:中国海洋大学出版社,2015.5

ISBN 978-7-5670-0949-3

Ⅰ.①云… Ⅱ.①蔡… Ⅲ.①中国文学—当代文学—作品综合集 Ⅳ.①I217.2

中国版本图书馆 CIP 数据核字(2015)第 188364 号

出版发行	中国海洋大学出版社
社　　址	青岛市香港东路 23 号　　邮政编码 266071
出 版 人	杨立敏
网　　址	http://www.ouc-press.com
电子信箱	pankeju@126.com
订购电话	0532-82032573(传真)
责任编辑	潘克菊　　　　　　　　　电　话 0532-85902533
印　　制	淄博恒业印务有限公司
版　　次	2015 年 8 月第 1 版
印　　次	2015 年 9 月第 2 次印刷
成品尺寸	144 mm × 215 mm
印　　张	10.75
字　　数	275 千
定　　价	36.00 元

自 序
Preface

  英国剑桥之行,是一段文学朝圣之旅,更是心灵静修之旅。本书记录的是我化茧成蝶的心路历程。第一篇的"飘零浮云",用诗歌的形式记录初到剑桥时顾影自怜的那份心情和对过往境遇的打包清算;第二篇的"清澈轻云",我用散文的形式书写剑桥的风景给我的感动和启示,大自然让我的心重获轻盈;第三篇的"飘逸行云",我用日记的形式记录下从2013年5月访学出发前到2014年8月底两度挥别康桥,这其间每一个我认真体验的时刻;第四篇的"楚雨巫云",虽然没有云雨交融的情爱描写,但试图用短篇小说的形式写下的"云凝与史今的故事",捕捉了他们交往过程中几个重要的磨合瞬间,从中你也许可以明白,爱情的到来需要缘分,但更多的是彼此的扶持、妥协和包容。

  其次,这还是一本游记。喜欢旅游的朋友,可以在第三篇里看到"行云"是如何在英伦四地(英格兰、苏格兰、北爱尔兰、威尔士)和欧洲三国(德国、意大利、法国)漫游行走的,可以跟随作者的步伐体会那不一样的跟团游或自由行。细到线路的安排、行程的规划、签证的办理,粗到浮光掠影的感受,都与你慢慢道来。

  我想"敝帚自珍"这个词最适合于形容我和这本书了,这里所收的实在不能称为创作,只是些随笔罢了。从未想过要把写下的文字出版与大众分享,平日里只是在网络虚拟空间里发发算是有个存处。忽一日突然电脑故障,所有的文字不复存在,那一刻的焦急使我明白,原来它们都是我的宝贝。于是心血来潮,决定让它们出来见见世面,白纸黑字的存在让内心里仿佛踏实了许多。另外也可算作是对那段访学经历的一个交代吧。

  文字让情感恣意流淌,是我写作的初衷;文字便于保存和与人分享的愉悦是我出版的初衷。书中取材,概未注明详细出处,只是简单提及来自网络数据,因为不是高文典册,自视无需小题大做。第四篇采用"云凝"和"史今"的笔名从第三人称叙述,无非也是想体现故事的客观性,不想带有作者太多个人情绪。但无奈写作功底还是欠缺,捕捉异域的浪漫感还是火候不到,更无经典小说最后的顿悟(epiphany)一刻。好在反正也从不求刻意,只是想怎么写便怎么写,随它自然而然去了。

  由于我不是严谨细致之人,书中随见谬见,恐在所难免,诸位不与我计较便是。倘若遇生活中不快之事,你从书架上翻下此书,能有些许启示或力量,又或者它让你打发了一个无聊闲暇的午后,那于我就是欣慰啦。正如作家朱自清所说:"我意在表现自己,尽了自己的力便行。仁智之见,是在读者。"

蔡　芳

2015年6月

于南昌御锦城

目录
Contents

第一篇 飘零浮云 | 001
只想简单——斜阳冷风中漫步前行 | 003
笑眯眯——（自画像） | 005
秋雨绵绵 | 007
风吹 | 009
我的心在旷野 | 010
幸福放歌 | 012
访莎翁故居诗三首（一） | 014
（二） | 016
（三） | 017
一天天 | 019
云凝 | 020
凡的美 | 022
化与解 | 024

026 | 我登上高高的山顶
028 | 只争朝夕
030 | 独自
031 | 爱上你,剑桥
033 | 清晨
035 | 我与父亲的对话
038 | 如若可以
040 | 真的可以
041 | 向前望去
043 | 美景　是一场错过
044 | 吉普赛学者
045 | 别·归
047 | 雾语
049 | 夜已深沉
051 | 等天亮
053 | 净的霜
054 | 阳光明媚的日子里
055 | 阳光灿烂的日子里(又一首)
056 | 日记　日记
057 | 如果我是风
060 | 文字的力
062 | 咖啡与茶——致英伦
064 | 偏僻小路的光
066 | 异乡除夕夜
067 | 给自己的情书

目 录

第二篇 清澈轻云 | 069
剑桥的秋天 | 071
我与巨石阵的对话 | 073
伦敦 1314 元旦感怀 | 074
冬日随想 | 075
西剑记 | 076
又入果园 | 078
云的一页页 | 080
诗与文 | 083
云与文字 | 085
桥上行·云 | 087
船与自然 | 089

第三篇 飘逸行云 | 091
我的心啊 在剑桥 | 093
闯关成功 | 095
蓄势待发的 2013 年 | 098
剑桥租房记 | 101
初到剑桥的 72 小时 | 105
Granchester 果园 | 110
剑桥的活动 | 114
剑桥市中心 | 116
英式下午茶 | 118
上课与看剧 | 121
麦哲林学院后花园 | 123
给大学同学做导游 | 125
坎特伯雷行 | 127

003

129 | 万圣节
131 | 剑桥大学老师罢工
133 | Ely 一日游
135 | 巨石阵巴斯一日游
138 | 从导游 Matt 那学到的知识
140 | 温莎城堡与伊顿公学
145 | 我的印度房东与房客室友
149 | 苏格兰和湖区五日游记
163 | 圣诞拍卖会
165 | 中西方做客的不同
166 | 圣诞心情
169 | 英国的两大节日
170 | 申根进行时
172 | 走过 1314
178 | 开学声明
180 | 读书小结
181 | 读《冬天的故事》有感
182 | 开学第一课
185 | 开学杂感
188 | 静静地忙碌
192 | 听课杂感
194 |《歌剧魅影》的魅力
196 | 紧张慌乱的申根签证办理
199 | 申根签证获批
201 | 单身公寓
208 | 迈克说的情人节习俗
211 | 青源沙龙国学讲座

目录

北爱四日 | 214
北爱旅游后记 | 218
亲爱的生活 | 222
送别戴安娜 | 225
欧洲游行程拟定版 | 228
慕尼黑徒步一日游 | 232
浪漫的威尼斯 | 234
罗马印象 | 237
兴奋奇妙的梵蒂冈之旅 | 241
旅游杂感 | 244
英国的酒吧文化 | 247
傲慢即偏见 | 253
求知之所　智识之源——濡染剑桥人文 | 260
家门口看环法自行车赛 | 265

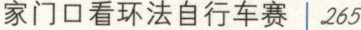

游览汉普斯特 | 267
议会大厦威斯敏斯特行 | 271
英联邦运动会 | 274
英国的福利制度 | 276
牛津行 | 278
布莱顿，一座欢乐之城 | 283
威尔士两日游（人文版） | 286
威尔士两日游（琐碎版） | 291
船游肯特郡 | 297
坎特伯雷半日 | 299

第四篇 楚雨巫云 | 301
云凝和史今的故事——写给2014 | 303

005

插 图 说 明

威尔士途中景 ｜ 扉页
剑桥国王学院徐志摩石 ｜ 自序:（左）
剑桥圣约翰学院叹息桥 ｜ 自序:（中）
泰晤士河畔伦敦眼 ｜ 自序:（右）
剑桥皇后学院数学桥 ｜ 目录 1:（左）
剑桥国王学院康河 ｜ 目录 1:（中）
剑桥布莱尔学院康河 ｜ 目录 1:（右）
剑桥 Trumpington 大街 ｜ 目录 2:（上）
剑桥市中心一隅 ｜ 目录 2:（中）
伦敦泰晤士河畔圣保罗教堂前的千禧桥 ｜ 目录 2:（下）
格兰切斯特果园入口 ｜ 目录 3:（上）
夏天的格兰切斯特果园 ｜ 目录 3:（中）
格兰切斯特果园的康河 ｜ 目录 3:（下）
伦敦泰晤士河畔西敏寺议会大厦 ｜ 目录 4:（上）
剑桥大学英文系办公楼 ｜ 目录 4:（中）
格兰切斯特果园滚桶比赛现场 ｜ 目录 4:（下）
肯特郡利兹城堡 ｜ 目录 5:（上）
途径家门口的环法自行车赛队伍 ｜ 目录 5:（中）
南昌艾溪湖畔 ｜ 目录 5:（下）

001 ｜ 行走在北爱尔兰大街上的我
002 ｜ 冬天的湖区
069 ｜ 伦敦西北部汉普斯特荒野
070 ｜ 莎士比亚故居鸽舍
090 ｜ 船游肯特
091 ｜ 伦敦白金汉宫前摩尔大街
092 ｜ 威尔士街景
301 ｜ 法国卢浮宫前
302 ｜ 肯特郡海韦尔城堡

第一篇　飘零浮云

> I wandered lonely as a cloud
> That floats on high o'er vales and hills
> —William Wordsworth

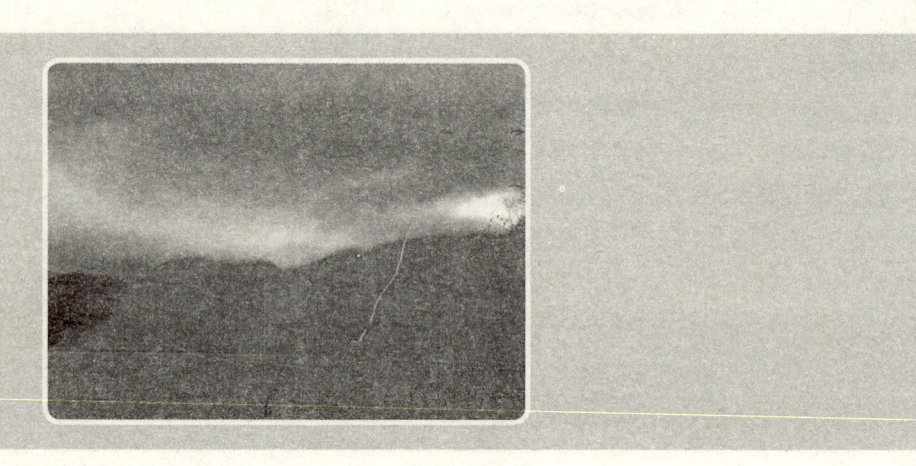

只想简单

——斜阳冷风中漫步前行

就这样　走了好多年
那些憧憬　那些悲欢
早早爱上　却也离散

就这样　过了好些年
那些惆怅　那些凌乱
我求我爱　急了一点点

空对长天一声叹
只是不愿你们看见
默向冰河一句怨
只是不愿你们听见
深深的最深的思念
幸好　你们看不见我的眼

我选择面对
我选择继续
过了这个街角
霓虹灯光璀璨

任冷风吻颊
前方　我看到了什么
是桥或者石板或者
落叶　把小路铺满

无论怎样　只想简单
就这样　一年年

笑眯眯

——（自画像）

日子一点一点过去
悲的喜的有多在意

日子一点一点过去
悲的喜的都不在意

康河的水啊自在流
从来不问东还是西
我一个人啊逍遥走
从来不管已几十几

清凉美景不能一览无余
进了楼阁别是思想圣地
　　　别是思想圣地

我听着听着继续听几句
我说着说着接着说几句
他们望着前方我望着你
我望着他们前方谁望你

日子一点一滴过去
悲的不因其悲而成为喜
喜的不因悲而没了自己
那些烦扰从来不曾选择
粘滞蹉跎或者抛弃
如果累了一颗心
只是因为
这颗心选择
这样悲或喜

日子一点一滴过去
一点一滴日子过去

第一篇　飘零浮云

秋雨绵绵

秋雨绵绵
却有间歇

雾气中升腾的一抹彩虹
云层里钻出的一道霞光
夜色下
朗月当空
都在昨日的记忆中

没有寒意
湿润沁人心脾
一阵风吹
树叶飘摇
黄黄绿绿
大地铺上秋的毡絮

也许骤 也许细密
瞬息万变
无声雨滴
这样的小岛

这样的雨
孕育了英伦
不朽的草树
和别样的诗意情趣

风吹

风　从城堡山顶吹过
踮起脚尖
仿佛可以摘下云朵

是云层对这片土地的厚爱
那么低　那么洒脱
还是这片土地对自然的珍惜
这么美　这么广袤

多想据为己有
可志摩早已说过：
"不带走一片云彩
只在星辉斑斓里放歌"

静静地
我想走遍每个角落
那野鸭天鹅嬉戏的清波
还有那低垂的树影婆娑
那经过岁月洗礼的院墙斑驳
还有那鸟儿归巢的老窝

啊
就这样被剑桥慢慢淹没

我的心在旷野

这里住着六个房客
此刻却都大门紧锁
只留我　一个
靠文字打发无聊落寞
因为　今天　周末

陌生的街道
异乡的夜色
只能把我的脚步包裹

我的心啊　在旷野

那里任我驰骋探索
那里有狼群出没
那里朵朵白云飘过
那里任时空穿梭

兴许还有传说中骑着白马的帅锅
为我支起炉灶　点燃篝火

第一篇　飘零浮云

哈哈
只是想想都觉得
幸福不再难以捉摸
当面也许正襟危坐
心儿无拘无束没有枷锁

其实生活就是创作
让思想纵情泼墨

幸福放歌

诗的文字不啰嗦
它的意境却那么让人琢磨

曾经的自己太过偏颇
诗让我看到
我的自我　就是如此自我

虽然也有迷惑
虽然以为超脱
但却因自我上下求索

多少人没有上帝就无法活
尼采说上帝已死
所以我靠抽象文字过活

还有人说
民主就是平庸
政治就是险恶

第一篇　飘零浮云

而我
风花雪月抓铁透痕的诗句陪我

可以写诗 多么幸福

无案牍之劳形
无丝竹之乱耳

访莎翁故居诗三首
(一)

什么样的文字
才能表达我对你的膜拜
什么样的心情
才敌得过此刻的心潮澎湃

是你
把戏剧推向不朽的峰巅
因你
让英国永处学术前沿

走近你
让我沐浴在那阳光圣地
靠近你
给我邀风揽月的灵气

你的语言
天使的心眼　魔鬼的神经
你的文笔

第一篇　飘零浮云

如此绚烂诡异　字字珠玑
　　　　　　　　你的情节
那般盘根错节　心思缜密

　　　　　　　　啊
　　　　　　　莎士比亚
　　　　　我心中的永恒上帝

（二）

轻声细语
不扰你睡眠
但眼神迷离
那是我对你的依恋
默默静侯
等你起身为我签名留念

明明阳光已普照大地
为何一弯月还在云后露出小脸
明明冬令已刻在时钟表面
为何绚烂秋色还在车窗外若隐若现
明明你已沉睡这么多年
为何依然脉动有力清晰可见

（三）

无需文字
一眼尽是
对你的崇敬
无需心情
胜过千万呼号澎湃

你
即疯癫即巅峰
让他们
随时仰望唠叨不断

魔鬼神经天使心眼
幻界妙指诡异绚烂

一入你森林
便憎恨回返
纵是在这里死去
也满身幽幽灵香

学不到

到不了
你自睡去
我唯
签名留念

第一篇　飘零浮云

一天天

风阵阵
云漫漫
不近也不远

在左边
到右边
小路的前面

落叶低吟
光阳一点
砸上去
脆响声声

冷与寒
甩到后面
好远
好远

云凝

一蝶　只在春天翩飞
冬天难觅它的踪迹
而那天边的云朵
却不管四季如何更替
始终独自故我
自在独立

站在草地仰望苍穹
常常幻想自己是那片云
此刻就让我留在英格兰上空
纯净透明清逸飘渺
风往哪一个方向吹
云知道
只有天空的高度
可以把云吸引

坐在窗前向外看着
绿树粉墙乌鸦小鸟
又抬头看那片云
突然发现自己多么像那片云

第一篇　飘零浮云

只因风的推动
飘忽不定　悠悠向前
不懂矫情

归宿何方
也许消逝
也许凝成雨滴
滚落星辰　碾成黄泥

凡的美

放眼望
白昼黑夜　人来人往
各自找寻　心中故乡
低头想
车来车往　匆匆忙忙
却未敢遗忘
心中理想　民之安康

为快乐
南下北上　四面八方
为自己
身后一片　殷殷热望

有陪伴
可抵御寒凉
有知足
就放下迷惘

放眼望
望不尽灯火绚烂

第一篇 飘零浮云

街路青黄
低头想
那记忆中的剑桥印象

大片的是绿地
小的是门牌　得细思量
多的是书籍和教堂
少的是网吧发廊
静的是课堂
闹的是罢工现场
明的是墙上先辈的油画在框
暗的是餐桌上　摇曳的烛光

就这样
收拾所有情愫和行囊
就这样
昨日殷殷的盼
今朝匆匆的景
都成明日心中的珍藏

化与解

清晨
第一缕光　透进窗
拿起书欲徜徉
思绪却如天边云彩
忽这忽那东躲西藏

要幸福
或许难免遍体鳞伤
经投入　便可遗忘
自信独立
又成脊梁

要继续
与他的纯真时光
未曾想　各一方
唯忙碌祛乌云
思念伴随
脚步匆忙

事业是否辉煌

第一篇　飘零浮云

总归平淡如常
　　默默对待
　不必好胜要强

亲情浓浓的向往
一念起字字如针
　　　扎心房
　　有信念在
　　便有坚强

　要浪漫爱情
却不知命宿何方
　　用诗歌抒写
　　美好的清晰
　　都在纸上

　　　要狂奔
　　一路向前
所有不快与过往
　　甩在身后
　　又远又长
　　直到轻得
　　没有分量

　书未读几行
天空慢慢放亮
　　　懂得
　平衡与化解
　　　我的心
　少一些彷徨

我登上高高的山顶

我登上高高的山顶
斜阳余晖布满苍穹
缥缈苍云似灵幻峰峦
如梦如影在我上空

只可惜我肉身凡胎
不能振翅云端
如鸟似风自在宛转
把好景尽览一遍一遍

亲爱的朋友 你可否知晓
我的思想从不受拘牢
只一刹那就来回千遭
胜过疾风也不输群鸟

你看集市喧闹伴褐色古堡
你看冷冷紫林拥青铜小道
你看行走的人和他异样的心
求其所求啊没有尽头

第一篇　飘零浮云

你看"庭堂"少语一向静悄
靠在一旁只等天亮新朝
因那一点追求人们不走
拼了黑泥硬锹死般坚守

你看铁血家园柔指深眸
你看红砖老墙白云苍狗
在者而在成了一地真香
总已不分什么悲喜新旧

呵　转眼山下已灯火如星
远处天边一缕金光微动
　徐徐前行为归鸟照明
思虑翩翩我遗忘了来路
这异国他乡高高的山顶

——于 Cambridge Castle

只争朝夕

如果你问我
在干嘛

上课看书
或者
旅游观云赏花
心和身
总有一个在路上融化

也许下一段文字就会给我启发
或者下一段风景让我无法按捺

沉静平和
修炼内心
让气质升华
写诗逛街
点缀我的闲暇

出国前的计划：
在居室把英伦风悬挂

第一篇　飘零浮云

剑桥的书拍下放上我的书架
再给大脑储备回忆的筹码

这些都需要去寻找去消化
而我只有两百天
得把时间紧抓

独自

像一朵云
独自在天边漂浮

很多事
要独自承受应付
很多人
在身边左右
却无法进入内心深处

生活原本就是个单数
赤条条来
赤条条去
独自咀嚼
无人搀扶

这样的安排
我欣然接受
易逝的韶华
无所谓孤独

爱上你,剑桥

爱上你剑桥一点一滴
你的美那么隽永　那么素净
错过你最美的夏
是遗憾还是我给再来留的借口?
才来两个月不到
怎的,竟生出如此惜别之意?

每一处都有惊喜
街道拐角、草丛那边、长廊尽头
也许是一个出其不意的邂逅
也许是一只独自散步的喜鹊
也许是石碑上那熟悉的字迹

每一天都有感动
迎面而来陌生人的微笑致意
体现人文关怀的细微设计
朋友同仁提供的各种帮助和信息

虽然也会有不尽如人意
比如个别英国人的傲慢

比如住宿　比如天气
但这些都已被我滤去
生活原本就有瑕疵　天生如此布局

这些照片又激起我心底的情绪
我知道，我已爱上你，剑桥，不同往昔！

清晨

睁着一双朦胧的双眼
看着大地在晨曦中苏醒
在那天地交割的一线
霞光若隐若现
只一瞬间
水墨青黛的云便把光裹挟
大地又重入睡眠
成群的鸟儿赶去把四边的被角掀
大片绿色的田野在眼前绵延
风车缓缓　烟囱吐着白烟
结着薄霜的河水酣声浅浅

突然
一轮圆弧线
出现在地平线的边缘
惊艳中
仿佛琥珀镶着红边
橙黄明黄直至红颜
一弯半圆喷薄而出
明晃晃红艳艳几分腼腆

悠悠的青云簇拥着
为她换装粉面
尖顶的教堂砖红的小屋
卷成团的草垛把小镇装点
大地在火车的疾驰中又迎来
崭新的一天

——于前往苏格兰的火车上

我与父亲的对话

父——

出访英伦已时过七年
曾到北海嬉水　尼斯湖寻怪
王子大街购物
市政厅赴宴
观帕斯市阿巴菲尔迪的迪乌斯厂；
今在爱丁堡军乐节展厅
兴许你还能看到西山学校的龙旗
和表演的刀枪棍鞭；
若能代我问候盛邀出访的
爱丁堡军乐节首席执行官
总导演枚尔·S.杰姆森准将先生
那就太好了！

我——

空气中　威士忌巧克力的香
街头艺人的风笛声在耳畔萦绕
远处　高高的古堡静穆

身边　川流不息的人流喧嚣
扑面而来的异域风情
提示我　目的地已到

苏格兰的天气　如此友好
阳光蓝天白云黄叶绿草
古色斑驳的房腰
苍穹老树　黑色的鸟
冬天的色彩也绝不单调

皇冠刀剑权杖　奇珍异宝
厚实的城墙排排大炮
今日的爱丁堡
仍是雄踞的碉堡

中世纪的教堂坐落王子大道
门侧　旋转木马摩天轮
回荡着孩童的嬉笑打闹
历史与现代就这么相依相靠

站在山顶极目远眺
Castle、Calton Hill、Holyrood Park
三足鼎立把这个城市拥抱
自然与人类就这么互相关照

这儿有我真心的想要
乡野宽容　山水不哮
一条小小溪水 Hume walk
在山间环绕

第一篇　飘零浮云

哼着悠悠老歌让思绪徜徉
火车上"相思河畔"
天鹅湖边"丹顶鹤的故事"
有一个女孩曾经来过
彭斯碑前"友谊地久天长"的旋律
经过教堂又把 Jingle Bell 唱响

父亲　我的行程匆匆
无法为你把准将寻找
但向着大海　向着山脉
我把你的问候送到

——于离开苏格兰的火车上

如若可以

如若可以
让我入你湖的底
与海草紫贝嬉戏
直向远处游呵
不觉水的冰冷
无非一段活泼的曲

哦　如若可以
叫我进你湖的心
闭了世俗眼睛
且倒映岸上
行人匆匆
秋木沙沙
落叶纷纷

也许没有
什么可以

转念就要别离
从哪里来

第一篇　飘零浮云

回哪里去
你们敛藏了神色
只留呼吸
陪我一起

真的可以

徒步走在华兹华斯的故乡
渐行渐变的沿途风光
心随缕缕紫烟在天边徜徉
山色空濛　青云吟唱
绿色草坡那红尾的绵羊
阳光投影在山坡一抹金黄
烟波浩淼是你激情的温床
湖边芦苇是大地的幔帐

一只小鹿心头乱撞
冬日秋景
欣喜在面庞荡漾
投入蓝天如白云轻抚山峦
投入湖底变成小鱼与海草嬉戏
取悦自己原来真的可以
不再犹豫背上行囊
没有梦想到不了的地方
美景与期待用脚步丈量

第一篇　飘零浮云

向前望去

阳光多么明媚
　像熟悉的曲
　　温暖了心房
　　　不借刻意
　　　不用言语

河水一去弯弯
　像熟悉的曲
　　抚响了心弦
我(你)的情意
在你(我)掌心

漫漫　漫漫地
　　　向前走去
　　　　绿绿草
　　　　湿湿地
　　　　风儿动
　　　沙鸥惊飞起

漫漫　漫漫地

向前望去
袅袅烟
山依依
云儿散
清泪两三滴

大地入了夜幕
一片纯和真
点亮那星辰

一颗是我
一颗是你

漫漫　漫漫地

第一篇　飘零浮云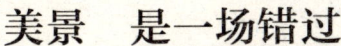

美景　是一场错过

这个城市黄黄的叶子落了
走在静静的小路
任低低的云彩飘过
向高耸的教堂低头诉说

美景也许注定是一场错过
驻足留影领略即可
太久沉溺投入太多
只恐倦了它的冷雨和淡漠

就让它这样错过
或阴或晴或风或雾
如初见的心动与陶醉
留一丝暖意在康河

吉普赛学者

重压下无法喘息
职称科研绩效课题
苦苦追逐重复算计
束缚着想要轻盈飞翔的羽翼

若没有那样的钢铁身躯
只能选择暂时逃避
在这自由自在的国度
像个吉普赛人心随步移

谁能告诉我
什么才是真正的学者
教化不了心灵创造不了价值的那些文字垃圾？
还是游戏于纸面的闭门造车？

与其灵魂破碎精神萎靡
不如像个吉普赛人真实生活
云游四方　自在栖息
或者归隐山林　被自然淹没

别·归

最后一次
坐在教室桌前
望窗外　安静的眼
公车驶过风卷落叶
草坪和篱障的那边
大学图书馆定格眼帘
教授引领　受益匪浅
一切　仿如昨天

教学楼的台阶让我再走一遍
驻足电子课表前
旋即拾级轻步二楼咖啡间
Lecture Block、Little Hall、SR
Sigwick site 有我多少留恋

图书馆前的小路让我再走一遍
曾经静静地引我陶醉文学的圣殿
虽然无法把对你的爱收敛
你的慷慨也够我受用十年

市中心的繁华让我再走一遍
瞩目圣体钟和那光顾过的鞋店
皇后学院的数学桥麦哲林的后花园
还有那些留下我足迹的星星点点

别了 "日不落"帝国
我不再无根漂泊
如鹊归巢　鸟入窝
哪怕呼吸雾霾被世俗吞没
那里也是我的祖国
和她一起痛苦　我也快乐
让她快乐是我的求索

第一篇　飘零浮云

雾语

白雾肆意周遭苍茫
天地如混沌初开一样
远处的树木萧瑟三三两两
脚下的黄叶噙着露水
层层而叠　细语冬的安详

不由地，我陷入沉思和幻想

如是四月的清晨
定是山楂花开鸟雀合唱
夏夜清幽，也会有淙淙湖水回响
或者秋色旖旎森罗万象
可此刻一切的视线都被雾捆绑
大自然仿佛失了姿色在衰亡

哦　别沮丧
所有的遗憾都会有补偿
你看，云层在透亮
那虚化淡去的景
清恬跃然纸上

绿草上踱步的大雁和成群的羊
款款走来摇曳着红裙的新娘
更有那宫殿高耸彰显王恩浩荡

心底一阵欢愉流淌
犹如幽暗晦涩的重负
在刹那随微风轻缓释放
原来美好不会被任何阻挡
朦胧与清晰相得益彰
只要你能够等待　懂得欣赏

夜已深沉

才走了清晨
就来了黄昏

如果时间
只是一瞬
没有过往
没有明未
只是一瞬
可以不保留
像烟花烧尽
在刹那的美丽
像刹那的美丽
在烟花烧尽
在烟花烧尽

才走了黄昏
又来了清晨

如果时间
只是一分

没有长久
没有广漠
只是一分
可以不忧伤
像飞光隐没
在飘零的流云
像飘零的流云
在飞光隐隐
在飞光隐隐

第一篇　飘零浮云

等天亮

越来越少白日的光
坐窗前从清晨到黄昏
看苔藓油油的
多少年一直在树上
小区后面一片菜园
菜园旁边宽阔草场
孤单单的树三三两两

有天我经过她的身旁
红的果子依然零落枝上
无人知晓更无人疯抢
她默默地静立一旁
任寒风叫得多么响
后面是陌生路和山岗
弯弯曲曲折向远方
突现点点汽车的光
隔过昏暗闪闪发着亮

什么时候我爱上
冬夜的这漫漫长

往昔或者今未
都止不住想一想
放下离开淡淡惆怅
想起是感伤
可能人总是这样

净的霜

阳光下　净净的霜花
一种冷冷的暖
晶莹洁静覆盖大地
果树上青芽嫩蕊
熟透的苹果枝上地下
弥漫着淡淡的春的讯息

默默走　不言语
就在这里告别陈年琐事
把纯与真带入2014
正如果园依然俏丽
丝毫没有冬的严寒
和岁月的痕迹

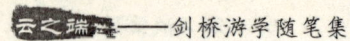

阳光明媚的日子里

阳光明媚的日子里
卸下心事走在故地
换了清新也有熟悉
美的记忆一点一滴

河水淙淙轻轻流低
就像淡淡人生的旅
梦在云端愁随风去
痛归落叶化作青泥
美丽坚定无声无息

一潭紫露碧玉如洗
苔上金木小桥依依
古有才人坐而论道
智慧的香满屋满地

这样的景怎会不惜
不知该拿什么给你
或者安静地不言语
只留回忆凝在心底

阳光明媚的日子里
阳光明媚的日子里

第一篇　飘零浮云

阳光灿烂的日子里
（又一首）

阳光灿烂的日子里
无法拒绝这好天气
桥下水间我游个遍
哪怕下秒倾盆大雨

阳光灿烂的日子里
一草一木娇娇滴滴
蚊虫隐隐蝼蚁唏嘘
开了心扉皆大欢喜

阳光灿烂的日子里
田野飞香街市曲曲
聚心凝眉细细打量
欢声笑语入了回忆

阳光灿烂的日子里
阳光灿烂的日子里

日记　日记

日记　日记
我用笔记录
一点一滴
经过的不消失
美好的不忘记

日记　日记
我用心描述
一点一滴
关心的不淡漠
我爱的爱着你

日记　日记
眼前是生活
入心是回忆
回忆是体味
入心是甜蜜
眼前是咫尺
心灵无距离
距离是体味
在心是甜蜜

日记　日记

第一篇 飘零浮云

如果我是风

如果我是风
可以到处跑
可以大可以小
可以低可以高
擦过房的顶
拨弄光秃秃的枝
来回摇一摇
或者直上云霄
随她自在飘

如果我是风
可以到处跑
从河畔到市镇
从山崖到海角
那一天近黄昏
遇上一只鸟
长一身洁白的毛
我问她：你何方来？
说这是英伦"我的家和岛"
既如此可否为我介绍？

她挠挠胳肢窝
于是开了腔
北上是苏格兰
一曲悲壮如铁
如犁进心的泥
愈坚韧愈古老
西去见爱尔兰
至今有纷争
却无碍我周游
四季随地落脚
腹地为英格兰
伦敦是它的都
这个你或许知道

彬彬有礼的冷
婉转的　细腻的
以及先进、臃肿与嘈杂
你都将睹见
也莫只听我一言
也不必处处走遍

我追问：可否接着为我言？
她说我要飞去了（liao）
一振翅便隐没如烟
何必如此匆匆
也好也好

我竟忘记
此刻我是风
亦可任意西东

第一篇　飘零浮云

看看天色不早
与其飞来飞去
不如先归去
回到康河之沿
回到剑桥

好奇的总要熟悉
熟悉的总要明晓
每一个黄昏日落呵
总忆起那只白色的鸟

文字的力

文字把世界
化在意境里
是悲是乐是忧是喜
归根到底取决于你

文字净绝名利
远离世俗喧嚣
让灵魂安安静静
放在流动的句

文字把握真知
文字捕捉情意
文字舒缓思绪
文字知书达理

走了很多路
写每一步在文字里
见了那多景
写每一种在文字里
遇了许多事

第一篇　飘零浮云

　　写真善美在文字里
　　　　那多不如意
　　　　那多贪嗔痴
　　任文字的溪水轻流
　　　　　轻轻流去

咖啡与茶

——致英伦

你在西边　喝着咖啡
我在东边　品着清茶

你咖啡加奶　奶也加茶
我滚水清杯　除茶不加

你喝浓重　口口吞
我喝淡雅　轻轻咂
好比烤箱　之于柴炉
好比钢琴　之于丝竹
好比筷子　之于刀叉

你是海岛　简约质朴
我是大陆　委婉有度

我喝咖啡　看你路窄却通达
你喝清茶　见我道宽却拥堵
我现代　奋进也浮华
你民族　保守更民主

第一篇　飘零浮云

　　　　　你"蒸汽"在前
　　　　　我"洪潮"在后
　你曾雾都　我正雾都
　你车行左　我车行右
　你的达礼　我的明哲
　你的清丽　我的乡愁

　你的滋味　我的滋味
　时空交错　互通有无
　你的感慨　我的感慨
　悠悠历史　绵绵长路

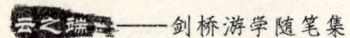——剑桥游学随笔集

偏僻小路的光

惜惜地过了白昼
从远方归去来
已是夜色阑珊
记忆也添着力量

大道伏着焦躁
我不稀罕那亮
空旷的原野穿行
风冷冷地直吹
心却暖和异常

你知不知道
宇宙或者那银河
定是这般景象
最暗的夜空
才有这最明的闪亮

寂的原已睡去了
点点繁星明烁依稀
来自遥遥地平线
那视线消失的地方

第一篇　飘零浮云

穿梭穿梭穿梭
草木丛丛黝黑的影
——甩落了路旁
你道是匆忙或者紧张
我闻到阵阵清澈的香

——昨夜途归有感

异乡除夕夜

暮霭沉沉拢了夜色
飘零的雨滴在草上滚落
斜风把悠云和树影包裹
室外正是异乡的冬在勾勒

黄灯下我却无寒之瑟瑟
静静地数着年的脚步婆娑
书香墨海中文字陪我度过
纵使幽居一屋也有我的乐

回忆的桥　不再通往寂寞的牢
是岁月　翻开了心书
自省自足　又把自我挖掘

前方的路　会把安宁找到
愿人生　让我不再踟蹰
细细品味　这他国除夕的感觉

给自己的情书

亲爱的自己
我想写封情书给你
因为我越来越懂你
知道你内心的渴求和欢喜
过去所有累积的记忆
成就了今天喜爱的自己
阳光乐观　积极自立

你还有很多细密的心思萦绕心底
你还在等着爱的归宿和偎依
那种感觉　如此具体:

他会牵着你的手
无论白天黑夜　无论小巷还是通衢;
他会调整工作　迎合你的安排
陪你去世界各地;
他会主动和别人打招呼
因为身边的你是他的骄傲　无需闪躲回避;
他会从后面拥着干活的你
对你耳语

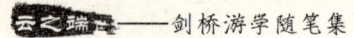——剑桥游学随笔集

也许是思念　也许是疼惜

哪怕两个字的回复
他就知道你又在闹脾气
他会马上上线　用文字、表情和视频
逗你开心　然后说：看你笑了真好；
他吃着你做的再不好吃的饭菜
依然说他愿意吃一辈子　深情凝视；
他把自己的经历如数告诉你
唯恐你嫌他诚意不够把他放弃；
他希望你告诉天下 他是你的唯一

啊　这样的你　亲爱的你
在哪里？

让我来告诉亲爱的自己：
别急　要有耐心屏住呼吸
他在找你的路上
道路有些崎岖
你只需安顿好自己　不用寻觅
当你转身　回首
他在那里　在你身后
朝你微笑　伸出双臂

第二篇　清澈轻云

I am the daughter of Earth and Water,
And the nursling of the Sky;
I pass through the pores of the ocean and shores;
I change, but I cannot die.

——Percy Bysshe Shelley: The Cloud

剑桥的秋天

剑桥的秋天真美！在动静变幻中，在秋冬交替中，它静静的，风姿绰约，一派祥和。不变的是那几百年的建筑，那纯净高远的蓝天，和那还在书写沉淀的历史；变化的是那由绿变黄又呈棕的树叶，是那缓缓漂浮又仿如触手可及的白云，是一批批南来北往朝圣的人们。

常常在午后漫步在那树叶铺就的地毯上，软软地、暖暖地体会心中的那份幸福，那份来自心灵深处的平和。我知道这幸福和平和的来源，只因这是一种向上的生活。教室里悉心聆听老师的授业解惑，不在乎明白多少，只需点滴入心却仿佛悟道参禅般的踏实。

不抱怨，坦然接受每一个不完美，并把它转化为生活中另一番历练与修炼。住处偏远，于是每天的骑行给了我最好的锻炼，在清风细雨中我哼唱前行，清晨夕阳下有我轻盈的身影。房东不喜油烟，给了我四处品尝口味的理由，于是不再围着锅台给自己做早已熟悉的饭菜，而是简单轻松、中餐西餐各处体味。

那些不能改变的，换一种心情去接受；那些可以接受的，做一些改变又是另一番心情。

The right time, the right place, the right people，这后一个，又是一种幸福！一样地书生意气，一样地喜欢循着历史与文化的足迹,一样地留恋朝花夕拾、老树昏鸦,一样地或唯美主义或浪漫主义,一样地轻物质重心灵,所以每每组织的活动总是振臂一呼应者众!

常有写诗的冲动,却总是行色匆匆,又苦于文字苍白不出众,但我还是要记下这份剑桥给我的感动!

第二篇　清澈轻云

我与巨石阵的对话

　　见到你之前，我已经不再相信这个世界还有无论斗转星移都矢志不移的永远，不再相信海枯石烂、天荒地老。太多的随波逐流，太多的随心所欲，一切的物是人非，早已让世俗之心蒙上了沧桑的尘埃。

　　但你就那么静静地，肩并肩，围成圈，或站或躺，或独自屹立或相互偎依，沉静无声却坚定无比。仿佛在向我传递你的信念，仿佛在向我诉说你五千年的感悟。

　　你饱经风霜，却依然见证日出日落月盈月缺；你远离尘嚣，却甘愿如此寂寞毫不动摇，任凭关于你的传说如何编造。

　　你是那么神圣，除了风沙雨雪，再也无人可以把你触碰；你是那么高贵，兀自固我任凭岁月洗礼；你又是那么谦卑，有钻石的硬度却把自己归类为石头。

　　在你脚下，我是那么渺小，我的喜怒哀乐是那么微不足道；在你面前，人类该是多么惭愧，有什么资格居功自傲。绕着你走一圈，我的敬意开始升腾，你用风声寄语我，没有什么比存在更重要。

　　见到你之前，你的图片早已印在我大脑，走近你感受你，仿佛旧友相见在今朝。很多人见到你有失望有心躁，路途遥遥而来只为一堆石块？不，不要失望不要懊恼，那是我们的荣幸能亲眼看到，因为从此我们可以知道，这个世界有永恒有不老！

伦敦 1314 元旦感怀

手机没有流量，只能用文字跟大家分享。对于伦敦，我早已心驰神往，没想到在 2013 年的最后时刻，这样把它欣赏。

中午下了火车，在青年旅馆放下行李，经过欧洲之星乘车处、大英博物馆；下午逛完牛津街、新邦德街、旧邦德街、Harrods 百货；夜幕下又经过海德公园、白金汉宫、威斯敏斯特教堂。

此刻潮水般的人流涌向泰晤士河两旁，相拥的情侣，携手的夫妻，五湖四海，各种肤色，各种服饰，一样期待辞旧迎新的脸庞，渐渐地伦敦成了欢乐的海洋。大笨钟下，我抬头仰望，BBC 航拍的飞机在天空盘旋，2014 的脚步正缓缓而来。

伦敦的今夜，没有雨，微风徐徐，空气中弥漫着蠢蠢欲动的讯息，心里温暖的我觉不出一点冬的寒意，与三两好友，择一处席地而坐，只待烟花在前方夜空绽放，只待大笨钟指向 2014 的那一刻。现在，让我们静静等待，无论在剑桥，还是在伦敦，无论在室内，还是在户外，静静地，聆听和等待，在钟声里告别特别的 2013，在内心默默许下 2014 的期翼和感怀。

钟声敲响希望，烟花也只是渲染气氛，而我却想亲眼见证，热情的人流如何在那一刻表达激情？是否会热烈相拥？是否会互致问候？是否像一个爱的漩涡，澎湃、蒸腾？

冬日随想

剑桥的冬天来了,早上七八点天才朦朦亮,下午三四点天就慢慢黑了。漫漫长夜,斗室温温的光,并不觉寂寞孤单。电视、电脑、ipad、手机,何况还有书籍、微信、微博、QQ,无论我在哪个角落,都透明得无处遁形。而那内心最深的挂念,也只在无意识中潜入梦境。

剑桥是个点化师,它教人珍惜、感恩和平和。不再在患得患失中纠结,正如它的美,你无法拥有,但用心感受过已是幸福。无所谓得到与失去,人生一切的经历,都只在体验而非拥有。剑桥一日四季的天气,让你不会因早晨见日而太欣喜,因为也许转瞬即逝;你也不会因雨而抑郁,因为也许阳光就在风雨后。不狂喜,不躁怒,你已准备好迎接各种变化。而当你已放下既往,不惧改变,未雨绸缪,那生活不会再有什么可以阻止你快乐。

有些人与事,就像看这剑桥的天,阴阴的,有些寒,想要阳光出来,除非它愿意,否则再仰头也是枉然。于是裹紧衣服,低头前行。找一室内,寻一片暖。人不能和天气过不去,因为它无法掌控。

随遇而安!无论是雨是雾,无论日短夜长,都是自然的馈赠,也许是为了另一番启示,也许生活别有用意。

就这样,慢慢,等天亮!

西剑记

写于公元二零一四年元月五日

吾于公元二零一三年初秋,暂别焦躁,一路西行,抵达剑桥。剑桥之美,远超意料。万物悄静,绿野广开,云山可亲,人际善和。古今交融,岁月积淀。科学研究深藏其中,固然无声息,却独步天下,引领风骚。实乃宝地!

吾曾自号一蝶,意为一只破茧而出的蝴蝶,却不艳羡窗外烂漫的花丛,只在书海墨香中感受当下翅膀的轻盈,欲求在阳光下羽化……出围城五载,每日如急风一般,从老校刮到新校,脚步匆忙,不为生计,只为淡忘。乏其身,弱其念,心有盼,力所竭,终无享。

幸得一机,与剑桥相遇,此地无熟士无回忆。自此字云凝,仍如蝶之飘逸,却更多超脱之态,非俗世烟雾可比。无清高之心,温和淡定,云在空中,却低如尘埃。云,人可仰望赞叹,引旷达高远之思,却不可截留把玩。那云看似无处不在、伸手可摘,飘过山顶又入剑之南。风的方向,云知道;云的归宿,天无语。

吾素喜玉之气节,柔润且刚劲。更好文字之魅,每每沉溺其中。剑桥雨之频频,所幸有书籍相伴,故为文玉居士,雨中习文佩玉之人。西剑夜之长,常惹人前世今生想几圈。爱,本是方织锦,自然为引导,幻想做点缀。故无论自己书写偶得,或是脑中冥想,往往爱发表分享,实在爱极那种意境。明媚暖阳、弯弯康河水,像熟悉的曲入心上。星辰点点、漫漫溯源,十指相扣、琴瑟和鸣只存梦中,徒留清泪两三滴。

　　生活之厚待吾,从来失之东隅,收之桑榆。西剑之自然人文,西剑之遇,常令吾感己简陋待修,悔岁月蹉跎欠长进。但已渐明心志,知吾之所求,悦之所在。以广博思想丰润精神,摆脱空泛乏味。人之心,恰若一小屋,熟悉的常不居,陌生的自愿代为休憩。不奢望天之高把云留住,凝在灵魂,是愿是力。

又入果园

想心思空茫，也许或是想附庸风雅，于是便又御风而行，再把果园探访。抵剑桥之前，早已对果园心驰神往。这个被称为"剑桥的心脏"之地，每每总让在此驻足的我心旌摇荡，不仅因经济学家凯因斯、哲学家罗素、文学家伍尔夫、诗人布鲁克、作家福斯特等都曾在此喝茶聊天聚会，碰撞出多少智慧的火花和思维，更因果园自然、恬静的风光让人心情放松、脚步弛缓、天高云淡。

曾经我在访学申请表上写下"英国和剑桥承载了我多少文学梦想"，曾经我想穿越果园大草坪去领略缓缓康河水和青青绿草地，曾经我想住在果园附近或 Granchester 村，近距离感知自然与历史的脉动，而此刻好像追星的孩子终于见到了她的偶像，一切有关果园与文学的梦想都已成真。新家所在，离闹市不远，一条大道通往市中心，离幽静更近，步行 20 分钟或骑车 10 分钟就进到村庄腹地。

一人、几人、一群人；苹果树下的帆布躺椅上群情激昂、纵古论今；果树旁边的亭阁中享用一顿美餐，看着窗外的细雨打着窗棂，搅动着手中的咖啡，不是蜂蜜配茶水，却是如布鲁克诗中一样的三点差十分，好想让时空静止，正如岁月于果园之无痕。

低云飘过，雨滴下落，远处的云彩分明在告诉我，这雨只

第二篇　清澈轻云

是果园此时的过客。才离拜伦潭,又漫步康河边,脚踩着湿潮的草地,草泥上只只脚印随河水流去,嗅着四季常青的绿叶泛出的丝丝清香,空气中充足的氧气让头脑如此清晰,往昔的一切和未来的期翼都仿佛飘上云层让风带去。静静的天地,河水无声息的流淌,两只白天鹅扑腾着翅膀,随我的心在默默作响。才是下午四点,而天边已经彩云追着月亮,耳畔阵阵风声,送那月之歌直上云霄给月亮献上。

天色渐暗,便回转。尖顶的屋,教堂,街与霓虹灯,一路悠悠。就这样细细品,就这样痴痴望,果园啊,我还要来多少次徜徉……

云的一页页

  天上有云。云在天上。有人常恋。有人常想。有人常常望。
  云想些什么。云知道,天知道。想得也许不少,云卷云舒竟为哪般。想太多时候,云积凝结,化作水滴,把冰冷尽数洒落,还湿了泥土,好不痛快。这恨和愁也便消了。云啊云。
  爱是什么,云问长风。
  爱是错过爱的人放开手。风说。
  爱是什么,云问归雁。
  爱是遇了爱的人莫放手。雁说。
  爱是什么,云问秋水。
  爱是轰轰烈烈、坦坦荡荡,是真心地对,平等地待,不虚伪,无保留。秋水说。
  爱是什么,云问大地。
  爱不是索取,所以她才给。爱不是负累,所以她才美。爱是云凝为露,集了风雨阴晴,终成福,滴滴敲入心泉,阵阵涟漪轻起,淡淡而雅地鸣响。爱是共享,共担,共鸣。大地说。
  云叫云凝,天给的名。简称为云。
  云爱四处走。云本就属于天。那河那宇那山那海,那浪那鸟那树那坡,那夕阳那醉柳,那繁花似锦那冷雪妒月,那走马边关那彩蝶溪愁。云到过,一一到了。
  云还用润润的笔,记这一切在心,从不停止。一日一页。

第二篇 清澈轻云

一页页。字,让她快乐。

云来自一个温馨的家。家给她善良轻柔。

多么年轻时候,青春的花含苞欲放,云恋爱了。爱得专一,专一非常。花儿开了,求学两地,爱于是在情话里,满天飞来飞去的。花儿谢了,家乡见了,爱于是在情话里,庭院走来走去的。

那个时候,爱情是这样的。让好些人羡慕呢。

人心是变化的。这变化,在纯真的眼睛面前可以隐身,在善良的心灵面前可以耍混。这变化,要好多年之后才看得明白,一种无色的残酷。

他们热烈地爱着,如干净的水彩画面。一点船帆,波光粼粼,几只白鸥。有喜爱云的,几为之痴迷。云与他相遇于舞池,云爱舞,他们是默契的一对儿。天这样的安排,只是从后来看,才近乎一个无奈何的玩笑。云也有意乱,但从不神迷于大路,一心盯着远方的灯塔,思想着未来和幸福。

就这样,过去好多年。花儿长成了树,有家有屋,有暖有足,有了儿。

人心本善,向善便为花,近恶则为刀。簧刀,风靡一时,小巧灵便,开合借助簧的力,说硬也硬,说软也软。软还是硬,难于界定。遇强便软,强失便硬。如此无穷,直至老化废弃。簧者,巧舌如簧也。簧者,摇摆天平也。可怜见,这簧刀,横对着云。自毁了忠贞,而且欲毁人。无瑕的纯真,不长半分壳,云只是顺受。风来随之狂舞,电过为其崩裂。除了伤仍是伤,无处不伤。簧不回心转意,簧本是可以弹的簧。簧刀刺着云的心脏。然云本无心。有天,那人收了簧刀,簧刀也跟她走。云不留之。

一页。逝。云有无数泪,暗夜里抚着路过的壁,任尽流。

钝刀,就是钝的刀。因为钝,人不易为其伤。因为钝,人往往因其不敏不锐而神伤。钝刀一门心思在物上。虽结识耐用,但无远虑,多有近忧,得过且过。钝刀反应迟钝,又以沉默待善良,以分离待付出。钝的刀绝少灵魂共鸣。天造了它,本是令其造物,非是令其爱人。它便囚禁自己于它地,它可以是快乐的,因它很少思想何为不乐。云接了钝刀,走了一些时候。

为何走,如何走,走不走。云何曾愿意多思。

一页页地。风送云到西剑。她也期盼着来此地。换个人间。

一页一页,二零一三走到了末尾。

什么是爱,白天不懂夜的黑,夜晚不知白昼明。走了,云只是看着风车旋转,听那钟声响起。这一页就此过去。

一生一世的誓言,只是给十八九岁的年纪。爱是什么?爱是呵护而不伤害,给予而不索取,以爱的人的幸福为幸福,彻彻底底。爱是什么?爱是无比珍视她的善良,平等相待,时时以真诚相回报。爱是什么?爱是勇于相随,爱是相互关照,一生一世,爱是不给负累,由衷尊重和坚定担当。

已是二零一四的世界,阳光明媚的日子。

这个年纪,必须懂得如何自己作主,从容走人生,心明人自省。

第二篇　清澈轻云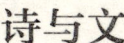

诗与文

云如诗。云喜爱诗。

云喜爱以诗明志,把心和心情写在字里,流淌在字句里。云快乐。

诗,凝练的笔触。诗不拖泥带水,用最少的字写最浓的意,记最深的情。

正像落叶风扫,惊鸿去枝。不用太多力,心到意到笔到字到,白描一二即可,明江独钓,山中人悠然自得。不必刻意着力,刻意往往扭曲,山外人不免看着可笑。

诗,柔细的情思。恰如牛羊食草,露打芭蕉。

牛羊自在,咀嚼是情意绵绵,诗句在身的小宇宙流转。露,承接天的琼浆,仙人调制,残留些化境的香;露,晶莹剔透,无蝇营狗苟,挂在叶端,心不滞,随缘而落,打在青的芭蕉,吱地一声,惊走了蟋蟀一只,叶轻轻摇晃,摇晃着,诗句在暖湿的空气中流传。

诗,善美的画境。真实的美,作意象。意象的美,写真实。

远的可近,天涯成咫尺。近的可远,寸土江山。高的可低,爱在笼里飞舞。低的可高,儿时的风筝,孩子圆了久违的梦,这不是空。

诗,刚健的纯真。诗有智慧,智慧是空空。

无色无嗅,无息无声,不高不低,不贱不贵。欲捕捉而不得,

083

放下了归心灵。辨真假，别善恶，分美丑。真可假，善可恶，美可丑。不以己压人，不以此压彼，不以往欺未，不以一叶障目，不以成败论英雄。智慧若不在，定是灰尘蒙住了心。诗若无智慧，定是恶情俘获了心。

诗与文，不曾分开。

文，在陶醉的讲述里。云爱讲台，喜爱在讲台讲述人生。投入地讲，身虽疲惫，心却澄澄亮。这是一扇窗，他们用眼睛看风景。云告诉他们，风景是天赋的，窗是心灵看心灵。他们说，你的存在感动我，又忘了你在讲些什么。

文，在秉灯夜读里。云知足，又不满足。思想的山峦，起起伏伏绵延千万。云从那里开始攀登，向着更高峰。思想的森林，郁郁葱葱绵延千万。云从那里开始探寻，向着更深处。夜深了，昏黄的灯。摇摇的烛影。

文，在日知日行里。云在天空，在小路，在殿宇，在旷野，勇敢地走。

文，不老的眼，生命的路。云就是云。云乃云凝。

第二篇　清澈轻云

云与文字

　　云放下了琐碎。迎朝阳而起。每日沿着青色小路骑行。岁月的香布满四周。

　　云爱课堂,另一种语言和另一种文心,文心是温馨。说得不夸张些,简直是久旱逢甘霖。云尤其爱几个,如莎士比亚,如华尔华兹,等等。

　　别的先不说。

　　莎士比亚是不是一个人,一个曾经真实的人。谁知道。老魔鬼的想象,鬼精灵的笔,呼风唤雨,教四海龙王也无处就业安身哩。你到玉帝那里申冤?玉帝经得起他几分钟花言巧语?不是俗话说么,关公门前莫耍刀,莎翁眼前莫亮笔。

　　行了。我们说说他的鬼笔。

　　你用了千万语,他只一个字或者就一句,色香味全出。你想了千百回,他只消一个"挤眉弄眼",情意痛快淋漓。他的语言绝何止于冥想,世间万物都是为他备的。花鸟虫鱼、山山水水,锅碗瓢盆、油盐酱醋,危言耸听、玩世不恭,勾心斗角、阴谋诡计。没有写不到,只有想不出。

　　云想,文字是我生命之需,却不直接在职业领域。但,人若勇敢爱其所爱,也没那些牵肠挂肚。

　　文字可定住云的心情。幽幽山林在周围落座,旋转。同一个地球上,神思交会于文字和语言。美是心心相印,无挂灰尘。

你想，这里是神奇的西剑，神圣之所，智慧之源。最是，最是。云不常漫天漂游，愿意去山林幽幽，品茗赏月，静悄悄地。一口清香，润着身心，从毛孔丝丝漫流，不着痕迹。积压的多少负能和焦躁及忧郁，一扫而光呢。这让云想起一句话：生活是品阅的，烦恼是自找的；索求是丑陋的，分享是幸福的。想不起这是谁的佳句。又向山林幽幽飘去。

云啊云。云就是云。

桥上行·云

昨夜小楼,几度风。

云这几日颇为疲惫。早上起来晚了些,怕赶不及上课,饭也未吃,便急匆匆地上路了。一路骑行,幽幽地。

讲堂是思想传播的窗口。听一听,学一学,一则培养或者提高语感,一则吸收前沿学术思想。哪怕是打个盹,也沾着剑桥的仙气儿,毕竟与别处不同呢。剑桥本是神圣之所,智慧之源。康河漫步,固然必须。用心学习,乃为基本。

云投入其中。远远山林,让它自己呆着。

几堂课下来,仿佛思想河里游了一番,补充些食物。云就往回走。过了法律系的现代楼,往东南方向拐,再过文学系和东亚和中东系门前,直走出去便是西季威克路,左转向东几步,继而右转直进,长长一条羊肠老道,半墙黑砖,苔藓满身,少说也有60岁光景,透着老酒坛子的浓香,不过是西洋的味道。老道尽头,对望天堂牧园,一片开阔优美的公共草场,常引人驻足默默观赏。从南侧进入,一路走,便在康河穿梭,美景依依,桥水两开,草木净郁,又五颜六色。实在久看不厌。云行,若那流水。

过一座平桥,搭在河水上面,水里天鹅、野鸭一同嬉戏,一会儿东,一会儿西。偶尔走上岸来,一颠一颠地挪着肥臀,两个黑豆眼睛瞅着行人,好一幅憨态。人望着鸭鹅,知那是鸭鹅。

谁知鸭鹅望人，又以人为何物。

继续行，斜挂上去，一座木制塔桥，两栏围拱，成半圆形。蜿蜒而下，直通满是稀泥的草地。云顺着逶迤小路，行。一旁冬草青青，一旁小溪静流。溪水出奇地净，仿佛一层透亮的雨衣，落在河底，也随着河底摇摇。河底是枯黄的草枝，和卵石叮咚。

云且行，舒一口气，去尽了昨夜风。

生活的路就是静静前行。身体劳累不算什么，精神清爽则无处不轻。

云不是随风行，云是行风中。

风吹冷，云自可御寒。

风乱云，云凝住，不动。

风飘扬，云自桥上行。

第二篇　清澈轻云

船与自然

　　这几日，宿船上，船泊岸边，绿树是它天然的屏障，遮挡烈日，送来阴凉。没有蝉鸣，鸟儿筑巢吱吱欢叫，鸭子飞过水面，停歇在船顶，只一会儿又扑腾入水，平静的水面顿时激起涟漪。隔壁船上的海伦斜依船头晒着她的日光浴。

　　寂静中，几艘小小的皮筏艇划来，船上艇中互致问候与寒暄。不远处，岸上的连绵绿地与健身器材那儿，嬉戏的孩童正撒欢玩闹。

　　昨日黄昏，松开系在岸边的缆绳，开船沿河巡游。嘟嘟的马达声中，两岸的野花与杂草还有低垂着的树木，纷纷在船两边缓缓退去入了眼帘。虽已八点，大自然里那静的一草一木，动的如这行进的船和岸边偶尔跑过的行人和垂钓的闲人，都在这夕阳西下的余晖中，被映照得殷红暖暖。

　　昨夜大雨如注，天空被闪电瞬间点亮，河面上由疏到骤的雨线勾勒出圈圈纹路。撑伞立船头，听着雨点拍打着船顶和船舷，树叶在微风中摇曳着身姿，小草吸吮着这夏天的甘露。渐渐地，夜已深，河水酣声吟吟，不知几时暴雨停止了它的肆虐。

　　一夜，逝。晨起，周遭宁静如昨，只这船被上涨的河水抬起，与那岸边的青草做了睦邻。

第三篇　飘逸行云

中岁颇好道,晚家南山陲。
兴来每独往,胜事空自知。
行到水穷处,坐看云起时。
偶然值林叟,谈笑无还期。

——王维《终南别业》

我的心啊 在剑桥

2013年5月6日

我的身体在这座喧嚣的城市忙碌着,但我的心啊,在那个遥远的国度飘舞。定有那一天,我要久久伫立于康河边,看看为什么在"康河的柔波里",徐志摩"甘愿做那一条水草";为什么"榆荫下的一潭,不是清泉,是天上虹";为什么波光里的艳影让他心头荡漾。

徐志摩只在剑桥半年,然而他的影响却再不可能散去。他"带一卷书,走十里路,选一块清静地,看天,听鸟,读书。倦了时,和身在草绵绵处寻梦去。"我要寻着他的梦痕追溯他所崇拜的三一学院、他喝过茶的小店铺、那"苍白的石壁"上爬满的藤萝,还有这岸边的草坪曾是他的爱宠,"在清晨,在傍晚,我在天然的织锦上坐着。有时读书,有时看水;有时仰卧看天空的行云,有时反仆着搂抱大地的温软。"徐志摩明白"人是自然的产儿,正如枝头上的花和鸟是自然的产儿一样。但我们是文明人,入世深一天,离自然就远一天。"而剑桥却可拉近人与自然的联系。

今天的中国发展迅猛,但摒弃历史与传统的步伐同样迅猛。灯红酒绿的霓虹灯,车水马龙的拥堵,大拆快建的沸腾,化肥激素的食物链,让我们慢慢迷失在钢筋高楼的雾霾里。

但在伦敦——

乔治·爱略特经常光顾的饭馆还在;狄更斯写《孤星血泪》的道蒂街49号还在;济慈写《夜莺颂》的花园还在,他和柯立芝散步的公园里那条白色蜿蜒的小径还在;伦敦塔桥还在;皇家格林威治天文台还在;更别提莎士比亚居住的斯特拉福小镇风貌犹存。

我要去那彭斯(Robert Burns)的故乡——苏格兰,看看他写下的"我的爱人像一朵红红的玫瑰"是如何迎风绽放在苏格兰起伏的高地上,那一望无际的绿野和那神秘的尼斯湖是如何让他谱写出"友谊地久天长"的神曲。

啊,"英国与剑桥承载了我太多太多的文学梦想",也许正是这句我发自肺腑的话打动了剑桥干事Lizy吧。今天又一同事告诉我,她申请访学伯明翰大学,被对方拒绝了,因为要求博士和教授级别的老师才可考虑接收。我心中深深地庆幸啊,我能被剑桥邀请,打动对方的只能是这份对文学深深的热爱和痴情啊!

以上诸多感悟都因"康桥岁月QQ群"里他们组织的一次次活动燃拨而起。与智者为伍,何其幸啊!可以有淡看夕阳的闲情,可以有激扬文字的豪情,可以有席地而坐的聆听,可以有潜心书海的宁静。于是,此刻忙碌后的疲惫也被漫不经心的文字缓缓冲淡。

第三篇　飘逸行云

闯关成功

2013 年 7 月 1 日

　　我的做事风格不知道该称之为是保守还是稳重。6 月 22 日我在网上紧张忙碌了三个小时填完所有表格，并且预约好了办理签证的时间，又在网上买好往返的火车票。7 月 1 日早上 7 点 45 分火车就到了杭州，但我预约递交签证的时间是上午 11 点 20 分，中间相距近四个小时，就是怕万一火车晚点、万一去签证中心的路上堵车。但这些万一都没有发生，所以当我到达杭州下城区凤起路同方财富大厦英签中心时是八点一刻。大厦 503 室已经是忙碌的景象，我好想进去和办事人员说明一下提早点递交，但看他们都在各司其职、有条不紊、忙而不乱的场面，我还是打消了这个念头。

　　出去逛了一圈，再次返回签证中心是 11 点，看里面人少了点，我走了进去。工作人员核查护照后，给了我个等待的号码 25 号。趁这功夫我看看除了等待还能做啥，发现有个窗口是填写电码的。这个电码我在网上看到有要求填写，但一直没搞明白是什么，于是过去问问，工作人员很友好，一说我就明白了，原来是我自己的名字和父母的名字都需要填写相应的四位数字代码，并且示范给我看如何查找。（2014 年以后签证填写电码这一项已经取消）刚搞定这个就轮到我递交材料了。

　　接待我的工作人员叫 Henry，是个很帅的中国小伙，说话也和气，我不紧张了。他一下就指出我的表格有误，我填的是 business visit，他说在这个选项下还有个更细的分类是 academic visitor，因为这个错误，所有下面的东西就都不对了。啊，我有崩溃的感觉，我在网上看到有人犯了这个错误，我在填表时已经很小心地避免这个错误，怎么最后还是犯了这个大错呢。Henry 动作很麻利地帮我核对各项材料，并收检好，又指出国债存单需要翻译件。最后接受了他的建议，尽快去找个网吧重新填写打印表格，那两张存单就交 150 元翻译费给他们来翻，并叮嘱我他们中午不休息，让我速去速回。

我忙不迭迭下楼去找网吧，问了几个人都说不知道，还有的说在另一条街上，又要崩溃。这时问到一个穿工作服的女人，后来知道她是同方大厦的物业管理人员，她是我今天的贵人。她让我去她们物业公司办公室用电脑和打印机，说是适当收取点费用，我当然是满口答应。办公室就在签证中心楼下的四楼，很方便。于是重新登录注册填写十几二十张表，在完成到倒数第二面时，居然系统提示错误，而我忙于填写，没有像在家时那样边写边保存，当电脑上信息全无的时候，我大脑一片空白，这意味着我此前做的四十分钟全是无用功。啊，天啊！

我拿出 120 分的耐心又重新登录注册。这次我吸取教训，填写完一些就保存，但它这个保存实在是太麻烦，每一次保存后都要重新输入起始页的提示。没想到又是到了倒数第二面，系统又提示错误，我真的要崩溃了。我不仅已经占用别人电脑一个多小时，而且还是坐在物业大厅接待的位置上，期间反映各种情况的业主都进进出出。我没辙了，搞不清楚到底哪出问题了，幸亏离签证中心近就在楼上，否则要是隔一条街那么远的网吧真的是跑断腿。我急匆匆跑上楼去问 Henry 怎么办，他让我忽略那项，事后再用笔来写再签字证明。只能这样了，所幸这次保留了，不用再从头开始了。

终于，一个半小时，表格填写打印好了。期间那个女物业人员还给我倒了一杯水，给我递过来粘照片的胶水。问她多少钱，她说："收您十块钱，可以吗？要开发票吗？"噢，我的天啊，帮我这么大忙才10元！我正准备付100呢。于是放下10元钱，我谢个不停地赶去楼上交表。接下来在签证中心缴费1 016元，按指纹，拍照，整个过程就结束了。其实如果不是表格填错，只要半个小时足够了。我也知道我为什么填错了，都是受了网上文库的误导，让我选择了错误的选项。网上已经有访问学者指明容易犯这样的错误了，看样子有些错有些路，是非得自己经历才会真正明白的。

此刻，外面太阳热得灼人，我在四楼的物业办公室吹着空调写下以上文字，他们的经理又递过来一杯水。啊，经理如此亲民，难怪底下员工那么好啊！

闯关成功！等15个工作日出结果吧！终于背包轻了，所有材料上交了。不好意思久坐，我得出去转悠转悠了，等着晚上和浙大的黄老师一起吃晚饭后再返昌吧。

蓄势待发的 2013 年

2013 年 7 月 7 日

记事本：2013 年 1 月～2 月寒假　3 月～6 月工作　7 月～8 月暑假　9 月出国准备工作　10 月～12 月剑桥第一学期　2014 年 1 月 15 日～3 月 15 日剑桥第二学期　2014 年 3 月 20 日～4 月 2 日意德法等欧洲游

详解：1. 今年的寒假最开心的当然是陪儿子度了一个月的假期，其后便是安排自己的假期，去了趟广西涠洲岛。剩下的日子就是在家看书备课，直到无聊到想马上开学，并自喻为离了学生的我就像离了水的鱼儿。冬眠的时间其实是很有必要的，身体和心灵都休养生息了一番，为新学期储备了能量。

2. 接下来的 3 月到 6 月，我扎扎实实忙乎了四个月。越是忙碌的时候，越是我情绪高涨的时候，用朋友的话说，就像打了鸡血，每日斗志昂扬，没有心态的平和，是很难想象可以同时做那么多事的。当然收获也正如我的预期，英伦之旅的资费我用四个月的辛勤工作已经换来充足的回报。

3. 现在是有规律的暑期时光：上午上课，中午睡觉，下午或看书或聊天或刷微博或听听 BBC，晚上或看电视或看书。很简单很平和。与曾经四个月每天跑两个校区上六七节课相比，现在每天三节课简直是享受，和学生在一起思想最放松。经费已经足够，接下这课，只因为神经被签证牵扯着，没有心思坐下来写文章，而无所事事地待着又怕着实无聊。现在无比耐心地等待着签证的下文，只等结果一到，就忙乎以下事情：换汇、买大行李箱、买驴友登山穿的冲锋衣（便于在剑桥寒冷的冬天出门骑车穿的）、买礼服（也许是旗袍，为的是在国外的一些正式场合。老外平时穿的很随便，但在正式的宴会等场合还是比较讲究着装的）、订飞机票、定住宿等等诸多事项。

4. 9月份，签证日期能给在9月，就准备9月出发了。毕竟到了国外还有很多手续要办，如医院注册、警察局备案、大使馆报到、学校报到、图书馆办借书手续等等。如果签证日期只给了十月，那就只能10月1日走了。正好我们这学院的刘副院长还交代有几件工作开学要办的。

5. 正式开始剑桥时光：剑桥每学年有三个学期，每学期只有短短的八周。第一学期从10月初到12月初，接着一个多月的圣诞假期；第二学期从1月中旬到3月中旬，然后是复活节假期；第三学期从4月中旬到6月中旬，主要是在图书馆复习以及考试，之后就是长达三个多月的暑假。剑桥真正上课的时间也就前两个学期，区区四个月，可谓全英最短。

西方大学教育素来看重学生独立思考和研究的能力。他们的课堂模式是学生不用起立，只需举手示意，就可以随时打断老师，发表自己对老师开放式问题的不同见解。那么老师具体是如何鼓励、鞭策学生把书本上的知识消化并发展成自己的观点呢？

而我以访问学者的身份，就是要近观这些学生和老师的授课环节，并把自己的学术思考融入进去。这四个月我会像海绵一样，充分吸取养分，掌握一手资讯，了解学术前沿，尽量多地在思想上在学术上武装自己，才不枉此行。我的学习主要是两个方向，这也是我带研究生的两个主要方向，一是西方文学理论；二是英美小说批评。凡是与这两个方向相关或与文学现代主义等相关的讲座，都是我必去听的，也是必定要带回些资料的。

6. 只学习,不懂游玩,那还是不懂生活。我准备利用剑桥第二个学期结束后、我回国前那段时间,开启一段从德国意大利开始的欧洲之旅。读万卷书,行万里路。每一段旅程,都是一份人生阅历。这也是我在过去的四个月辛勤工作的动力,因为我仿佛听见了罗马竞技场的呐喊声、仿佛看见了水城威尼斯的冈朵拉船、仿佛踏在了法国香榭丽舍浪漫的大街上、仿佛遥望到了瑞士纯净的雪山、仿佛沐浴在德国科隆大教堂神父的祷告中……生活的画卷慢慢打开,需要有心的我慢慢品味。这就是我的2013年,一个蓄势待发的年份!

第三篇 飘逸行云

剑桥租房记

2013 年 8 月 18 日

  这一段时间一直纠结于在剑桥租房的事,也一直心绪不宁。其实我实际上没有后顾之忧,在剑桥的黄老师和戴老师都提议我去了之后可以和她们住一周,再亲自去现场找房定房。我非常感谢她们的热心,但还是不想去打扰。也考虑到时刚到那要办的事情很多,比如去学校报道、图书馆注册、银行开户、警察局备案、买自行车、买日常用品等等很多杂事,而且到达两天之后又要开学,人生地不熟的环境还要再临时去找房,实在怕自己没那个能力招架,所以我非常希望能在走前把房定下,这样我到了就可以摊开行李,收拾妥当,以一颗虔诚做学生做学问的心去好好体会剑桥课堂上和校园里的美妙。抱着这样的想法,于是我真的是麻烦了很多人,很多以前都素不相识或没打过交道或久未联系的人帮我参谋定夺,真的谢谢他们,于是现在我终于可以说:我租好房了!
  租房的经历真是一波三折啊!最早是在黄老师去英国前的几个月,我们俩经常彻夜聊租房,又是分析又是比对各项信息,终不如愿。后来我的学生海燕和她结识的唐老师帮她搞定。海燕也给我推荐了一个老太太的房,地段价位都很合适,老人人也很好,只可惜她不是房东,她只是想找个人和她女儿合租互相有个关照,但最后因为我们双方都胆小,害怕这样的转租违反英国法律而作罢。半个月前我读研时的同学王老师（她 9 月 10 日去剑桥）告诉我她看中一套房，有一大一小两间出租，她提议我考虑下。她的时间正好符合租小房间的，而我的时间正好跟那大房间空出的时间吻合。我当时有些犹豫，因为 460 英镑一个月的月租（包括各项费用）有点超出我 400 镑的心理预期，再加上时间还早，我就还想再选选。王老师委托了郑老师和黄老师去看房，回来说房子不错、地段也好，我的心就开始有点动摇了。

在剑桥提供给我的租房信息里，我列出的可考虑的两个选择，一是 Girton Road 的一处，另一处是 Mill Road 的房，这两处最吸引我的就是他们接受短租，因为我想在明年一月租到 Granchester 去，体会下这个号称"剑桥的灵魂""英国最美的乡村"的人文风景。但后来梁老师和我另一学生吴老师帮我排除了这两个选项。梁老师去了 Girton Road 现场，他看了路段后感觉不太好，一是路远较偏僻，穿越了高速公路，生活不太方便；二是房子不太好。吴老师反馈给我的信息是，Mill Road 比较方便，但环境比较复杂，北边离学校近些，但我看到的那个房间要比我到的时间晚些才能空出来。于是我只好放弃，专心考虑王老师提议的 Cherry Hinton 这处，想到能和黄老师、海燕、王老师都住一个地段，周围生活又很方便，我就决定租下了，委托郑老师和黄老师帮我和王一并去交涉租房事宜。

以下有文字摘自黄老师的空间日志，从中大家可以看到她和郑老师为我房子操心的全过程，我就不再赘述了。总之，现在房子押金、租金已交好，房子已经定下，房东开具的收据黄老师已拿到，刚才我还收到房东的邮件确认此房出租给我。谢天谢地，终于又忙完一件大事！

至于黄老师说到她为那个房东感到气愤，居然一屋谈几家，我倒是能坦然接受。商人重利是本性，何况他始终强调先到钱者先得房，虽说有言在先，但见利忘义于他来说也是正常，何况我和他本无"义"可言。至于房东发来的长达八页的租房合同，以及他和黄老师谈到的取暖费用的增加，我也可以接受这种丑话说在先和有话说在当面的坦诚，以后双方照章办事，能省却一些不必要和说不清的瓜葛。

就像电影演完一般通常都会有演员表、致谢词之类的打出，我也想用这种方式最后表达下我由衷的谢意。特别鸣谢亲爱的黄老师，她在自己都是刚到剑桥的情况下，在带着女儿的情况下，在自己银行卡都没拿到而现金又不多的情况下，帮我出谋划策又亲力亲为替我付款定房，还楞是拽上两个她自己刚结识的朋友一并来帮我，谢谢啦！感谢郑老师在自己回国探亲前一日，在自己忙碌的工作后，顾不上吃几口饭，就又是电话联系又是亲自出去帮我看房拿主意，谢谢！感谢唐老师在最后关头做护花使者陪同黄老师帮我定下此房，谢谢！感谢剑桥群里的戴老师主动提出让我去睡她的床，她可以打地铺，感动啊！感谢群里的刘老师热心为我提建议出主意，谢谢！最后，last but not the least，哈哈，感谢我的同事梁老师、同学王老师、学生海燕和吴老师，谢谢你们的各种相助！最最后，如果还有帮过我的哪位老师在我的致谢名单里遗漏了，请原谅哈，我也一并谢过了。租房经历用王老师的话来说是"心力憔悴"，我和房东彻夜往来的诸多邮件可以概括我感受是"琐碎心烦"，而我的家人则说我这段时间是"神情恍惚""心不在焉"。哈哈，无论如何，租房记终于落幕了！

欲知租房详情，请看以下黄老师的日志：

一早起来，看到蔡老师QQ留言，得知她原想今天自己从国内把租房订金和首月房租打给印度裔房东Mr. Agar，但到银行才知道周末不能转款，等到周一又怕房子被其他人预订了，想让我去帮忙交钱。看来我要第三次和这个印度裔房东打交道了。前两次都是应王老师和蔡老师之请代她们去看房的，当然，我都拉着后来被Mr. Agar认为是BBC（British breeding Chinese，即国人熟悉的banana之意）的婷婷同去的。虽然房东说的我完全能听懂，但是我没法流畅准确地表达自己的意思，多数时候还是要仰赖婷婷代为沟通。

第一次是请婷婷电话和房东约见面，初次见面，我对这个房东的印象非常好，觉得他谈吐风趣，为人热忱，尤其是与他的国际房客们（他的大 house 里住着德国人、法国人、意大利人、巴西人等）相处甚为融洽。房子也不错，有三个卫生间，厨房、餐厅、花园都很大。因此，房东自信满满地主动要我拍照。有意思的是，房东让我们不要打电话和他联系，因为他动作慢（说实话，他还真有点胖），还没等他接听电话，电话就自动转成短信模式了。因此，他希望通过电子邮件联系。我把情况反馈给王老师、蔡老师后，她们对房子较满意，就电子邮件和房东联络准备订下其中两个房间。

第二天晚上，我和婷婷又受王老师、蔡老师之托，二顾印裔房东处。订金通常都是一个月的房租，但这个房东坚持要 300 镑订金再加一个月房租，这样她们两位就要付 1 560 镑（大点的房间 460，小的 400），而且不接受 cash，必须银行转账。我的银行卡还没拿到，现金只剩下 1 000 镑多一点，既无法替她们转账，也无法付那么多现金。因而，这次我们的主要任务是让房东同意只收她们的订金，而且还得接受现金支付，待她们抵达剑桥后再签合同付首月房租。但无论我们如何交涉，房东都坚决不让步，而且还提出，如果再遇上去年那样寒冷而漫长的冬季，取暖费要增加。我们追问增加多少，他答曰房租的 10%。这一次，婷婷和我都感到这房东实在是个精明的商人。

没想到，第三天，蔡老师就告诉我她和王老师正准备从国内自己汇款给房东，可是房东竟说已经把大房间租出去了，只剩下小房间。小房间时间上于蔡老师更合适，于是蔡老师急于租下。我当时简直要破口大骂这个印裔房东了，有人也想预订他的房子，他昨晚竟一点口风没漏，太狡猾了。后来，转而一想，商人就是商人，在他的逻辑里，谁的钱先到账就给谁也是情理之中的事，只是我实在不习惯和这样的人打交道。因此，今天要再与他谋面，从我内心来讲，是一百个不愿意。但蔡老师既已决定要订此房，而且说服房东同意收现金，我又还能代付得起 700 镑的订金加首月房租，只有硬着头皮去了。不过，我还是拉上云峰兄同去以壮胆。幸好没有再生变故，而且交流得还颇为顺畅，总算圆满完成任务了。

第三篇 飘逸行云

初到剑桥的 72 小时

2013 年 10 月 4 日

  这几天，真地忙碌紧张，如果没有过去那三个月的养精蓄锐，没有充沛的体力是吃不消的。10 月 1 日早上五点半起床，七点办完所有过关手续，在机场候机两小时，9 点 45 起飞，飞行 12 个小时到达伦敦希思罗机场。飞行途中非常平稳顺利，南航的服务硬件和软件都很好，看样子与我 2007 年出国时相比，民航有了长足发展。此前我一直担心十几个小时的飞行，我会坐得腰酸背痛。但飞机座椅配备了靠腰垫和头部固定枕头，让我没有任何不适的感觉。每个椅子背后都有显示屏，可以满足乘客的各种需要：看电影、电视剧、游戏、实时旅行地图、购物、音乐、相声等等。我就在电影、音乐和地图三个主要功能间频繁换动。看了三部电影：《伟大的盖茨比》《月满轩尼斯》《二次曝光》。《伟大的盖茨比》我连看了两遍，剧情台词太棒，名著就是名著。后两部国产片实在是冲着汤唯和范冰冰看的，但还是忍受不到最后，改听音乐了。老爸说，与他同去英国的老师当时在飞机上喝醉了，哈哈，的确，飞机上不时供应各种酒水，我为了保持清醒的头脑，只喝了咖啡、可乐和水。

  英国时间下午三点到达机场，过海关时要求出示了健康证、访学邀请函、护照、返程机票、入境表格等，由于事先都已准备好，所以有条不紊。但后来为了买去剑桥的巴士票却是一阵慌乱。从第四航站楼出来以后,我到处找 central bus station 的标志,没看到,就去问一个工作人员,她让我走五分钟到前面尽头就是。我到了那发现是火车站,我又问一工作人员说我去剑桥,他详细耐心并且带我找到巴士售票处,原来根本不要走到尽头,走三分钟右拐就出去就是巴士站了。于是买了 4 点 40 分的车,727 路,七点半到剑桥 park side 下车,打电话叫的士,两分钟后的士载我到住处,正好是与房东约好的八点。海燕和郭老师已经等在门口,与房东简单寒暄交流后,放下行囊赶往附近的黄老师处,她已经招呼了一帮人,忙乎了半天,大伙整了一桌吃的出来。虽然已是北京时间凌晨两点,眼皮有点沉重,但我精神振奋,拍照、聊天、吃饺子水果之后到住处已是一两个小时后了。回来又收拾东西、洗澡,直到晚上十一点。

　　第二天初步见识了下英国气候的多变,早上六点半醒来窗外传来淅淅沥沥的雨声,上午九点雨停,我和海燕、黄老师三人骑车 40 分钟十点整如约来到英文系报到注册缴费,然后到三楼办公室边喝咖啡边聊下周开始听课的事。雨后空气清新,骑行在绿草茵茵的剑桥小径上还有做梦的感觉,此刻看着窗外的大学图书馆,喝着免费的热巧克力咖啡,很是放松了一下一直疲于赶路的身心。走出剑桥英文系大楼,我提议在楼门口拍照留念,可找了一圈都没发现英文系的门牌牌匾之类的东西,只是一栋楼,没有任何标注,在玻璃门上印了三个单词 Faculty of English。如此低调啊,真是静水流深啊,我这样咋咋呼呼的人真是一阵惭愧,流浅水响啊!接着她们又陪我去大学图书馆注册登记,一次借 20 本时长 2 个月。(在英文系图书馆可以一次借 10 本时长两周)然后我们又去了市中心图书馆,没想到居然在繁华的商业中心 Lionyard shopping mall 里,有这样静静的可以看书的去处。接着我们去银行 nationwide,我要开户,于是预约好了明天下午两点半办理。在英国,做什么事都要预约,我能接受并欣赏这样有章可循、有板有眼认真做事的风格。

　　一点半我们来到一家餐馆吃午饭,在等了 40 分钟后终于等来了我们的三份典型的英式午餐。这家餐馆生意太好,以致

第三篇 飘逸行云

我们三人要分工,她们俩去柜台点餐,我负责占位子,餐馆里都是来就餐的本地人,就我们仨是"老外"。饭后又骑行半个多小时到住处,我骑的车是海燕女儿的,没想到她能骑那么高座垫的车。很久没骑车了,我今天真是骑得巨累,体力消耗殆尽。回来后又与房东签了住房合同,房东太太交待注意事项半个多小时。我期待的洗衣机没有,但她推荐我去外面的干洗店干洗。怎么可能经常去干洗呢?我拿出仅有的一丝力气,洗头洗澡,然后用手一件件洗了这三天积压下来的衣服。由于这几天都在赶路,从南昌到广州到伦敦到剑桥,汗水湿了干又干了湿,所以再累也必须洗了。现在在这写这日记,眼皮早已沉重,但我还是坚持,因为拖到明天又是新的一天了。只是原谅这是以流水账的形式记的啦。

第三天早上八点醒来,窗外阳光明媚,但太阳穴发紧,我知道这是这几天辛苦加大姨妈发威的双重作用的结果。要是平时就要好好休息下了,可今天有两个重要约定必须前去,一是约了银行开户,再一就是约了英文系图书馆的介绍。九点半,住在附近的黄老师主动提出带我去办三件事,因为那两个约定在中午和下午,所以此前的时间还可再利用下。于是我们先来到全国医疗保健系统(NHS)中心。英国是福利国家,良好的全民医保服务是它的特色,来这里访学一年的老师都在各自家附近的 NHS 中心注册登记,这样万一在英国身体不适都可以享受到它便捷周到的服务。但访学半年的不给办理,所以我颇为忐忑,因为我是半年,但签证官给了七个月,不知道待七个月的是否能够办理。简单询问后,工作人员又与身后另一工作人员交换了意见后同意给我办理了。我拿回一些表格来填,明天上交即可,他们就会安排我去做妇科检查等常规性的日常保健了。走出 NHS 中心,我心安定了很多,这样万一在英国头疼脑热就不用担心了。

接着我们来到 Cherry Hinton 这条街道的图书馆注册,顺利办好,以后我可以在这里借阅书籍、上网等。英国真是个有文化底蕴又崇尚阅读的国家,哪儿都有图书馆、资料室、博物馆。

然后黄老师又带我去一家比较大型的 Tesco 连锁超市,她真是个好向导,耐心细致的引导,我想我下次顺利找到这家超市没问题了。由于我从国内带来的东西还比较全,再加上头一直在隐隐作痛不想多逛,所以我只采购了 6.42 英镑日用品就和赶来的海燕一道走出了超市。她们教了我如何使用自助设备付款,很实用。接下来陪我的接力棒交给了海燕,热心的黄老师又去给一牙疼的老师送绿豆汤了。

我和海燕骑车来到银行,比约定时间早到 10 分钟。一客户经理非常热情为我办理了业务,25 分钟,她给我们倒咖啡,带我们去洗手间,填写各自表格,细心讲解他们的业务,顾客还真是上帝。银行本来说给我们安排一个会说中文的工作人员接待我们的,海燕说还是用英国人吧,我也是这么想的,什么都接触下,用英文交流也是在锻炼自己。中午一点,我们来到一家中餐馆,吃了顿中式自助餐 6.95 英镑每人。为了感谢她的陪同,我执意由我付款。英国天气说变就变,我早有准备,出门前就把衣服收了进来。

午饭后我们步行来到英文系,两点半图书馆的工作人员 David 接待了我,然后在接下来 40 分钟的时间,他非常非常非常敬业地介绍各项借阅流程,带我从一楼到三楼,从资料的查找、图书的摆放、自助借还书的方法、网上资料的查找等等一一说明。特别是当他坐在我身边教我使用修改各种密码信息时,我本来就对电脑发怵,他很耐心,让我自己操作,他一步步提示我,我很感动。印象中,从来没有谁这么耐心教过我电脑,都是我自己摸索。英文系每年接收 30 名访问学者。我知道他对每一个来访学的老师都是这么认真仔细,这是他的工作。人不可貌相,虽然他长得像外星人,但人很好,呵呵。今天在路上看见有两个老师带五六个中小学生模样的孩子在街道上现场教学,教他们骑车注意事项。再加上这段时间感受到的黄老师的女儿和海燕的女儿在这接受的教育,当时觉得在国外读书的孩子真幸福,老师手把手地教,真正因材施教,没有什么作业,鼓励阅读,每一点进步都被老师记下来,读好两个单词都被表扬,孩子的自信心和自尊心得到很好保护。没想到下午我也成了那个幸福的小学生，David 教了我很多，我需要时间好好消化，一对一的教学，我从未享受过，除了今天。

　　走出英文系办公楼，我如释重负，终于忙完了几件事。雨停了，我们从国王学院穿行而过。今天两度看到写有徐志摩诗句的那块石头，国王学院的美，那秋天落英缤纷的美，实在是我此刻用笔写不出来的，等哪天头不痛了我再图文并茂吧。由于来时在半路上海燕把车拿去检修了，所以我们步行了两个小时回到住处。英国的各种服务真好，69 镑买的自行车，每六周就给车检修保养一次，简直是享受汽车的待遇。而我也庆幸今天可以走路回家，因为昨天的骑车已经让我屁股生痛，实在不太适应山地车的高座垫。不过每天这样骑车走路的锻炼，是对身体健康的有益储值投入。

　　今天还完成了一件事情，就是去买了辆自行车来。在剑桥，没有车不方便。斟酌再三，充分采纳黄老师和海燕这两位生活达人的建议，也是我自己考虑之后，买了这辆性价比较高的新车 69.99 英镑，车锁 6.99 英镑，保修期一年，每六个星期车行给免费检修保养一次。很多访学的老师买的都是 40 英镑以下的二手车，看起来便宜，但经常修这里坏那里，还是不划算，还误事。其实我真正看上的是那种有车筐有后座有挡泥板的车，骑起来像公主，可是这个想法只闪过几秒钟就遭到了两位同伴的断然否定，毕竟只在这待七个月，大雨天和冬天还可能坐公交车，而且买贵了走时还不好出手。算了，反正俺现在也是剑桥有车一族了，只要放在前庭的车不被小偷惦记。

　　中午去超市 Asda 采购了一些食物，超市物品还是很丰富的。下午回来让房东修好了门锁和台灯，调好了电视，这样晚上可以看看电视打发时间又听听新闻练习听力了。刚给警察局发了邮件预约注册，这是签证上规定的，一周以内必须报到注册，这样也是为了自身安全考虑，到了这片土地，大英帝国就要对我们负责嘛。

Granchester 果园

2013 年 10 月 6 日

英国的格兰切斯特村(Grantchester Village)位于剑桥南面,距市中心不过两英里远。它几乎与剑桥大学一样古老,且闻名遐迩。700多年来,剑桥大学的学生,如培根、马洛、斯宾塞、弥尔顿、华兹华斯、柯勒律治、丁尼生、牛顿、达尔文、克伦威尔等等,都曾或步行或骑马或划船,到这里郊游。村里至今还保留着许多古老的房舍,其中最重要的要数老磨坊(The Old Mill House,乔叟《坎特伯雷故事》中"磨坊主的故事"就发生在这里,其中提到了两名剑桥的学生)和牧师古宅(The Old Vicarage)。

格兰切斯特果园(Grantchester Orchard)位于格兰切斯特村东头,紧连着牧师古宅的花园,是格兰切斯特最重要的景观。1897年春天的一个上午,一群剑桥大学的学生,要求果园主人史蒂文森太太允许他们在鲜花盛开的果树下面,而不是像往常那样在果园旁边的房屋里用茶。他们哪里知道,这一小小的举动竟开创了剑桥的一大文化传统。

学生们在果园里品茶的消息在剑桥大学各学院传开。对于剑桥的学生、学者来说,果园很快便成了位于剑河上游的一块胜地。史蒂文森一家也在广告词中自豪地宣称:本果园独立、宁静,未与任何公共建筑毗连,环境幽雅。该果园自创立以来,基本上没有什么改变,几乎原封未动。

为了增补收入,史蒂文森一家用果园旁边的房屋接收房客。于是1909年,剑桥大学国王学院一位年轻的毕业生在这里住下,他的名字叫鲁珀特·布鲁克。鲁珀特·布鲁克从剑桥大学搬出来,指望在这里能避开闹哄哄的社交生活,结果却事与愿违。年轻有为且富有超凡魅力的布鲁克,招徕了不断的客流,最终以他为中心,形成了一个固定的朋友圈,即著名的"格兰切斯特小组"(Grantchester Group)。他们是诗人鲁珀特·布鲁克、哲学家罗素和维特根斯坦、小说家福斯特和弗吉尼亚·伍尔夫、经济学家凯恩斯和画家奥古斯塔斯·约翰。弗吉尼亚·伍尔夫曾把他们戏称为"新异教徒"(The Neo-Pagans)。他们与伦敦的布卢姆斯伯里小组(Bloomsbury Group)形成对照。不过,他们也都同时是布卢姆斯伯里小组成员。

当时,自滑铁卢之战以来,在将近100年的时间里,欧洲一直处于相对和平的状态。在这样一个田园诗般的时期里,人们无忧无虑,充满了乐观精神。他们常常远足郊外,露宿乡野,品茶尝鲜,谈今论古,各种新思想、新观点层出不穷。"格兰切斯特小组"正是这一时代特征的体现。

布鲁克迷恋上了格兰切斯特田园式的生活。他当时住在果园旁边的屋子里,除了学习、交友之外,还常常跑步至黑斯林菲尔德(Haslinfield),到河里游泳,赤脚在村庄上散步,以水果和蜂蜜为食,划独木舟往返于剑桥。据说有一次,他还与弗吉尼亚·伍尔夫一道,乘月夜在果园附近的拜伦潭(当年拜伦在剑桥大学读书时,常到此游泳,故得名)里裸泳。在一次前往柏林的旅途中,布鲁克满怀思乡之情,写下了一首著名的诗作,《牧师古宅,格兰切斯特》(The Old Vicarage, Grantchester)。这首名诗的最后两行也使得这个果园里的下午茶百世流芳:Stands the church clock at ten-to-three/And is there honey still for tea? 教堂时钟停在三点差十分/尚有蜂蜜掺和下午茶?

人们对教堂时钟是否真的停在那个时间这个问题一直争

论不休。不过，今天的人们确实能感受到，时间在这个果园里是静止的。布鲁克回到格兰切斯特之后，发现自己的房间已经被出租了。于是他搬到隔壁的"牧师古宅"，在那里继续过着波希米亚式的生活。布鲁克后来离开剑桥，到北美及南海一带广泛旅游。他于1914年回到英国。第一次世界大战爆发后，他投笔从戎。其所在部队从安特卫普（比利时北部港市）撤退期间，遭到敌机狂轰滥炸。1915年3月，他登上了前往加利波利（Gallipoli，土耳其加利波利半岛上的港市）的一艘部队运输船。不幸的是，他从此一去不返。上船后他患了重病，于1915年4月23日死于血中毒病，年仅28岁。就在当天晚上，他被埋在希腊斯基罗斯（Skyros）岛上的一片橄榄林中，其坟墓上树立了一块纪念碑。在此前的几个月里，他曾写下一首题名《士兵》（The Soldier）的诗，其中的几行富有先见之明：If I should die, think only this of me:/That there's some corner of a foreign field/That is forever England.（如果我死了，只要想我这一点：外国土地上某一角/永远属于英格兰。）诗人在此表达的意思是：他是英国的好儿子。他埋骨所在的异国土地，也就永远标志着英国的光荣。

布鲁克属于死后成名的诗人，他的诗作受到了广泛的赏识。他成了"年轻的阿波罗"（纯真青年的象征），激发了世人的想象力。他受人崇拜的地位一直有升无降。与此同时，对于果园来说，漫长的黄金岁月还在后头。自20世纪20年代以来（除了在二战期间关闭了一段时间之外），果园的名气越来越大。访客常常沿着横穿格兰切斯特草地的一条小径（人们习惯把它叫作格兰切斯特健身道：Grantchester Grind），步行或骑车，或撑着方头平底船沿剑河而上，穿过剑桥后园（The Backs）整齐优美的环境，去尽情享受那弯弯曲曲的格兰塔（Granta）河畔的平静与安宁。据说，英国数学家图灵（Turing, 1912—1954）就是在格兰切斯特草地上散步时，产生了人工智能的想法。今天，人们漫步穿过草地，仍然可以在果园中获得心灵的平静，迸发出智慧的火花。

第三篇　飘逸行云

　　在剑桥大学一年一度的毕业舞会(The May Balls)期间,那些通宵狂欢之后睡眼惺忪的青年男女,习惯撑船来到果园,享受一顿别具一格的户外早餐(通常包括香槟酒和草莓)。这个传统仍在继续。到了1964年,光顾果园的访客如此之多,园主只得树立起一块8英尺高的木板牌,上面用35种文字写出告示,提醒访客用茶后将茶杯和浅碟放回到茶具架上。果园在剑桥人的心中已经占据一席之地,也已成为成千上万到剑桥观光的游客普遍欢迎的一个目的地。慕名而来的游客中,包括诺贝尔奖得主、走红的作家、各国政要、皇亲国戚。不过,在20世纪80年代,果园又曾一度关闭,因为有关单位曾打算在这一带开发居民住宅。庆幸的是,这个计划流产了,果园终于躲过了被开发的恶运。果园现在的主人打算将它分成小块出售给公众,以使它永远脱离被开发的危险。

　　夏日的夜晚,在果园上演莎士比亚、莫扎特和其他名人名作的新传统,已成为当今剑桥边缘艺术节(Cambridge Fringe Festival)的一个必不可少的组成部分。无论外部世界如何变幻,在果园里,时间永远驻足于一百多年前那个自由、恬静而又充满诗意的时光里。用鲁珀特·布鲁克的话说,果园将"永远属于英格兰"。有机会访英的国人,不妨去看一看,领略一下坐在果树下面的帆布躺椅上品尝英式下午茶的滋味,或者到果树旁边仍然弥漫着鲁珀特·布鲁克气息的亭阁中享用一顿美餐。(内容摘自:http://www.gmw.cn/01ds/2004-04/21/content_15665.htm)

剑桥的活动

2013 年 10 月 8 日

  剑桥各种活动太多，我想如果我不马上记下来，隔夜我都会遗忘掉。今天是每周二例会时间，又正逢新学期开学，剑桥大学附近很是热闹。早上十点我骑车经过 Sydney Farm Road、Daws Lane、Birdwood Road、Davy Road、CPA，再右拐来到 Parker Piece，再一路向西，经过几条街道来到大学活动中心。报到注册，大量的活动手册免费拿，喝咖啡吃饼干，互相介绍聊天。组织者和志愿者大都是年纪比较大的女性，她们非常热情为我们提供各种服务。11 点 15 分讲座开始，介绍各种活动安排、团体性质，又分组讨论在剑桥可能需要帮助的事项。热心、热情、无私分享。12 点半安排了 walk tour，由 Leez 带我们十来号人在剑桥几个标志性地方转悠。

  每到一处，她细心讲解剑桥的历史和起源，历时大概一小时。趁机我又把英国历史温习了一遍。首先来到这个城市的发源地，康河上的桥，故名 bridge over the river Cam，于是演变为今天的剑桥。途径罗马人建造的具有意大利风格的建筑，拐过被 Leez 称为最 roughest 的街，即当年罗马入侵者来这喝酒泡妞的地方；来到剑桥最早的学院 Peterhouse，又前往小圣玛丽教堂，迄今已有 500 多年历史；最后我们止步于建于 1441 年的皇后学院。各类建筑保存完好且使用至今，让我从心底里叹服。

第三篇　飘逸行云

　　然后我和湖南吉首大学的朱老师去英文系各处打探周四以后上课的教室所在地，Lecture Block, New Museums Site 等处，途中还碰到其他手拿课表找教室的同仁。剑桥是个大学城，从一处到另一处都有一段距离，不事先探好路，恐怕上课会迟到的。接下来我们来到大草坪，这里正在进行迎新生大型集市，有卖二手自行车的，但主要是各个社团，拉新人入会的应有尽有。如果有任何一项特长，都可以在这找到归属感。

　　备忘录：明天周三下午 4 点 10 分，NHS 见护士交尿样体检。周四下午四点参加教会组织的划船活动。周五下午参加 Tea Party，等 Alice 来电话通知。周六下午去看莎士比亚戏剧。周日去伦敦。下周三下午 5 点在国王学院参加 Evensong。10 月 23 日下午 6 点在三一街参加剑桥出版社举行的接待酒会 Drinks Reception。10 月 28 日晚上六点的 ghost tour，迎接万圣节。11 月 7 日晚上五点半的读书会，与作家 Emily Winslow 见面交流。11 月 26 日晚上 6 点 20 在 Gonville and Cauis College 参加 Evensong。

剑桥市中心

2013 年 10 月 9 日

  趁着还没上课天气尚好，我和黄老师又出发去漫游了。她首先带我找到火车站，这样便于我周日去伦敦时知道在哪坐火车。然后我们把车停在 Parker piece 的游泳馆边上，就开始徒步往市中心去了。第一站来到市中心的大广场，这里每周六日都会有集市。自从公元 400 年罗马人离开以后，剑桥市的这块区域就成了城市的焦点。悠闲的人们坐在这外面晒着太阳品着咖啡。我的视线很快被成群停在圣玛丽大教堂的鸽子吸引，这让我想起梁朝伟说的他心情不好的时候就从香港飞到伦敦来喂会儿鸽子再返回。

  这座被称为圣玛丽大教堂的后哥特式建筑俯瞰着市集，它是剑桥大学和剑桥市最重要的教堂。现在大学每个学期的两次训教都会在这里举行。这座教堂全天响钟 12 次，在通往钟塔（123 个台阶）的公共入口处可以欣赏到整座城市的美丽景致。可惜我们去时，里面在检修维护，相信年底的圣诞可以登高看远一饱眼福。在教堂西门上，还刻有一圆形刻纹，这是 1725 年标注的基准点，用来标明城市的中心位置，所有剑桥市内和市外的距离就是以这一点为基准测量的。

  圣玛丽教堂前圣玛丽街的对面，是属于剑桥大学出版社的书店。这座建筑被誉为英国最古老的书店遗址，其开业时间可以追溯到 1581 年。

我们又接着寻找座落在玫瑰新月街和集市山丘交接处一角的建筑"玫瑰新月",它曾经是培根的住所,后来成了著名烟草商的住所。趁着黄老师在研究地图的功夫,性急的我拉住一个路人询问,没想到路人一指我头上的标示路牌,哈哈,玫瑰新月就在我脚下。果然凑近一看,墙上的铭牌上刻着诗行 Ode to Tobacco,诗句出自诗人卡尔·佛列的笔下。这个诗人可真会拍那烟草商的马屁哦。

教堂钟敲 12 下,我们要吃午饭了。沿特兰平顿街走到路口,就看到 Fitzbillies 糕饼店,这家店因其首创切尔西螺旋形果子面包而声名远扬。吃完在这买的三种特色面包,我们来到号称世界上最伟大的博物馆之一的 Fitzwilliam 博物馆。这里藏品丰富,油画、图画、照片、雕塑、银制品、纺织品、玻璃制品、古董、钱币等等都有,这周正在展出的特色是来自非洲的各种梳子和来自日本的春宫图。

英式下午茶

2013 年 10 月 11 日

今天要记三件事。第一件：上课。上午听了 9 点、11 点、12 点的三节课，都是讲座，分别针对本科一年级和二年级的学生，地点既有在音乐系的大音乐厅，也有在英文系的小讨论室，好在相隔不远。9 点的课是关于论文写作的开头、结尾和引用技巧，看样子这里治学严谨、分工很细，这课也适合我们那的研究生一年级的学生来听，基础入门很有必要。10 点的课讲述 counterculture，老师从"反主流文化"的定义出发，结合具体文本，探讨在社会、历史、政治等语境下，这股叛逆思潮在文学上的体现和影响。12 点的课以"城市"为主线，阐述在现代主义和后现代主义作品中，城市所代表的具体和虚化的象征含义，以及城市的文明和人在城市中个体的迷失。这两天的课有个共同特点，就是老师都是在发讲义后，按照自己写的论文思路，全文宣读。同一语速和频率，没有表情和交流，如果学生没有高度自觉性和课外自己深入探究的能力，可能到学期结束想交出有自己见解的学期论文会比较难。我看偌大音乐厅前三排坐的都是来自中国各高校的访学老师，不知道上课老师做何感想。

第二件：英式下午茶。这是今天很值得写一写的事。来英国十来天，接触的还大都是中国同胞，与英国人接触不多。剑

第三篇 飘逸行云

桥大学给新来的人安排的这项免费到英国人家里体会英国文化的机会，我觉得很好，可是不知道为什么报名的人不多。我在周二报名预订后，又于昨晚与 Alice 邮件确认，今天下午顶着大风细雨四点如约按时来到 Alice 家。非常安静漂亮又温馨的英国人家，古典传统设计与摆设，处处体现着她的优雅与细腻。为了保证接待质量，她只安排了五位前来她家聚会。但不知道为何，有一位没有来。为此 Alice 还不时看手机查邮件，生怕错过信息，怕那人是迷路什么的原因。我看着饭厅里精心的摆设和厨房里准备好的点心，很庆幸按时赴约没有让她老人家扫兴。英国人做事很认真，凡事要预约，我希望如果有人爽约，最好回个电话取消，这样好把机会让给别的人，也免得让人记挂。她还特意叫了两个她的好朋友来作陪，虽然都是六十来岁的女人，但都有化淡妆，举止打扮看得非常有教养。这样我们七个女人享用了一个半小时地道的英式下午茶。另外三个被邀请的客人分别来自美国、澳大利亚、西班牙，她们彼此认识是一起来的，都是老公或男朋友在这学习，她们作为家属来这陪读的。大家边吃边聊，气氛轻松和谐。最先品尝的是茶，当我问这是不是 British tea 时，Alice 说不是，是 English tea。我早就知道英格兰人从不认为自己是英国人，他们总是以自己的英格兰特色为豪的，从她的回答一听果真如此。然后是黄瓜三明治、英式 scone，配上她用自己花园里的果子做的甜酱，抹上黄油，很好吃，然后是草莓蛋糕。这些都是她自己烘培，美食美器，让人赏心悦目。只可惜我中午吃太饱了，否则可以多来几块。今天是我来英国吃撑到的一天，中午在英文系办公室，我和海燕，我带米饭她带菜，吃了一顿又饱又中式的午饭。没想到这下午茶还有这么多吃的。天南地北侃了一通后我们惜别。老太太们太好了，特别是 Alice，问我刚到这有什么不习惯吗？需要她做什么吗？房东还好打交道吗？当我说一切都好，就是路途有点远时，她马上说她的一个朋友知道有条近道，等那朋友回来，她去问来，再发邮件告诉我。这是我在开始聊天时随便说说的，

119

没想到聊了一个多小时离开时,她又问我有什么事需要她帮做的吗?我说没有。她想了想说:"对了,我要帮你问条近路。"啊,多么可爱的英国老人啊!我很感动!我发现越来越多这个国家可爱美好的地方,他们保有自己的传统,又接纳四面八方的新鲜事物。

　　第三件:嘉生日。今天是我儿子的生日。昨晚虽然英国还是 10 日,但澳洲已经是 11 日的时候,我发了个长长的短信给他,当然是表达甜得发腻的母爱和愿他进取的祝愿,顺便问问他包裹收到没有。今天一早醒来看到他用英文回复:"包裹已经收到。谢谢妈妈的生日祝愿。"我很欣慰,仿佛看到他打开包裹大吃特吃那些鸭饨、牛肉、猪肉干、巧克力的情景,看样子临行前那天的忙碌没白费,哪怕肉制品不让邮寄,哪怕运费比那些肉还贵,但都值得了。今天为了给他打电话,我没上 11 点的课,但没想到电话余额不足,只能打英国国内。但我要表达的已经在昨晚的短信中说明了。在英国,每当我看到背着书包和本地小伙走在一起的中国男孩,每当我看到说着流利英语的中国小伙,我就仿佛看到正在成长中的嘉,我仿佛看到他融入那个社会,那个我认为更适合他个性和能给他更大舞台的世界。每当我上课听不懂时,我就想着读大学的嘉一定能听懂,因为那时他已经在英语国家浸染了六年。任何事想要得到,都是要付出代价的,只要他能站得高,我愿意是那垫脚石。我笃信:母鸡的羽翼孵不出老鹰。而我的嘉应该是翱翔的鹰!

上课与看剧

2013 年 10 月 16 日

9 点 How to write less

感想：讲述论文写作如何精炼准确的技巧，这是一堂有讲义、有幻灯、有提问、有回答、有练习、有互动的课。无需点名，学生自由有序回答，反应比较快，课堂秩序很好。

10 点 Tennyson' verse style

感想：老师从维多利亚时期的历史背景入手，结合具体诗歌选段，讲述田纳西的诗歌特点和风格。

11 点 Medieval Textuality

感想：发现这里非常注重文学传统和历史渊源的介绍，又是有讲到乔叟和他的作品。其中对历史文本性的讲解引起我对新历史主义的思考。

12 点 Self

感想：这是今天我最喜欢的课，不仅因为教授儒雅英气，更因为他的博学和感染力。旁征博引，让我很羡慕那些以英语为母语的学生，他们能更好地理解其中的文化，而我只能感知他语言的魅力。以"自我"为话题，他讲课的内容涉及文学、心理学、哲学。很多观点我熟悉更赞同，很多语句引起我共鸣。

14 点 30 分在市中心的艺术剧院看音乐舞台剧——希腊悲剧《被缚的普罗米修斯》和《蛙》。

感想：两个小时的演出，全部用希腊语演绎，观众只能靠两边的英文字幕提示了解剧情。观众热情很高，几乎满座。看到那些优美又内涵深刻的文字，觉得学文学的人在剑桥很幸福。观众大多是剑桥大学生，也有白发苍苍携手的老年夫妇。我感动于在这样一个高度商业化的时代，剑桥仿佛仍然在中世纪，研读传统，表现传统，欣赏传统，这样的文化熏陶，怎能不让这个城市多一些优雅和知性！

17点半国王学院参加Evensong

感想：半个小时的唱颂歌、读圣经，仪式感十足。一进国王学院的教堂，就让我震撼，高耸的天花板、五彩的玻璃、油画、桌椅，无不透着肃穆。祈祷环节，我首先替父亲祷告，今天是他的生日，愿他健康如意！接着我用虔诚的心为我所记挂的人和自己祈祷平安、健康、快乐。出门要募捐，我把钱包里的一把硬币都给了牧师，当牧师对走出门又折回来募捐的我说"谢谢"的时候，我觉得我的祈祷上帝能听见。

总结：Cambridge is a place where nothing is far away. 我发现在剑桥能做的事太多，如果想不落下每门课，想不漏掉每个活动，那就是不睡觉也不够时间。今天雨中漫步、剧院看戏、教堂祷告、河边发呆、抬头看云；教堂的钟声、树上的雨滴、携手的老人、夕阳下的余晖。我决定随心而为，享受它的从容，又欣赏它的美！

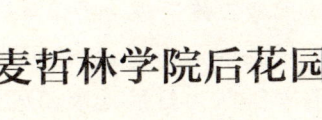

麦哲林学院后花园

2013 年 10 月 18 日

10 点　课程：The Reader（Prof. Stefan Collini）

感想：课前和几个同仁及学生闲聊，就知道这个老师口碑很好。果然上课思路清晰，语言严谨，逻辑性强，条理非常清楚。

11 点　课程：Practical Criticism and Literary Theory（Dr. Milne）

感想：精彩！口齿发音非常清楚，感受学者风范。采用 I.A.Richards 式试验方式分析诗歌，由浅入深，启发式教学，开拓思路，又提升研究高度。

12 点　课程：Literary Fabianism

感想：讲述文学费边主义，从起源、代表人物到主要观点，是一门介绍性的课程。具体关注 George Bernard Shaw、H.G.Wells、Elizabeth Von Amim 的作品，话题多围绕费边主义者对婚姻及社会变革的态度。引发思考：Is modern marriage a failure？

总结：坐在教室当学生的感觉很幸福！不愧是世界一流学府，每个老师奉献的都是他们长期、精心烹制的大餐。每节课只有一个小时不到，老师敬业，学生专注。教室里没有吃东西、玩手机、打闹的现象，只有发到学生手上的讲义和老师滔滔不绝的讲述。老师从不提醒哪里该记笔记，他只管顺着自己的思路讲，学生自己自觉在那刷刷地记。老师上课没有那些绚丽高科技的 PPT，课件只是板书的替代品，白底黑字，言简意赅。

14 点　麦哲林学院私家图书馆和后花园

感想：我和海燕去参观 17 世纪 Samuel Pepys 的私人藏书图书馆。因死后无子女，他又是这个学院毕业的研究生，所以他把毕生藏书献给了该学院。他是 17 世纪英国作家和政治家，曾任英国海军部长，是英国现代海军的缔造者，他率领的皇家海军舰队为日后大英帝国统治海洋打下了坚实的基础。他还曾任英国皇家学会会长，以会长的名义批准了牛顿巨著《自然哲学之数学原理》的初版印刷。我们都有看到保存完好的最初的出版物、他的手稿（用速记法写的日记）等。所有书橱、桌椅全部是他使用过的，1724 年从伦敦用马车原封不动运来。海燕在那对管理员刨根问底，管理员也跟我们细心讲解，因为只有我们两个参观者。我则对那些书柜桌椅更感兴趣，看着那么厚重大气历史感强烈。管理员说这全部是橡木做成。然后我们又来到管理员推荐的后花园参观。每个学院都有后花园，但都写着 scholars'garden 或 fellows'garden，只供学院的教授们享用，就像绿茵茵的草地，只有学院教授才有资格从上面踩过。这也算是做教职人员的一项特权和福利吧。但麦哲林学院每个工作日的两点到三点向外人开放后花园，所以我们俩也享受了下教授的待遇，在那曲径通幽的花园里随意走走，可惜没有什么深邃智慧的火花在这闲适的漫步中产生，哈哈。

晚饭：香菇红萝卜炒牛肉、蒸西兰花和花菜及饭。这对我就算是来了这么久之后正儿八经花半小时做的大餐了。一是因为房东住厨房隔壁，她又说怕油烟，前两天她还拿出个电扇出来扇油烟，最近她又老咳嗽，所以我尽量不炒菜，只吃面包或者煮面。二是来了剑桥，眼睛看不够，白天上午上课，下午闲逛，骑车往返 80 分钟，到家就基本不愿动了。

给大学同学做导游

2013 年 10 月 19 日

今天大学韩同学带一朋友从伦敦来剑桥玩，我负责做导游。韩和我是一个小班的，大学毕业后他去了美国哈佛读法学博士，现在在北京一国际律师事务所任要职，伦敦是他工作的常出差地。在七月份井冈山同学聚会时，他就说到时来剑桥看我，没想到今天真来了。

我们如约九点在国王学院门口见面。在对面的 chopple kettle 咖啡店喝了半小时的茶，我催促开始剑桥半日游，因为他们还得赶下午 3 点 45 分的火车回伦敦，再坐晚上八点半的飞机飞北京。韩同学说："不急，看剑桥是次要的，来看看老同学，能一起聊聊天才是主要的。"我心里有点小感动，不愧同窗四载啊，俗世中纯的东西最可贵。

九点半开始游览，先从国王学院开始。这回可是发挥了我剑桥学生证的作用了，凭证件我可以带两名客人入内。看到其他游客或被拦在外，或被要求买票入内，而我们畅通无阻，我还是为自己能为老同学做点什么感到高兴。细节不描述了，一路我们途经国王学院、克莱尔学院、三一学院、圣约翰学院、麦哲林学院、女王学院，细细参观、拍照这些学院里面的各种桥（数学桥、叹息桥）等等。在三一学院门口那棵著名的苹果树下，我们好好讨论了当年牛顿是如何被这棵树的苹果砸中而悟出万有引力的，哈哈。

午饭时分，我问他们是吃中餐还是西餐。他们说我肯定想念中餐，说是给我改善下伙食。我要求尽地主之谊。但他那朋友说，韩同学才是英国的地主呢。于是找了家中餐馆"万里云"，点了一些广式点心（虾饺、叉烧酥、牛百叶、牛肉粉肠等）和炒菜（清蒸鲈鱼、芦笋炒年糕、鱼香肉丝、辣炒鱿鱼）再加米饭和茶水，一共82英镑。韩抢着付了，我就恭敬不如从命了。他还说要再点两个菜让我打包带回，被我拒绝了。我发现我交往的人多为如此真诚之人。

他们俩走不动了，我们饭后去划船游剑桥康河。每人10镑，他的朋友又抢着把钱付了。这一路风光，一路撑船的帅哥讲解剑桥各院各桥的历史我就不多写了。四十分钟后下船，我们去市中心三一商业街那购买旅游纪念品，他们买了冰箱贴、小孩衣服；韩又去书店给他儿子买了好几本书。趁他们不注意，我买了两支有英国特色的圆珠笔送给他们两位各自都是七岁的儿子。笔上有英国士兵戴着狗熊帽子的样子的按键，因为路上他朋友有说过他本想买套英国士兵的服装给孩子做万圣节的道具，要30英镑他还是没买。这笔每支4.99英镑，就算是个小小心意了。分手告别，他们提议让我和他们一起坐出租车到火车站，这样可减少我骑车一半的路程。我因为想看看星期六市场而婉拒了。

今天骑车又是80分钟，走路三个半小时。哈，如此坚持半年，回国我的身体素质肯定又有大幅度提高吧。他们两对剑桥的印象就是，历史啊，太有历史了，随便一所学院都几百年历史，随便一处景观都有历史。只是我这个到剑桥才19天的人，要想做一个合格的导游还得努力啊。好在有手机百度在手，他们问一个问题，我就赶快查百度，然后读给他们听。最好笑就是我张冠李戴讲错时，他们都不知道，还牢记在心。后来撑船的帅哥介绍时，他们才明白，然后让我赶快下岗去考导游证。唉，谁让他们都懂英语呢，哈哈，好玩得很。

握手告别后，我一个人前往附近的周末集市，都是个人手工制品，规模不大，但还有新意。听说还有个更大的周日市场，以后有机会去看看。

坎特伯雷行

2013 年 10 月 22 日

如果说在剑桥你能看到七百年保存完好的历史,那么位于英格兰东南的坎特伯雷就是中世纪迄今千余年风霜雨雪的见证。这座中世纪大教堂庇护下的小城,是英国基督教的发源地。公元 597 年,罗马教皇格雷戈里一世委派传教士奥古斯丁到英格兰传教。奥古斯丁在坎特伯雷建立了自己的主教座和修道院,成为英格兰第一位大主教。不仅在宗教上,在文学史上,14 世纪末期的乔叟写下《坎特伯雷故事集》,展现"人"的价值和情感,完全有别于之前的宗教神学以"神"为中心的作品,从而成为英国文学首部经典。

所以仿如乔叟笔下描绘的向坎特伯雷朝圣的香客一般,我们四大二小六个女人朝着基督教与文学圣地出发了。从剑桥一个小时火车车程到达伦敦的 King's Cross 车站,再转乘 Victoria line 地铁到达维多利亚车站,坐火车两个小时到达坎特伯雷(票价 21.5 英镑)。中世纪的城门、古城墙映入眼帘,但气势最恢宏的、影响力最大的、最吸引我们的当然是无数朝圣者慕名而来的坎特伯雷大教堂。购得票(8.5 英镑)我们入内,这是我有生以来所见到的最大的教堂,由中殿、内殿、哈里钟楼、圣三一升堂、座堂、回廊、殉教地、地下室圣堂等组成,分上、中、下三层,又有前、中、后三段。

文字太苍白,心已被震撼!当教堂的钟声响起,当晚祷告的歌声响起,仿佛时空穿梭到中世纪那个久远又神秘的年代。我们继续游览圣奥古斯丁修道院、圣马丁教堂、西门塔、热闹的市中心。又返回到伦敦King's Cross车站,看到小说《哈利波特》中的93\4车站,我们个个好奇地围上小说中的那长长的哈利波特围巾,推着有魔法的手推车拍照留念。不远处,开往魔法学校的蒸汽机车也在喷吐着白雾意欲出发。我感慨于文学的魅力,原本虚无,却因文学,深入人心,进入生活。

万圣节

2013 年 10 月 31 日

今天是万圣节,天气平静多云,空气中却仿佛弥漫着一股躁动,那是我被各种活动激起的情愫。上午 10 点出门去买双皮鞋,准备参加剑桥学联安排的今晚的晚宴。13 点我一个人在街角小店买了薯条和 chicken and bacon pastry 当午饭。店临街,找个靠窗的位置坐着,看窗外人来人往,稚嫩的穿着万圣节服装的孩童,时尚又年轻的大学生的面庞,满头银发化着淡妆的优雅的妇人,亲热挽着手的情侣,最打动我的还是那牵着手、不经意互相一瞥的老年夫妻。

14 点我们找到 Kettle Lodge,和剑桥当地作家 Emily Winslow 进行了两个小时面对面的交流,期间大家合影签名留念。大家就她的小说 The Whole World 展开热烈讨论,这是读书会本学期的第一次活动,大概有 10 个人参加,除了作家、访问学者,还有就是这个大学的老师,分别来自美国、英国、巴基斯坦、巴西、中国。我觉得这样的机会很好,大家边喝茶边闲聊,就自己关心的话题与作者畅所欲言。一周后要就她的第二本小说举行读者见面会,三周后又是另外一位作者写的自传体小说的讨论会。

16 点半我来到附近超市买了瓶意大利白葡萄酒准备带去晚上的晚宴。然后我在市中心图书馆待了一个半小时。剑桥打动我的就是在繁华商业中心都有图书馆。任何人都可以在各地图书馆免费办张卡，凭这个卡，可以每天在这免费上网一小时，可以借 12 本书回去，一个月后归还即可。也可以看自己带的书，也可以在这午休下、吃自己带的食物，没人来打扰。

19 点我换上旗袍皮鞋准时出现在剑桥最古老的学院 Peterhouse，参加他们的万圣节 formal 活动（formal 是剑桥大学生比较正式的社交活动之一）。晚宴共有 60 个位置，在此学院读博士的学联的一个同学给定了 20 个座位的票。海燕 13 岁的女儿因为个子高，也混在我们中好好体验了一下大学的这种社交活动。19 点 30 晚宴开始，光线昏暗，长桌上点着几根蜡烛，只在高高墙上名人的油画前有几盏小灯。师生有别，我们做学生的坐一块，剑桥老师坐在比我们高的台子上就餐。我发现无论是餐具、桌椅、灯具都师生有别，自然老师就餐区的一切布置都更高档。比如我们就是一排长凳坐着，老师们的都是高靠背软垫椅。一声锣响，全体起立，听一人用拉丁文做饭前祈祷。晚宴正式开始，服务员开始一道道上菜，南瓜汤、黄油面包、辣椒香菇烤小土豆、鸡胸脯肉、奶酪蛋糕、咖啡。菜式简单，但却是他们这最传统的做法和吃法。大家边喝着自己带来的酒水边就着烛光聊天，真正的烛光晚餐。又一声锣响，全体起立，原来剑桥老师们吃完了，用这种方式送他们离场。老师们离开后，才轮到我们 60 号学生离开。大家又就着昏暗的光线，纷纷穿上他们的黑长袍拍照留念。

回家途中已是九点多，万圣节的气氛也已消散，沿途没有看到摆放在别人家门口的南瓜灯，也没领略到被孩子捉弄的快乐。到家十点看到 QQ 群里大家在晒着各自孩子出去敲门的战利品，也分享了他们的快乐。敲门讨要糖果，用这种方式让邻里有互动有交流也增进彼此了解，挺好。黄老师带着几个小鬼来敲门了，虽然有思想准备，但打开门看到三张面具的时候，还是有点惊到。赶紧拿出刚去超市买的糖果奉上。

这一天过得真充实快乐又有意义啊！

剑桥大学老师罢工

2013 年 11 月 1 日

听说这的大学老师要停课罢工,我莫名兴奋,也许是看多了老师在讲台上的模样,让我对他们的另一面很好奇。昨天一早我跟房东太太说:"我今天不去上课,老师罢工,我去围观。"她的第一反应是吃惊,说了句"again?"我告诉她上个月是中小学老师罢工,这次是大学老师为待遇罢工。她表示反对这种形式,认为这是破坏而非建设,她觉得大学老师待遇已经不低了,平均年薪 7.5 万英镑,只是现在物价涨了而已。我倒不管罢工为的是什么内容,我只是关心这种形式,一种可以合理正常表达自己诉求的形式,而不是民怨怨怨却只在私底下传播。在电视里看议会辩论,争辩如此那般热烈。

中午 12 点在市中心圣玛丽教堂前,人流越来越多,几路人马向这走来,喊着口号,吹着喇叭,拉着标语,很是热闹。警察没有严阵以待,而是随意地站在外圈看着,仿佛已经对这种现象司空见惯。接下来进行了半小时的演讲,工会代表、教师代表、学生代表、其他单位代表如消防队员等纷纷上台演讲。有的语句比较有煽动性,引来阵阵掌声;有的语句比较幽默,人群爆发一阵哄笑。现场气氛热烈又有序,几百年的教堂学院见证了民主的延续。

让在场师生群众鼓掌大笑的是这么几句话:"资本主义已

经无药可治,只有社会主义可以救英国。"打动我的几句话是:"拯救教育的是老师,不是银行。""好的老师是讲解,更好的老师是示范,最棒的老师是启发。""给学生平等的教育机会,给老师有尊严的生活待遇。剑桥有名在大学教育,而我们就是大学。"最后这句话"We are the university."让我非常赞同,行政不是大学,建筑不是大学,只有老师才是大学的根本。演讲结束后,现场响起有节奏的口号声。"他们说:削减!我们说:抗议!"("They say: Cut back! We say: Fight back!")罢工的人群在两点又换了个地方集会,但我因为下午两点还有个读书会要参加,就撤出了。

没想到今天来上课,看到剑桥大学学报上发表的昨日新闻,居然是以那句我赞同的话做标题,而且居然还有我的身影在照片上。剑桥大学这份学报是1947年创办,每两周一期。以后只要剑桥大学存在,只要这个学报在办,我就永远记得在2013年11月1日第772期上有我关心参与的活动和我的照片。

第三篇　飘逸行云

Ely 一日游

2013 年 11 月 3 日

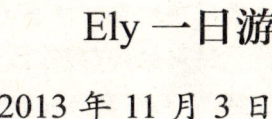

  Ely 是位于剑桥东北部的一个小镇，15 分钟的火车就能到达，是很适合惬意随便走走的地方。Ely 的意思是 ele island 鳗鱼之岛，曾经那里是一片沼泽，只有罗马人修建的大教堂气势恢宏地立于地势最高的小山上，俯瞰一切。这里不仅有这座 1300 多年历史的伊利大教堂，而且也是英国历史上最重要的人物之一、共和之父、军事奇才、护国公克伦威尔的家乡。英国直到现在都是君主立宪制，只有在克伦威尔统治时期实行过短暂的共和制，他把当时的君主查理一世送上了断头台，他曾经为结束内战、统一英国做出过杰出的贡献。但他在英国历史上是个毁誉参半的人物，在共和制期间他又实行暴政，直接导致后来英国的君主复辟，历史因他推动又因他而倒退。所以在伊利博物馆有针对他的民意调查，让参观者回答到底他是英雄还是暴君。我选了英雄，因为他成就不容小视，且功大于过。我很高兴看见大多数游客都认为他是英雄。所以此次伊利之行就算是对英国这段历史的回顾之旅了。

  剑桥大学的志愿者 Liz 老师带领我们 15 人团，一路讲解，有问必答，负责买票，负责订餐，她还自己带了些面包，让我们在河边喂鸭子，实在是非常热心。火车票往返 1.35 英镑，教堂门票 6.5 英镑，克伦威尔之家和博物馆 5.6 英镑，午饭 4.95 英镑，这就是昨天的花销了。她免费义务讲解,到了大教堂又安排一人随团介绍教堂历史,让我对该建筑有了更多的了解。教堂显示的是比较典型的罗马建筑风格,曾经很多电影都在此取景,比如《国王的演讲》等。西立面的钟楼和其两翼的建筑都体现了中世纪城堡的构成特征和砌筑风格。教堂顶部为八角型,有非常精美的宗教壁画,中廊两侧为三层相同高度的拱廊。若不是有讲解的人带着,我们根本没有注意到还有小门通往又一小教堂,里面罗马雕刻非常细腻独到。

看教堂听牧师祈祷,看历史仿佛时空穿梭,看阳光下晒太阳的鸭子,逛特色小店周末市场,我和另一中国老师每每都涌起购物的冲动。

Ely 游很悠闲!

第三篇 飘逸行云

巨石阵巴斯一日游

2013 年 11 月 16 日

巨石阵(Stonehenge)又称索尔兹伯里石环、环状列石、太阳神庙、史前石桌、斯通亨治石栏、斯托肯立石圈,位于距英国伦敦 120 多公里的一个小村庄阿姆斯伯里。它是英国最著名的史前建筑遗址,它的建造起因和方法至今在世界考古界仍是不解之谜。占地大约 11 公顷,主要是由许多整块的蓝砂岩组成,每块约重 50 吨。它的主轴线、通往石柱的古道和夏至日早晨初升的太阳,在同一条线上;另外,其中还有两块石头的连线指向冬至日落的方向。公元前 4000 至公元前 2000 年建造,是欧洲著名的史前时代文化神庙遗址,位于英格兰威尔特郡索尔兹伯里平原(2008 年 3 月至 4 月,英国考古学家研究发现,巨石阵的准确建造年代距今已经有 4300 年,即建于公元前 2300 年左右)。

巴斯(Bath),英格兰西南部的一座城市,在布里斯托尔港的东南约 25 公里。以其乔治王时代的建筑和古罗马温泉而著名。巴斯温泉是公元 1 世纪时古罗马人开始系统利用的,并修建了一系列浴室和神庙。巴斯的意思,在英文就是"沐浴,澡堂"。巴斯的建筑风格统一,均是以当地 Combe Down 地下开采的蜂蜜石修建的乔治王时代风格的镇屋。巴斯是英国旅游胜地,人口仅 9 万多,但游客数量仅次于伦敦。1987 年,巴斯城被列为世界文化遗产。主要的温泉地点被凯尔特人当作神庙,奉献给苏利丝（Sulis）。罗马人则把她视同於罗马神话中的米娜娃（Minerva）。不过罗马人入侵后，仍然用苏利丝这个名字，所以现在还有阿奎莎丽思（Aquae Sulis）（意为：莎丽思的水）这个城名。

巨石阵和巴斯，这两个地方我早已心向往之。一个是五千年前史前文明的神迹；一个曾经是古罗马人居住沐浴的地方，号称英国最美的城镇，这里不仅完整保留乔治时代的建筑风格，而且是英国作家简·奥斯丁和狄更斯的住处，也是世界上第一枚邮票黑便士的诞生地。

我在QQ群里吆喝半天也没人与我同行，因为他们大多已经在暑假去过了。于是我前几天在网上报名参加英国当地的旅游团Roots Travel Agency，通过网上付款59镑，今天早上八点在家附近的Budgens, Perne Road上车。查找资料、打电话、付款、认路全部自己搞定，我很高兴找到自我。我不再是以前那个处处有依赖的我了；不再会像06年在澳洲那样，为了想去悉尼歌剧院没人同去就独自郁闷而取消；也不会像07年在新西兰那样，没人安排行程就乖乖待在室内熬时间了。现在只要我想去的地方，有人陪最好，没人陪我就自己安排，从此不想人生再有留白。我的理念：错过也是过错！！我要珍惜当下，当有机会把握时，不再等待。

下面是今天的行程：

8点从剑桥出发，9点10分因高速公路堵车耽误45分钟，11点45到达巨石阵，12点45离开巨石阵，13点45到达巴斯自由活动，参观罗马浴场（11镑门票），14点30找到邮局，买邮票、首日封、纪念品，寄明信片，参观邮票博物馆共花两小时，16点30参观简奥斯丁中心（6镑门票），17点赶上我们这次16人的旅游团，与他们一起参观环形建筑，经过狄更斯住所；17点30离开巴斯返回，21点到达剑桥，21点10到住处。

几点感想：

一、早上艳阳高照却遇高速堵车，导游说这在周六早上是很少见的事。我心里着急，因为英国白天时间短，但无计可施，

第三篇 飘逸行云

只有耐心等待。旅游和人生其实一样，你不知道前面有什么在等着你，也许美好，也许无奈，但只有接受和面对，这也是生活的魅力，有挑战性。再多的财产和负累都得放下，只一包一手机随行，旅游让人简单。

二、在巨石阵前驻足，感慨人之渺小，与五千年前的巨石相比，人不过是沧海一粟。自然让人敬畏！看历史，可以让人心胸开阔。

三、弟弟交待的买邮票的任务，是此行主要目的。为此一个小时的罗马浴场游，我用半个小时看完。一路小跑找到邮局，把那墙上桌上的邮票和首日封清缴了一通，买了125英镑的物品。售货员见我买这么多，一激动送我一个小邮筒钥匙扣、两个黑便士钥匙扣、一张简·奥斯丁首日封和十张纪念邮票。付款时居然不能刷卡，我又一路小跑出去取钱再来付款。他这没有新发行的首日封，我只好买了些老的，我也不懂邮票，不知道是否买对路了。

四、用最快速度参观完奥斯丁中心，突然想到还有巴斯标志性的环形建筑还没看，赶快问路，迅速出门右转，心想要能碰上导游他们就好了。本来导游约好大家3点45集合，他带大家参观巴斯建筑的，我因为在邮局还没忙完就放弃跟团了。没想到出门才走两分钟，就看到前面一群人里导游的身影，哈哈，我好开心啊，和他们会合了，否则这天黑的，我要一路问着去找他们了。这下我什么都没耽搁了。

五、跟团的感受：这个英国人办的旅游团很正规，时间算得准，导游不仅高大帅气而且英语发音吐字非常清楚，语速适中，始终面带笑容，讲解清晰，来自世界各地的团员素质也高，没有谁拖延耽误时间。就在家附近上车出发很方便。另一个中国人办的旅行社，费用只要Roots的一半，但饱受批评。那是从伦敦出发的价钱，且导游路上不停催促还带去购物点。我觉得Roots还是更专业。

从导游 Matt 那学到的知识

2013 年 11 月 17 日

巴斯最早是 Beaker folks 在这居住，也就是宽口陶器人吧，后来凯尔特人（Celt）来到这里定居。凯尔特人居住过的痕迹现在还可以找到，比如远处那座平顶的山，就曾是他们的居住地，他们喜欢住在山上，便于防守和进攻。有很多关于 UFO 飞碟的传说据说是在那山上观察到的。这里是英国西南部，是一块很神奇的土地。这里的麦田每年都会出现图案奇异的布阵，大部分都是人为的，但还有些无法解释，因为在麦田中央出现的大面积的图形，而四周并无任何脚印等人为痕迹，不知道这些图形到底是如何鬼斧神工的。

在这里能欣赏到美丽的自然风光，山脉、峡谷、河流、平原、农场都可印入眼帘。当我们问到这的埃文河是否也就是莎士比亚故居的埃文河时，他说在英国有很多地方的不同的河流都叫这个名字，Avon 在凯尔特语里就是"河流"的意思。这里不适合种庄稼，但畜牧业发达，所以不要说英国没好吃的食物哦，英国有世界上最好的乳制品（dairy products）。沿路两边唯一能看到的生长着的庄稼，就是一种很强韧的草，用来铺屋顶用的。古式房子都是用这种草来铺屋顶，所以如果你打算在英国买这种草铺的屋顶的房，一定要慎重购买哦，因为如果房屋翻修，需要出比普通房屋贵五倍的价格，还得政府审批，因为英国政府保护古建筑，而草屋顶是其标志之一。

汽车经过巴斯的一家酒吧 The King Head，在英国酒吧文化很风靡，还有一个有名的酒吧名叫 The Royal Oak，但一般这两种名字的酒吧不会出现在同一个城市。这两个名字有很强的历史印记，源于 1640 年的克伦威尔。The King Head 是共和派去的地方，他们支持克伦威尔砍下国王的头颅，The Royal Oak 是保皇派去的地方，他们支持君主立宪制。所以从当地酒吧的名字，你就可以知道当地当时是支持哪一派。但在剑桥两个酒吧都没有，为什么呢？因为剑桥贵族上层支持国王，平民支持克伦威尔，两派相持不下。

巴斯大学是英国有名的大学，是 campus university，也就是像中国大学的学区，所有建筑都在校园里，不像剑桥是座大学城，各个学院分落在城市各处。巴斯是 18 世纪乔治时代的建筑风格，与剑桥维多利亚时期的建筑风格完全不同，这里商铺林立，是英国的富人区，所以私立学校也多。巴斯人崇尚体育，热衷橄榄球（rugby）。建筑物 royal crescent 前，可以看到入门处擦去鞋子灰尘和灭烟头火的装置，可以看到金属结构的护栏，这在英国是很少见的，因为在第二次世界大战中，金属物体都被大炼钢铁拿去制造武器了。第二次世界大战中英国很多地方都被希特勒炸毁，包括伦敦、坎特伯雷、巴斯等。但战后都以旧修旧，巴斯完全按照战前的风格、式样、材料来重建。在第二次世界大战中，唯一没有被炸毁的城市就是剑桥。据说是希特勒到了剑桥的圣约翰学院，看到了学院顶上那座雕像——老鹰，很契合他的一些寓意，他留着剑桥是准备占领英国后以剑桥为首都的。所以今天剑桥的很多建筑物不是翻修之后的，而是原貌。英国雨水多，但剑桥是英国最干旱和农业最发达的地方。听到导游说剑桥最干旱，导游和大家都笑了，因为这只是相对而言，剑桥雨水还是很充沛的。

温莎城堡与伊顿公学

2013 年 11 月 21 日

自由但不激烈，保守而不顽固，传统却又兼容，这是我的英国印象。这印象来自英国悠久的历史、承载历史的建筑和引领参观建筑的身边的人。周末，剑桥大学访学部安排大巴和导游，组织大家前往温莎城堡和伊顿公学，我自然慕名而去。

温莎城堡（Windsor Castle），位于英国英格兰东南部区域伯克郡温莎——梅登黑德皇家自治市镇温莎，是世界上有人居住的城堡中最大的一个。城堡的地板面积约有 45 000 平方公尺（484 000 平方英呎），与伦敦的白金汉宫、爱丁堡的荷里路德宫（Holyrood Palace）一样，温莎城堡也是英国君主主要的行政官邸。现任的英国女王伊丽莎白二世每年有相当多的时间在温莎城堡度过，在这里进行国家或是私人的娱乐活动。

历史悠久的温莎城堡，城堡表面上看似中古时代的外观，实际上是杰弗里·亚特维尔于 1820 年创造出来的。1070 年征服者威廉一世为了巩固伦敦以西的防御，而选择了这个地势较高的地点，建造了以土垒为主要材料的城堡，后来经过后世君王亨利二世和爱德华三世的不断改造，城堡变得越来越坚固，并且逐渐成为展示英国王室权威的王室城堡。直到 19 世纪初，经过乔治四世的大规模改造，基本达到规模。今天走近这座中世纪的古建筑，那种中世纪的味道，就会因它在阳光下呈现米

第三篇 飘逸行云

黄色,而不经意地流露出来。

温莎城堡内收藏着英国王室数不清的珍宝,其中不乏达·芬奇、鲁斯本、伦勃朗等大师的作品,更不必说那些留传自中世纪的家具和装饰品了,所以即便说这里的每一个房间都是一座小型的艺术展室也一点都不夸张。城堡中多数的大厅都已对公众开放,但王室侍从厅仍不能参观,那里陈列着许多英国王室的珍贵文物,其中甚至还包括慈禧太后赠送维多利亚女王的条幅,以及1947年伊丽莎白女王结婚时,当时的中国云南省主席所赠的画卷。

除此之外,作为王室的重要活动场所之一,温莎城堡还是国王为皇族、贵族等颁发爵位和封号的重要场所之一,其中最著名的就是"嘉德骑士"封号。"嘉德骑士"是英国骑士勋爵里最高的级别,由爱德华国王为鼓舞日渐没落的骑士精神而专门设立的,当今王储查尔斯王子就被授予"嘉德骑士"勋爵封号。另外,当今女王伊丽莎白二世的幼年就是在这里度过的,她常常领众多随从来此度假、度周末。

温莎堡位于泰晤士河南岸小山丘上,距伦敦近郊约40公里,是一组花岗石建筑群,气势雄伟,挺拔壮观,最初由威廉一世营建,目的在于保护泰晤士河上来往的船只和王室的安全,自12世纪以来一直是英王的行宫。1936年,英王爱德华八世在此向曾两度离婚的美国平民辛普森夫人求婚,为了爱情毅然放弃王冠,由一国之君降为温莎公爵,出走英伦三岛,直到1972年其灵柩才重返温莎。这段"不爱江山爱美人"的风流逸事,不但使古堡声名远播,也为温莎平添了几分缠绵浪漫的气氛。

BBC曾经在1999年6月报道一则消息:查尔斯王子正在考虑当他登基时,将皇室官邸迁移到温莎城堡,来取代白金汉宫。这则报道推断查尔斯王子试图从白金汉宫的传统皇室中得到更多的独立性。直到目前为止,皇室并未对这则消息做出任何评论,但是查尔斯王子与皇室家庭的其他成员据说都喜欢温莎城堡。在温莎古堡中央的高岗上,耸立着一座12世纪建造的圆塔,是古代的炮垒,城垣上还设有古炮。后经乔治四世在其上增建了巍峨的冠顶部分,使之成为古堡内的最高建筑。登上塔顶,可观温莎镇全景。古堡内还有一个大圆桌,传说5世纪时亚瑟王与他的12个圆桌骑士曾在这里环坐开会。著名的戏剧大师莎士比亚曾应女王伊丽莎白一世的邀请来到古堡,并写出了《温莎的风流娘儿们》一剧。温莎古堡的东北两面环绕着霍姆公园,南面是温莎大公园,里面还有森林、草地、河流和湖泊。平时,温莎古堡全部对外开放。每当女王到来的时候,除了山顶上最大的那座宫殿留给她,其余的地方仍然允许参观。

伊顿公学（Eton College）坐落在距伦敦20英里的温莎小镇,是英国最著名的贵族中学。地处白金汉郡的泰晤士河河畔,与女王钟爱的温莎宫隔岸相望,伊顿公学是一座古老的学府,由亨利六世于1440年创办。伊顿以"精英摇篮""绅士文化"闻名世界,也素以管理严格著称,学生成绩大都十分优异,被公认是英国最好的中学,是英国王室、政界、经济界精英的培训之地。这里曾造就过20位英国首相,培养出诗人雪莱、经济学家凯恩斯,也是英国王子威廉和哈里的母校。伊顿每年250名左右的毕业生中,70余名进入牛津、剑桥,70%进入世界名校。伊顿不仅代表了精英文化教育的典范,同时,也象征着荣誉与地位。一直以来英国的王室成员都把男孩子送到伊顿公学。王储查尔斯王子、威廉王子都是该校毕业生,而当今英伦法定继承人威廉王子,也是从伊顿公学走向明天的帝王宝座。2010年5月13日,英国首相戴维·卡梅伦抵达位于首都伦敦唐宁街10号的首相府,他的教育背景将伊顿公学再次推至聚光灯下：500余年建校史,20名政府首脑。

伊顿名为公学,实际上是一所私立学校,且只招收男生。初入伊顿,学生只是13岁的小男孩,离开伊顿的是18岁的谦谦君子。他们在伊顿的5年完成的是生理、心理、知识、体能、思想和社会责任感的全面成长。伊顿的校规严格,却不痛苦。比如,一年级学生入学,有10%～20%是没有集体生活经验的

第三篇　飘逸行云

家中宝贝,校方的第一个措施是,家长前三周一律不准探望,要把娇生惯养的公子哥"扳"过来!在不准你留恋父母温情的同时,学校给你同学之间、师生之间的集体的温暖。学校还把各种娱乐、体育和业余生活等安排得满满的。每天长知识而又有趣的活动之后,男孩们还没来得及想家,就已疲倦得呼呼大睡。学校的宿舍是学生们的新家,每座宿舍楼是一个集体,从一年级到五年级约50多人,除了上课之外,起居、餐厅、体育、娱乐活动都以宿舍楼为单位。

这里每年32 000英镑的学费,海外学生也能报考伊顿。伊顿公学曾是英国殖民地上层家庭男孩的首选,从印度王子到阿拉伯王子,人人一口"伊顿"口音,见了面不谈国事,先称兄道弟弄清楚对方在校的年头辈分,以及住在伊顿的宿舍楼和房间号,关系就拉近了许多。伊顿现在虽然有王子头衔、后面跟着仆人的人物少见了,但出身大有来历者仍不乏其人。美国的富豪、亚洲的赌王,都把孩子送到这里。

伊顿公学平时是不对旅游者开放的,因此行的组织者事先已经和对方交涉过了,在门口等待片刻后我们被放行。学校里到处都刻有学生的名字,门上墙上桌子上密密麻麻,可见其历史悠久人才辈出。导游让我们在墙上找出当年雪莱自己亲笔刻的名字和那两个王子(威廉和哈里)刻在门上的名字。在该校最古老的教室里,看见一张六角桌,是校长坐着训诫学生的。

伊顿公学还以古老传统和非常特别的校服而闻名。伊顿公学为不同职位、不同等级、不同荣誉的获得者设计了不同着装。伊顿的校服类似绅士的黑色燕尾服、白色衬衫、圆领扣、黑色的马甲、长裤和皮鞋。这套行头就要700英镑,加上配套的成打衬衫、领带等,装扮一个伊顿人,至少要好几千英镑。在黑色燕尾服中,有一些带披风的,那是国王奖学金获得者的标志。(伊顿校服最早是乔治三世去世时人们为悼念他而穿)伊顿博物馆里陈列的标准学生装束雕像,引发我对校服的一些感想。我个人认为什么样的校服可以塑造什么样的气质。某些国内中学千篇一律穿着运动服,只是把学生当成服装统一的便于管教的没有文化内涵的管教对象,而非张扬个性、培养绅士淑女气质的个体。在学校周围,我们看见不少匆匆经过的伊顿男生,都外穿燕尾服内穿白衬衫打着领结,浑身透着一种高贵自信的气质。他们的气质来源于内心对自己的肯定和他们身上所赋予的远大前程。

——部分文字、数据来自网络百度

第三篇　飘逸行云

我的印度房东与房客室友

2013 年 11 月 25 日

我在剑桥的第一处租住地位于 Cherry Hinton，房东是印度人，妻子是伊朗人，俩人生活很安逸，靠这房租想必就可轻松过活了。房东平常比较沉默，一副心事重重的样子，再加上身体不太好，总是咳嗽，在屋内走路步履缓慢，他和我父亲同岁，都是 1949 年生。但他其实爱说话，我一个人在厨房做吃的时候，他就会和我聊天，一说便滔滔不绝起来。我想他是希望有人陪他说话的。

从聊天中得知他有两个儿子，都在伦敦银行工作。一个 33 岁，一个 35 岁，都没成家，成天忙得很。虽说赚得多，税收也多，一半的收入要交税，房和车自然是买不起的。房东却有三套房子，英国剑桥、美国加州、印度老家都有房，可是他的儿子们买不起房。金融危机，他们得拼命工作，否则就会被炒鱿鱼。他的儿子们小时候上的都是当地最好的私立学校，所以大学毕业就直接被银行选走。但结果却忙得连谈恋爱的时间都没有。给他们介绍对象，他们不要，要自己找，他说是受了好莱坞电影的影响，他认为其实自由恋爱的婚姻有几对能幸福到老，还是父母介绍的婚姻更靠谱，但他们不听他的。他抱怨他的两个儿子从来没有时间过来看他，哪怕就一个多小时的路。都是他两三个月去看他们一次，但他们租住的房子小，也只能看一下就回来。

我说："生活有时是不公平的，你付出的未必属于你。"他

145

说:"生活不是有时不公平,是从来都不公平。年轻时我没有钱,没有房,却有孩子的负担,要给他们最好的教育,没日没夜地干。年老了,我有钱有房有时间了,却没有了孩子,看一眼都难。"哎,我听了好心酸,怎么64岁的老人和我一样的感慨啊!他接着说:"于是我退休后,和妻子两人用5年时间,花了400万美元周游了世界,那是一段美好时光啊。以后我的财产都会留给儿子们,但现在他们得靠自己。"

房东年轻时搞过发明,赚了不少钱,也做过生意。他下周要回印度去打官司,他父母死后把房子留给了他,但他兄弟想要房子便伪造签名,结果被判了10年。这次他去就是和"敌人"上法庭作战。我很好奇他用"敌人(enemy)"这个字眼,他说就是他的那两个兄弟,他们是他的敌人。我问他有把握赢吗?他告诉我他请了最好的律师,肯定会把属于他的财产拿过来。

每次和他聊天,我都会唏嘘感叹好一阵。生活真的是这样安排的吗,不会让你两手空空,也不会让你满载而归?失去的和得到的,永远一样多?房东有了富裕的物质保障,却背负着日益稀释变淡的亲情。我的父亲退休后继续受聘工作,这房东却已是拄着拐杖在回忆中度日了。

房子一楼住着一对巴西夫妇,在这儿做研究的。二楼五间卧室(外加两间独立卫生间),分别住着Anna,英国姑娘,在这教中学生;Hans,德国男孩,在这搞研究;Benson,英国小伙,在这教小学生;Atila和Adam,俩匈牙利小伙,在这工作。再加上我这个中国人,这套house就是名副其实的"国际大家庭"了。初来乍到时他们对我都很友好。Benson帮我调试电视,Anna帮我铺被套,巴西小伙教我如何停放锁车,他的名字是实在记不住。

房东太太是个很精明的女人,这个"国际大家庭"也因她的管理而井然有序。她给每个人分好工,谁负责哪一块的卫生她都清清楚楚给排好班,写好贴在冰箱上。她还负责监督落实,所以有时就会在厨房灶台上或者烤箱上看到她写给大家的纸条,提醒那里的卫生没有搞好。隔半个月她召开一次家庭会议,重点还是说卫生,虽说是商量的语气,可话语里透着一种不容

第三篇 飘逸行云

置疑。

晚上八个房客都要做晚饭的时候,厨房里可真是一片忙碌。大家就自觉轮着来,于是有时候做顿饭,我要跑下楼来看很多趟,才能抽到个人少的空档把饭给做了,再端回自己房间去吃。房客太多还有一个不方便的地方,就是热水器的热水总是不够大伙用。有一次,我洗头,在把头发打湿涂上洗发液后,才发现管子里慢慢流出的是逐渐变冷的水。没办法,只好在这秋天里就着冷水把头发洗完了。房子里没有给房客用的洗衣机,到剑桥的第一天房东太太就告诉我,衣服要么自己手洗,要么拿出去干洗,干洗店就在路口。怎么可能件件衣服天天干洗,所以买个大桶有空就统一手洗了,好像回到中国没有洗衣机的70年代。

这些生活琐事上的不便,和距离英文系骑车往返要一个多小时的路途,对我都不算什么。出来留学就是"洋插队"嘛,这个我有心理准备。真正触动我在租房合同三个月到期后不再续组而想搬出的,是这么一桩让我惊恐的事:

一天深夜睡到迷迷糊糊,忽然听到门外有人唱歌的声音,还没听清唱什么,又改为大声地说话了。过了一会儿,砰砰砰又是敲门的声音。我一下惊起,以为是敲自己的房门呢。待仔细听,原来门外的人敲的是我隔壁安娜的房门,一边敲还一边嚷嚷着叫安娜出来。我看看手表,才凌晨三点。门外口齿不清地大呼小叫折腾了约莫有半个小时的光景,始终没有听见安娜的开门声,我才想起她跟我说过她这几天回去看望父母了。后来外面的动静小了,我也就这么再也无法入眠、睁着眼等来了天亮。很奇怪,在那吵闹的半个小时里,不管是房东夫妇,还是楼下的巴西夫妇,还是其他的房客,没有一个人出来把这明显喝醉的人拉走的。

更没想到,第二天晚上夜刚黑,又听见 Benson 房里传来昨晚那个醉酒的男人的声音和一群人唱歌闹腾以及震耳欲聋的音乐声。我和巴西人的那位妻子都再也忍受不了了,就一起去找房东,希望房东出面去管管他们。谁知道房东不紧不慢地说:"如果他们影响了你们的休息,你们自己去跟他们说吧。我耳

147

朵背，没听到什么声音啊。他们偶尔闹腾下，不算个什么事。"房东的一席话，说得我俩面面相觑，这什么逻辑嘛。

又过了大概两三个时辰，Benson 的房间里还是没有安静下来的意思，我在室内如坐针毡。我的房间和安娜的以及 Benson 的都是紧挨着的，平时轻轻走动都能听到，何况现在这样大的噪音。六神无主的我只得在康桥岁月 QQ 群里诉苦，希望谁能给我出个招。想到今晚可能又没安稳觉睡，我"呼"地站起身拉开房门，朝着就几步之遥的 Benson 的房间走去。

我的敲门声让他的室内一下安静了，好几分钟后房门打开。那个我一直认为长相英俊的英国小伙，他居然，居然穿着一条女人的连衣裙站在我面前！我还没从惊恐中回过神来，就看见他身后呼啦啦又出现几位穿着裙子的男人。我用急促的语速询问他们能否把声音放小点，因为已经晚上十点多了。Benson 笑眯眯地说他们刚叫了出租车，半小时后就离开。后面那群男人一阵嬉皮笑脸地说着："中国女人啊，进来一起喝一杯吧。"接着就是一阵哄堂大笑。听完 Benson 的答复，我转身立即回了屋。在他们的注视下转身的那一霎那，背上如芒在刺，脊柱嗖嗖冒凉气。半个小时后他们真的离开了。

（后记）：就是这样一个事件，让我又开始了在剑桥寻找第二处住处的行动。也正因为我在剑桥 QQ 群里的诉苦，很多素不相识的访学老师给我出了各种主意，这其中就有同在剑桥英文系访学的来自大连的陈老师。他在自己即将归国前期，把他租住的房内空置的一间房源推荐给我。福兮祸所伏，祸兮福所倚。因为陈老师的引荐，我从 Cherry Hinton 搬到了离英文系更近的 Trumpington，这个离我喜爱的 Granchester 果园只有十分钟路途的地方。从此我的人生翻开新的一页，谢谢陈老师为让我适应新环境和享受剑桥所做的一切，谢谢你把我带到新房东史蒂夫的世界。病树前头万木春，曾经的困顿于心，曾经的郁闷辗转，在这里缓缓消散。

苏格兰和湖区五日游记

2013 年 11 月 29 日

  去过这么多文人故居，真希望可以灵魂附体，然后给我一支生花妙笔。趁着记忆还未褪去，为了不让回忆成为日后断码的碎片，我用文字和一天时间写下日记，让苏格兰湖区五日游成为英伦行浓墨重彩的一段完整篇章。想想一周前还在这查苏格兰天气和出行攻略，现在根据回忆记日记，实在是很奇妙的事，在心动与行动之间，也许只需要一个决定。浙大英文系的卢老师是个很好的游伴，英语好，方向感强，会网络订票，脑子灵活考虑周到，对事对物有自己的品味，懂得生活和享受，歌声优美，脚步轻快，心态很好，所以纵使有不如意的安排我们也能很快化解，有美好的地方我们又尽情体会。我们都偏爱自然景观，胜过历史古迹，都喜欢特色小店和小资情怀，都喜欢稳妥而非冒险的出游路线，偶尔打乱计划都能随遇而安还能收获惊喜，都愿意彼此沟通以求意见统一。正因为这一切，才有了这次愉快又收获多多的旅程。

  天气：

  离开剑桥出行五日，带上雨伞和冲锋衣以备不时之需。但没料到，老天格外开恩，五天没有下一场雨，即便是零星几滴，也是到酒店后才看到窗上洒落。晴天、多云、阴天，是这五天轮番上场的主旋律。

行程：

去程—Cambridge—火车—Peterborough—火车—Edinburgh—火车—Oxenholme—火车—Windmere—步行—Bowness—船—Ambleside

返程—Keswick—公交车—Windmere—火车—Oxenholme—火车—London Euston—步行—London Kings Cross—火车—Cambridge

住宿：

为了节省开支，也是体验生活，这四晚我们住的都是青年旅馆。曾经在澳洲住过汽车旅馆，也陆续住过中国房东和老外房东的 home stay，这次住的两个青年旅馆给了我们不一样的感受，对比太鲜明。前两晚在苏格兰爱丁堡 Hay Market 边上的小火车站附近住的 The Hostel。地理位置离市中心火车站较远，六人间，每人每天 16 镑。临近马路，不太安静。房间狭小，洗漱区共用，不太卫生干净，设施简陋，房间里连充电插座都没有，害得我们游玩了一天回来后疲惫不堪还得到公共区域坐着等插座充电。住宿是网上订的，如果给评语，绝对是差评。

后两晚在湖区 Ambleside 的青年旅馆 YHA 居住，也许是有了前两晚的对比，这后两晚我们简直是太满意了。旅馆就在湖边，推窗见湖，一线湖景，非常安静干净。旅馆设施齐全，各种功能房应有尽有。每人每晚十镑的价格，绝对是只有这冬天淡季才能拿到的。床垫舒服，被子干净温暖。工作人员服务态度热情友好。难怪网上攻略说这家旅馆在当地非常有名。

发现青年旅馆住的不都是青年人，有些老年出游的人也在这住。英国住宿无需交什么定金或钥匙押金，也无需出示身份证件。只要报上网上订房人的姓名即可入住，结帐退房也无需去房间清点物品，人与人之间彼此信任。

饮食：

这几天的早餐和午餐都是在超市买的牛奶、鸡蛋、水果、饼干、面包不等，早餐就在旅馆吃，午餐带上在旅行途中解决。有

第三篇 飘逸行云

时在户外,吃着冷鸡蛋和冷餐,再加上水果和外面冷冷的空气,又一口凉水下肚,那可真是一个透心凉啊。只是在爱丁堡的 Dynamic earth 自然馆里温暖舒服地吃了顿热午餐。

这几天的晚餐还是比较有特色的。第一晚吃的是 Dalry Road 上的"香巴辣"海鲜自助火锅,每人 15 镑。这是群里朋友推荐的,我们打车去的,就冲着它海鲜随便吃。结果果然吃得扶着墙出来了,我吃了很多羊肉,卢老师说竹蛏最好吃,我觉得豆沙卷也好吃。开始我点了很多,虾子、螃蟹、凤爪、墨鱼丸等等上了一桌,后来就实在吃不动了。第二晚原本是准备去大象酒吧吃西餐的,但在逛王子大道的圣诞夜市时,买了华芙饼、巧克力甜点和德国牛排边逛边吃,后来在大象酒吧就喝了杯 Mocha 咖啡。第三晚在湖区旅馆小镇上的 White Lion 酒吧吃的西餐,本来想在 The Royal Oak 这家古老的酒吧吃的,没想到坐定后告诉我们他们晚上只供应酒水没有晚餐。第四晚在 YHA 旅馆吃的西餐。

开支:

住宿交通 190 英镑

门票 27.3 英镑

吃饭 53 英镑

景区交通 25.7 英镑

羊绒衫 59.99 英镑

礼品纪念品 119.23 英镑

共支出 475.22 英镑

景点:

1. 爱丁堡城堡

爱丁堡城堡(Edinburgh Castle)因为位于死火山花岗岩顶上,在市中心各角落都可看到。爱丁堡城堡在 6 世纪时成为皇室堡垒,1093 年玛格丽特女王逝于此地,爱丁堡城堡自此成为重要的皇家住所和国家行政中心,延续至中古世纪一直是英国重要的皇室城堡之一,一直到 16 世纪初荷里路德宫(Palace of

Holyroodhouse)落成，取代爱丁堡城堡成为皇室的主要住所，不过爱丁堡城堡依然是苏格兰的重要象征。城堡从公元12世纪到16世纪一直是苏格兰皇家城堡，见证了苏格兰的多次战争。17世纪起成为军事基地，当前归属于苏格兰文物局（Historic Scotland），仍有军队驻扎在城堡上。城堡的大多数建筑在16世纪的长期围城（Lang Siege）事件中被毁，但也有少数建筑挺过这次围城，其中最著名的便是建造于12世纪早期的圣玛格丽特礼拜堂。城堡如今对公众开放，其内的一些建筑也允许游客参观。它是苏格兰最受欢迎的旅游景点之一，每年能迎接从世界各地前来的超过120万名游客。城堡内有军事博物馆，内陈列有各类实物，并记述有苏格兰、英国及欧洲的军事历史。最吸引游客的当然是城堡宫殿内陈列的三大苏格兰宝物，1540年设计的皇冠、权杖、宝剑。爱丁堡城堡是爱丁堡的重要象征。爱丁堡市的纹章上就有爱丁堡城堡的图像。每年一度的爱丁堡军操表演也在爱丁堡城堡前举行。我父亲就是在2006年应邀率团出访爱丁堡，参加爱丁堡军乐节，他学校的几十名学生在城堡前为大家表演中国武术，演出完毕空中绽放绚烂的焰火。

爱丁堡的魅力，在于它的古老。爱丁堡城堡于6世纪就成为苏格兰皇室的堡垒，比英格兰的利兹城堡早200多年，比温莎城堡早400多年，比德国的海德堡城堡更是早600多年。从古代战争的意义上说，爱丁堡无疑是最坚固最险要也最难攻克的堡垒。爱丁堡城堡筑于一个海拔135米高的死火山岩顶上，一面斜坡，三面悬崖，只要把守住位于斜坡的城堡大门，便固若金汤，敌军纵有千军万马，对它都无可奈何。这也是其他古城堡难以匹敌的。

爱丁堡城堡最让苏格兰人自豪的，是它在政治和文化上的位置。爱丁堡曾是苏格兰一国的政治、文化的中心，这是哪个古城堡都不曾有过的地位。也正因此，它经历了许多痛苦和沧桑，政治和军事的斗争，使它始终处在中心角色的位置。苏格兰和英格兰漫长的争斗历史中，爱丁堡人表现出来的强悍和不屈的精神,体现了整个苏格兰人的精神风格。中世纪以来的各种兵器和军装,那5英尺长的稀世巨剑,都作为城堡中的展品显示,那门于15世纪制于比利时的著名大炮,在经历了200多次战役之后,如今被安置在爱丁堡城堡的地窖里。

　　苏格兰人的历史风貌,体现在城堡上的古炮、城墙、战争纪念馆和博物馆之中。名副其实的"刀枪入库,马放南山"。在追求和平与发展的时代里,我们可以触摸得着、感受得到的,则是一种文明的创造与建设。这种创造和建设,有悠久也有现代,成果都让爱丁堡人自豪。建于420多年前、全世界历史最早的大学之一的爱丁堡大学,使他们感到骄傲,他们的大学教育具有开创性;三四百年前就开始建造十几层的高楼,使他们敢于调侃美国人:那时的纽约,不过是个小村庄和贸易站!我们已看不到战争造成的破坏,却处处看得到建设带来的美丽。王子大街的繁华与现代,王子公园的和平与妩媚,都给该城市民舒心的文明享受。

　　整个城堡耸立在爱丁堡市的最高点——135米高的城堡山上。站在城堡上可以俯看全城,就像是一处天然的要塞。这种险要地形的形成是由于冰河的东移,冲刷四周坚硬的岩石而形成三面陡峭的悬崖和一个东向的斜坡。这个斜坡后来就成为了皇家大道。公元11世纪,这个易守难攻的地方就已成为克莱默(Cranmore)国王的皇宫。爱丁堡城堡曾经是堡垒、皇宫、军事要塞和国家监狱,因此防御就显得尤为重要,如今在古堡的城墙上,还能看到整整齐齐地安放着一个个乌黑的古炮,炮口和当年一样一致地对着福思湾河,演绎着古时防御森严的紧张气氛。爱丁堡城堡沿坡分为下区、中区、上区。其中的圣玛格丽特礼拜堂(St. Margaret's Chapel)据说是爱丁堡现存最古老的建筑。

　　城堡门口的广场名叫"Esplanade",是18世纪中人们游行的地方,每年夏季爱丁堡艺术节期间,都要在这里举行盛大的军队仪式表演,就是著名的"Military Tattoo",吸引着全世界的游客。在广场的东北角有一个小铁井名叫女巫井(Witches' Well),在一个多世纪前这里是处死那些被认为有巫术的妇女的。城堡门口有两个守卫的雕塑,分别是威廉·华莱士(William Wallace)和罗伯特(Robert Bruce),他们都是维多利亚女王时期苏格兰最伟大的英雄。

从古堡出来是一条大街,由东偏北,长约一英里多,称之为"皇家一里"(Royal Mile),是爱丁堡著名的街道。街道两旁商店林立,各式苏格兰特色产品都有销售。我们在这条街的 House of Scotland 花了一个小时为朋友、家人和访学群里的同仁选购羊毛围巾,围巾很温暖漂亮也实惠,可是这近三十条围巾如何一路边游玩边带回剑桥的确是对我们俩的挑战。在后面我又买了羊绒衫,卢老师又买了十几双羊绒手套,还有不少礼品纪念品,这个携带任务就越来越艰巨了。现在写着这日记都感觉到肩膀酸痛。不过也很有成就感,能完成其他三位老师交给的代买任务,只是差点在剑桥下火车时掉一个包裹,后来被路人捡到交回,那里面可是我的宝贝啊。一路上都小心翼翼,怎么到最后会这么粗心呢?肯定是因为回到剑桥,注意力就松弛了。真是奇怪,我在剑桥两个月,不想南昌的家;可在苏格兰湖区转这么五天,还有些想剑桥。

皇家一英里街道两旁有许多皇家建筑,气势宏伟。其中哲尔斯教堂塔顶为 1495 年所建,其造型如苏格兰王冠,该教堂的 4 根大柱子为 12 世纪所建成,彩色玻璃和精美木雕也都令人赞叹不已。皇家一里的尽头就是圣十字架宫,原本是寺院的宾馆,后来经过修建成为国王的行宫,如今每年夏季,国王都要来此小住一周。

2. 卡尔顿山

卡尔顿山(Calton Hill)位于爱丁堡新城的东部,是爱丁堡的制高点和观景区域。它是 34 亿年前由火山喷发形成,再加上在冰期冰川切凿而来。1724 年爱丁堡镇议会买下这座山,成为了英国最早的公园之一。1775 年修建了第一条人工通道。今

第三篇 飘逸行云

天它已经是当地人主要的晨练场地。山上有不少历史悠久的纪念碑和建筑物，比如一座古希腊帕特农神庙风格遗址，苏格兰政府总部的所在地，圣·安德鲁大厦位于卡尔顿山的南坡；而苏格兰议会大厦，以及荷里路德宫等重要建筑，也位于山脚附近。这座山上还有一些标志性的古迹和建筑：国家纪念堂、纳尔逊纪念塔、杜格尔德·斯图尔特纪念亭、老皇家中学、罗伯特·伯恩斯纪念碑、政治烈士纪念碑以及市天文台。山上风景宜人，极目远眺，大海、城堡、城市都尽收眼底。俯瞰整个爱丁堡，深刻感受苏格兰之心的魅力。山上众多希腊风格的建筑，给爱丁堡带来北方雅典的美誉。难怪出生于爱丁堡的著名哲学家休谟在遗书中写到"要葬于卡尔顿教堂区域，并用不超过100英镑的价钱在附近建一座纪念碑"。遵从他的遗愿，他的墓地和纪念碑就在卡尔顿山脚下的Old Calton Burying Ground（Waterloo place），我们也前往瞻仰。卡尔顿山上最醒目的一处绕山的环形通道也用他的名字命名，被称为Hume Walk。

我们在山上绕行一圈，微风徐徐，四面所观景致不一，但都让人心旷神怡。一面朝海，一面对着爱丁堡古堡，一面可看整个城市全景，一面对面是Holyrood Park的山。卢老师说她真想就这么坐着发会儿呆，这和我的感受一样，若不是赶时间，我也真想就在那，在那休谟选定的地方静静地心思空茫一番。无为即有为，空即是满。

3. 罗伯特·彭斯

罗伯特·彭斯（Robert Burns, 1759—1796），苏格兰农民诗人，在英国文学史上占有特殊重要的地位。他复活并丰富了苏格兰民歌；他的诗歌富有音乐性，可以歌唱。彭斯生于苏格兰民族面临被异族征服的时代，因此，他的诗歌充满了激进的民主、自由的思想。诗人生活在破产的农村，和贫苦的农民血肉相连。他的诗歌歌颂了故国家乡的秀美，抒写了劳动者纯朴的友谊和爱情。

他1783年开始写诗，1786年出版主要以苏格兰方言写的

155

诗集,集中收有《两只狗》《一朵红红的玫瑰》《致小鼠》《致山中雏菊》《致虱子》等优秀的苏格兰诗,辛辣的讽刺诗《圣节集市》,歌颂农民及优美大自然的《农民的星期六夜晚》等诗篇。诗集引起轰动。他被邀请到爱丁堡,成为名公贵妇的座上客,并结识了苏格兰歌谣收集者约翰逊。不久回到故乡。后半生主要收集苏格兰民间歌曲和词作,为约翰逊编辑了6卷本的《苏格兰音乐总汇》(1787~1808)。1788年,彭斯考取税务局职员,1789年谋得一个小税务官的职位,每周要骑马上班。就在那一段飞扬驰骋的日子里,他有了灵感,在给友人的一封信中,他写出了著名的《友谊天长地久》(Auld Lang Syne)。他为汤姆森编辑了8册《原始的苏格兰歌曲选集》(1793~1818),使许多将要失传的民歌得以保存。为不少名曲填写的歌词使他蜚声世界。后期主要诗作是以民间传说为基础的叙事诗《汤姆·奥桑特》,写一个酒徒夜行遇鬼的故事。另一首长诗《快活的乞丐》写一群男女流浪者寻欢作乐。他的作品淳朴、活泼,表现出自由、平等的思想追求。同时,其最早创作的苏格兰民歌《友谊地久天长》曾作为电影《魂断蓝桥》的主题曲,一直以来被人们所传唱。

他自幼家境贫寒,未受过正规教育,靠自学获得多方面的知识。英国浪漫主义起始于苏格兰农民诗人罗伯特·彭斯,其最优秀的诗歌作品产生于1785~1790年,收集在主要以苏格兰方言写的诗集中。诗集体现了诗人一反当时英国诗坛的新古典主义诗风,从地方生活和民间文学中汲取营养,为诗歌创作带来了新鲜的活力,形成了他诗歌创作的基本特色。以虔诚的感情歌颂大自然及乡村生活;以入木三分的犀利言辞讽刺教会及日常生活中人们的虚伪。每年的1月25日,苏格兰人民还会举行盛大的欢庆,纪念这位浪漫的诗人。

根据陈老师的电话遥控导航,我们从卡尔顿山南面下来,左走经过苏格兰政府所在地,再经过苏格兰老的议会所在地,10分钟后右手边就是彭斯的纪念碑了。用瞻仰纪念碑和哼唱

"友谊地久天长"歌曲的方式,我们缅怀并表达对这位伟大诗人的敬意。

4. 大象酒吧

位于爱丁堡的这家大象酒吧之所以有名,就是因为写作《哈利波特》的作家 J.K.Rowling 在成名前就是在这边喝茶边写作该书的部分章节。红色建筑外墙的酒吧在这条街上很显眼,酒吧里的陈列柜满是形态各异的大象摆件,墙上也贴了很多宣传画和作家的照片,很多哈迷纷纷来此感受氛围。我虽然不是哈迷,但虚无的文学能让人在现实中记住,这个成就我还是很仰慕的。想想 The Kings Cross 火车站的 93\4 车站,那么多人去拍照留念,不就是文学的魅力吗?所以哪怕白天已经步行了 10 个小时,我们俩还是用导航找到这里,各自点了杯咖啡坐下来,歇歇疲倦的双脚,也放松下紧张赶路的心情。

5. 湖区

湖区位于英格兰西北海岸,靠近苏格兰边界方圆 2 300 平方公里,1951 年被划归为国家公园,是英格兰和威尔士的 11 个国家公园中最大的一个。湖区拥有英格兰最高峰斯科菲峰(Scafell Pike)和英格兰最大的湖温德米尔湖(Windermere Lake)以及大大小小 16 个湖组成。坎伯里山脉横贯湖区,把湖区分为南、北、西三个区,湖区北部最大的城镇是凯斯维克(Keswick)。温德米尔湖是全英格兰最大的湖泊,湖面狭长,全长 17 公里,最宽处 2 公里,绝对是泛舟的好去处。湖中有数个小岛,不过只有一个有人居住。温德米尔湖附近的小镇和村落有:波尼斯(Bowness),安布塞德(Ambleside),和鹰岬(Hawkshead)。 葛拉斯米尔湖(Grasmere Lake)位于温德米尔湖北边,小巧优美,除了怡人的风景外,这里也以沃兹华斯的故居"鸽舍"(Dove Cottage)和他散步的故道而闻名,在诗人眼中,这里是"痛苦世界里安宁的中心。"凯斯维克是一个维多利亚时期的古老市镇,周边有数条林间小道通向附近的断崖和瀑布。附近还有著名的凯尔特人的巨石遗迹:卡塞里格石圈(Castlerigg Stone Circle),

充满了古老神秘的气息。

用"湖光山色"用来形容英格兰湖区的景色是再合适不过的了。这里是英国最美丽的国家公园。造物主在这里布下了一切自然界能有的美丽风景：湖泊、河谷、山峰、瀑布。最美的当然还是星罗棋布的湖泊。

水是这里的灵气之源。无论是广阔的温德米尔湖，还是小巧的葛拉斯米尔湖都让人感叹大自然的精心雕琢。著名英国浪漫主义诗人济慈曾说，温德米尔湖能"让人忘掉生活中的区别：年龄与财富"。你很容易就会迷失在美景中，忘了时间，有种"天上一日，地上十年"的感觉。也许真的是造化安排，这诗意的景色真的孕育出了不少诗人。

著名的英国浪漫主义诗歌奠基人华兹华斯（Wordsworth）和妹妹多萝西（Dorothy）便长期居住在这里。华兹华斯和另外两名诗人柯勒律治（Coleridge）以及骚塞（Southy）合称为"湖畔诗人"。这个"湖"指的便是英格兰湖区的美丽湖泊。他们主张浪漫主义的诗歌创作风格，强调诗歌应当超越生活而追随个人理想，而且诗歌必须是诗人情感的宣泄。现在葛拉斯米尔湖边华兹华斯的故居和他经常散步的小径都成了人们去湖区必定要拜访的地方。英格兰的这片美丽湖区，已经不可改变地与浪漫诗歌联系在一起了。著名的湖畔诗人华兹华斯曾说："我不知道还有什么别的地方能在如此狭窄的范围内，在光影的幻化之中，展示出如此壮观优美的景致。"是的，没有人知道，因为最好的已经在这里了。

常年生活在湖区的还有一位著名的儿童文学作家比阿特丽克斯波特（Beatrix Potter），她与她的先生相识于湖边，居住在湖边，守着这片美丽的大湖过了半生。她的《彼得兔的故事》（1902）也就是从湖边的美景引发而来，故事读得久了，会真的把彼得兔和它的一群好朋友当成了生活在湖区的可爱精灵。

我们在两天里，船游湖中之王 Windermere Lake，体会它的深沉与广博；步行近距离绕湖一圈，感受 Grasmere Lake 的灵秀

第三篇 飘逸行云

与静谧；车游湖区从 Ambleside 到 Keswick，坐在双层巴士上面一层，更高角度更宽视野地，用眼睛捕捉那一路秀丽的山川湖泊和历史气息厚重的小镇；再到湖中之后 Derwent Water，感受它的端庄典雅。小镇 Ambleside 上的桥屋很有名，但若不是路人指点，很容易就会走过错过。窄窄的桥上，建了两层小屋，真是奇特。当时那户人家为了逃避房屋占地契税，就把房子盖在了桥上，桥下是潺潺的溪水，不知道这样的房子冬天可否温暖。

6. 华兹华斯故居

旅游之有意思，就在于你不知道前面有什么在等待着你，也许无奈，也许欣喜，但都是回味。就比如这次在华兹华斯故居 Dove Cottage 碰上的这个导游，事后每每说起，我和卢老师都笑得合不拢嘴，但也正是他的介绍，让我们知道很多华氏趣事。下面从头说起：在购买故居门票时，我们得知几分钟后就有导游领着讲解，只要扣开边上的门等着就行。我们按着指示来到华兹华斯居所的客厅，开门的小伙给了我们两张中文介绍单，我就坐在华兹华斯当年的客厅的窗边的榻上，陷入沉思，想着华兹华斯是如何在诗歌"致水仙"中写下这样的语句：For oft, when on my couch I lie in vacant or in pensive mood "时常每于静榻倚卧，心便空茫，或即入沉思"。

我沉思，卢老师看导游手册，那小伙拨弄炉火，等了几分钟，不见动静，卢老师有点急了，小伙好像也急了，他告诉我们可以自己四处去看了。这下我们奇怪了，不是说有导游吗？怎么是自己去看呢？原来还要再去开张单子注明是人工导游而非文字导游。单子开好后，小伙很敬业地站直开始介绍，我们也赶忙从窗前榻上起身以配合他的讲解，我们认真得像个小学生。小伙非常流利地介绍，身子不停地左右晃动，我们俩看着，头开始发晕，我忙低下头不敢看他不停摆动的身躯。听到卢老师问了他一个问题，半晌室内没有声音，我纳闷，抬头，只见小伙憋红了脸，吃吃吃地半天说不上话来，啊，原来他是个结巴。在接下来的导游任务里，只要是介绍常识，他都背得非常流利，眼睛时而翻看着天花板，身子仍旧不停摆动。只要我们插话提问，他就紧张无声，既而是一串急促的气息。我于是不再插话了，但卢老师勤学好问，我就跟着替小伙紧张起来。难怪他催促我们自己去游，言多必失啊。行程结束时他把我们送到外面花园，我看他如释重负一般。结巴导游我还是第一次碰到，小伙很可爱。让结巴做导游，真是用人体制的一大创意，克服自卑重塑自信赢得尊重。

华兹华斯曾经在湖区住过三个地方，第一处就是Dove Cottage，第二处是Allan Bank，第三处是Rydal mount。从小伙那我们知道：当年华兹华斯租下Dove是月租8镑，相当于当时一个人半年的收入。幸运的是，他的一个朋友欣赏他的才华，去世时给他留下了900镑的遗产，从此他可以不用为衣食琐事分心，专心创作。（我和卢老师都认为：经济自由对文人很重要，否则再多的风花雪月也会被柴米油盐冲淡。）华兹华斯客厅不大，他有五个孩子，妹妹Dorothy也和他们住一起。客厅就成了孩子玩耍和女人们聊天的地方。客厅和楼梯之间原本没有门。但后来华兹华斯给加了门，这样他从楼上书房下来就可以直接去花园，不必经过客厅听女人们闲聊了。客厅墙上还挂着一幅狗的油画，这条狗是苏格兰诗人Walter Scots所送，斯科特养了100多条狗，但只有3个名字，且都以香料命名，这条狗就叫Pepper。（刚才卢老师查到，斯科特的狗至少还有Camp, Nimrod, Spice, Triton, Ginger, Maida等名字。看来导游都会忽悠人，治学不够严谨哈）客厅隔壁是他妹妹的房间，他妹妹对他的诗歌创作启发很大，他曾经说是她给了他眼、给了他耳，著名的诗歌"致水仙"也是根据他妹妹写的日记而促动灵感而来。墙上还挂着他妻子的照片，"致水仙"中著名的两句"They flash upon that inward eye Which is the bliss of solitude"据说是来自于他妻子所作。

他妹妹的房间里还放着他们当年用的牙刷，是一截树枝形状的刷子。牙膏是用盐和炭火，卢老师刚说炭火清洁牙齿也很干净,小伙就告诉我们,华兹华斯的妹妹 50 岁一口牙就全没了。来到厨房,看到当年他们做蜡烛用的磨具,因为当时买蜡烛要收税,所以他们就自己做。小伙又打开储藏室,让我们猜里面哪一样不是当年的物件,我们在那些摆放着的罐罐坛坛中猜了一遍都不是,他笑着告诉我们是脚下的那个灭火器。哦,房间太暗,没有注意到这个现代化的东西。但他那似乎很幽默的神情让我们觉得很幽默,也许他会让每个游客都猜这个呢。又来到边上的食品室 buttery,他指出墙边的 walk-in-fridge 嵌入式冰箱,房子下面有河经过,温度比较低,于是这就成了天然的冷冻室。他把我们带到楼上,楼梯口地板上就有一处炭烤烧焦的痕迹,好像记得他说是华兹华斯妹妹还是妻子不小心弄的。醒目处有一只老式 cuckoo 钟,他妹妹很喜欢,刚开始每次布谷鸟出来叫都惹得她格格笑。边上挂着华兹华斯爷爷的肖像,可以看到和华兹华斯一样高挺的大鼻子。

  在华兹华斯卧室,看到一张不算大的双人床,小伙介绍说,这是因为当时人都身材不高,再加上他们喜欢在身后垫个枕头斜靠着睡,并不完全躺下去睡,说是这样的睡姿可以预防肺结核。这样的说法和睡法,我不置可否。我倒是在房间里闻到一股煤炭的味道,长期用木炭取暖的确对肺不好。整套房子里,当年的壁炉今天还都在使用。卧室中还挂有他获得湖畔诗人桂冠的证书、结婚证书、他去欧洲游的护照。书桌上有一只行李箱,箱子很小,他自己写的名字都只能写下 Wordswort,那个最后的字母 h 就只好写到上面一行去了。虽然箱子小,但华兹华斯认为人出外只需要这几样东西就行了:一件白天的衬衫、一件晚上的衬衫、一双袜子、一本本子、一只笔。卧室边上还有一间书房兼客人房,当年 Colleridge 和 Southy 是他家常客,Colleridge 甚至都抛妻弃子到这来和华兹华斯居住。难怪乎,书房墙上都挂有他们三人分别的肖像。书房边上还有间小孩房,墙上贴满了当时的报纸,说是为了挡风取暖,华兹华斯的妹妹也和他的几个孩子在这住过。参观到这,小伙郑重其事告诉我们，导游到此结束。我们向他表示谢意，他如释重负，急急把我们领到户外花园，我们后来想想，觉得他肯定是怕我们又提出什么不在背诵讲稿上的问题而让他为难。哈哈，真有趣。

　　Dove Cottage 边上又新辟了一个展厅，专门介绍华兹华斯的妹妹 Dorothy。她是让他的灵感闪现的一个关键人物。时间关系，我们走马观花，展厅里用了很多日记文章等实物说明兄妹俩相伴一生的关系，他妹妹终生未嫁。

　　时近下午 3 点，我们又赶去华兹华斯在湖区住过的第二处房子 Allan Bank。卢老师有 national trust 的会员卡，可以免票进入，我就花 4.8 英镑买了门票后进去参观了。这处住处明显比刚才参观的 Dove Cottage 大很多了，两层小楼，房间宽敞，室内看室外的风景极好，因为房子建于高地上，视野开阔。屋内供应免费的茶水，我给自己倒了杯咖啡，然后端着杯子在房子里四处转悠。又看到标有 Colleridge bedroom 的字样，这个科勒律治真是华兹华斯走哪他跟到哪啊，有一说法是抛妻弃子为了追求华兹华斯的妹妹。卢老师一直耿耿于怀没有去他的第三处住址 Rydal 参观，也是华兹华斯在湖区住得最久，直到他去世时的房子，想必比这第二处更大吧，不知道他又给自己找了个怎样更好视野更美风景的居所。遗憾，这第三处其实我们路上经过，但没有意识到那是他的家就这么错过了。夏天的湖区肯定更美，夏天的日光也更长，让我们期待不知何时再来湖区再来找寻华兹华斯的这第三个住处吧。人生有回味，有遗憾，有期待，会更美，不是吗？

圣诞拍卖会

2013 年 12 月 4 日

今天剑桥大学的老师又罢工停课,我却没了上次参与的兴致。上次是因为好奇,这次因为又有更让我好奇的活动要参加,那就是圣诞拍卖会。上午 10 点半在 Corpus Christ Master's Lodge 基督圣体学院,这是剑桥唯一一所由城镇居民出资修建的学院。学院珍藏着价值连城的书籍,如托马斯·贝克特的诗集。

今天每位前来的人可以带上自己不需要的东西来这,或捐或卖都可以,捐者用拍卖的形式为大学活动中心筹款,东西多以礼物、饰物、家居用品为主。拍卖现场高潮迭起,笑声不断,拍卖师诙谐逗趣的话语和可爱的面部表情让大家开心不已。他每高举一件物品,一瓶酒、一套瓷器、一件手织毛衣、一瓶香水、一个拖箱都让现场沸腾、频频叫价。

拍卖结束后,圣诞老人来给小朋友发礼品。意犹未尽的我们又来到隔壁房间唱圣诞歌曲。来自世界各国的人们先齐声用英文演唱,后各用各国语言演唱,钢琴伴奏,欢快轻松。

自由挑选买卖的地方,黄老师带来的一个黄铜酒壶一下就被人买走了。最后活动结束时,清仓大促销,一位老师用 1.5 镑买走了两袋书二三十本。我用 50 便士买了两对耳环,送了一对没有打耳洞的给卢老师。拍卖会的东西都不贵,关键是那种人人参与的圣诞氛围让人开心其中。

　　中午在该学院自费用午餐，饭后集合前往国王学院参观讲解其历史。Goville 学院的院长夫人也在这听讲解的人中，看她听得那么认真，让我这个开小差的人都不好意思。我已经来过国王学院多次了，所以不认真听。她可是可以和她先生随便踩草坪的人物，却听得那么专注。（根据剑桥的规定，唯有教授级的老师及其配偶有资格从大学校园的草坪上踩过。）上午的竞卖她也在帮忙，很平易近人。

　　圣诞快来了！2013 年的最后一个月了！时间过得好快啊！在剑桥的每一天都像是刚来，新鲜兴奋快乐！

中西方做客的不同

2013 年 12 月 15 日

  来剑桥后去过两个朋友家作客，都是新认识的，也都是最近才买的新房，一个是中国人张老师，一个是英国人 Tom，人都是一样热情，但接待方式完全不一样。去过张老师家两回，她被评为"居里学者"，每年英国给她 120 万英镑的奖励资助，每个月还有至少 5 000 英镑的生活费，所以她花了 16 万英镑买了上下两层两居室。每次去她那，她都准备了充足的食物，虽然我们每个人也会自觉带个菜去，但她备下的东西也足可以让我们吃饱吃撑，吃了中饭把晚饭都省了，还可以打包带走。

  昨天去 Tom 家，我考虑买点什么礼物，室友给挑了一小包几块饼干和一块巧克力，我觉得我们三个人才买这点好像实在拿不出手，但还是听从建议花 4.5 镑买了这两样。路上 Mike 两次提醒让我撕去价格标签，看样子这是他们的风俗吧。我们没有去吃午饭，两点半到了他家。30 万英镑买的两层新房温馨整洁，Tom 用茶水、咖啡、甜点蛋糕招待了我们。然后大家席地而坐聊天、玩游戏。他们是处了近一年的老室友，叽里呱啦说个没完，互相打趣，我这个新室友竭力听懂跟上他们的节奏。哇，那个殖民地的纸板游戏真经玩啊，他们四个起码玩了两三个小时还乐此不疲。我在边上看着，肚子里塞了甜点，也不知道是饱是饿。七点游戏结束，大家起身告辞。没有午饭，没有晚饭，呵呵，这样也简单。

圣诞心情

2013 年 12 月 25 日

今天是圣诞，我的心情很复杂。99 岁的公公突然离世的伤悲，让我仿佛觉得自己不该在今天快乐和微笑。说好等我回来给公公过的百岁寿辰，就成了心里永远的一个遗憾。无论如何，虽是万般无奈身在异乡，无法送公公最后一程，但我把悲伤与遗憾寄予满天繁星，一个人一颗星，公公在天上，会希望每个他爱的人都珍惜每个时辰和每份感动。捡拾好这样的心情，我如约完成了今天的各项安排。

早上 8 点当我醒来，门上已经挂着室友迈克送的圣诞礼物，大大的圣诞袜子里装着橘子糖果和核桃。而此前我也偷偷把给他们的礼物放在他们门口。下楼见迈克正在收拾给他家人准备的十几二十件礼物，他装作很随手拿出两样给我和陈老师，我们很惊讶，因为不是已经收到他挂在门上的礼物了嘛。打开一看，是他分别为我们买的袜子和单反相机镜头形状的喝水杯。哈，我给他买袜子，他也给我买袜子。陈老师喜欢拍照，单反不离手，迈克就给他买了这个镜头水杯。真有心！

在我印象中中国人是最讲人情往来的国家，也最为人情往来所累，而外国人是最看淡这些的。但今年的圣诞节让我感受到了丝毫不逊色于我国人的英国式送礼热情。唯一不同的是，他们更看重礼物的意义而非价值，要求每份礼物都是适合于每

第三篇 飘逸行云

个人的,而不是应付了事。

迈克要带陈老师回老家利物浦边上的 Preston 过圣诞节,迎接他们的是迈克的妈妈、哥哥、嫂子、侄子、嫂子的妈妈、妹妹、妹妹的同性恋女友。为此两人可没少为礼物费心,前两天我就跟着他们的车到处买礼物,今天陈老师又骑车从南剑桥跑到北剑桥,终于把礼物买齐了。他给迈克的妈妈买了茶叶 1.35 镑,给他侄子买了玩具 10 镑,给他嫂子买了沐浴球 5 镑,给他爸买了动作片的碟子,给他哥也买了茶叶,给每个女士都买花(25 日当天去买)。迈克也买了两瓶啤酒给他哥,给他妹妹买了 20 镑的购书礼券,给他妈买了洗发护发沐浴露和一株植物,给他侄子买了玩具,给他嫂子买沐浴球,给同事朋友也分别买了礼物。瞧他俩为买礼物送礼物的认真劲,真是感动,大清早开车出去,还现场打电话咨询当事人,昨天晚上两个人又是包礼物又是写祝福语,真的是依心而设的心意呀。

下午两点,教会安排的英国当地人家 Julie 和 Ian 夫妻俩来接我和王老师去他们家吃圣诞大餐。上午他们要接待女儿女婿和外孙女,下午女儿一家去丈夫家过,于是老夫妻就安排我们一起去他们家过节。他们很热情也健谈,语音纯正,我们沟通无障碍。他们去过中国五次,去了世界很多地方,家里到处都是从各地旅游带回来的纪念品,土耳其、西班牙、非洲等,最多的是从中国带回的字画工艺品。我们聊了很多,历史、文化、国情,真是很好的一对老人。Julie 在 Churchill College 档案室工作,Ian 是工程师,俩人去过很多地方,也有很多共同爱好。

三点英国女王在电视上发表了 10 分钟的圣诞演讲,女王告诉大家圣诞是个很好的和家人一起回顾(reflection)的时刻,接着她回顾了王室的历史。我马上想到要是给公公办个追思会肯定有意义。在其后的聊天里,我给他们讲述了公公一生的几个片段,用这种方式表达我对亲人的追思,看他们听得那么认真,我很感动,有人倾听是幸福的。

四点圣诞晚餐开始,火鸡、土豆、parsnip、sprout、蔬菜、甜点、水果、白酒、饮料、饭后茶水,都是地道的英式圣诞食物。最好玩就是 cracker 环节,我还以为那摆放在桌上的 cracker 是餐桌布呢,原来是用餐时助兴用的。戴着彩色的纸做的头冠,我们每个人手拉手扯开那个 cracker,一声脆响,里面出现小礼物和谜语纸条。如:How to make a jacket last? 答案:Make trousers first. What do you call someone who makes clothes for rabbits? 答案:a hair(hare)dresser. 好有意思,有的答案是取谐音,有的是双关语。

饭后我们边听圣诞颂歌边聊天边喝茶,又是一番天南地北。然后我们玩纸牌游戏,是锻炼眼手反应力的。有我们俩陪,两位老人笑声不断,我们也深受感染。他们还准备了礼物送给我们,一个装着巧克力的茶杯。我很高兴把从中国带去的旗袍兔玩偶送给了两位可爱的老人。他们对中国热情很高,不断提各种问题,当然也详细回答我们的各种问题。老人也很有童真,cracker 环节和玩纸牌游戏都很投入,看着让人开心。晚上 7 点半他们又开车把我们分别送到家。

此刻,剑桥繁星满天,平静祥和,生活还是很美好,珍惜!

英国的两大节日

2013 年 12 月 26 日

11月5日晚上7点半,剑桥万人空巷,大概25 000人齐聚在 Midsummer Common 的大草坪上,观看一年一度的焰火燃放。英国人在每年11月5日庆祝福克斯之夜,也叫 Bonfire Night,节目有:燃放烟花,点燃篝火,焚烧象征着福克斯的套着旧衣服的草人。Guy Fawkes,天主教阴谋组织的成员,1605年火药阴谋案的参与者。该阴谋的目的是在议会开幕时炸毁威斯敏斯特宫,炸死詹姆斯一世国王及其内阁大臣,以报复英国对罗马天主教徒的迫害。但该阴谋在最后实施关头被发现,他被处决。因此每年这天都纪念此次事件。

今天是西方的 Boxing Day,也就是节礼日。在剑桥有两大传统,一是 Granchester 果园的滚桶比赛,二就是英国一年一度上演的恐怖大片,购物跟抢样的促销日。我选择参加前者,因为后者需要凌晨五点就去商场门口排队,然后蜂拥而进,一抢而空,太可怕了。于是上午12点我来到果园观看了轻松欢快的滚桶比赛,比赛在几个俱乐部之间进行,分男子组接力和女子组接力,都基本是 Granchester 村子的村民参加,附近几个村子的村民来观看,BBC记者现场直播。全场齐声倒计时的喊声,把比赛推向高潮。滚桶不听使唤频频撞上的画面又让村民笑声不断。

申根进行时

2013 年 12 月 30 日

到今天为止，我完成了申根签证的这几个步骤：

一、给英文系秘书 Lisa 写了信，让她 1 月 6 日一上班就给出身份证明；

二、通过 google 网站，输入 flights from London to Munich，买好 3 月 20 日伦敦飞德国慕尼黑机票 57 英镑；

三、通过 google 网站，输入 Eurostar，买好 4 月 2 日欧洲之星从巴黎回伦敦火车票，40 英镑；

四、通过 google 网站，输入 Columbus direct，买好欧洲旅游保险 22 英镑；

五、通过 google 网站，输入 booking.com，订好德国慕尼黑的酒店住宿，但这是为了签证需要，一旦签证通过，就可以免费取消，再订真实的酒店住宿；

六、进入德国签证中心网站，网上填好各项表格。之所以选择从德国进入欧洲，是因为所有申根国家都要求有三个月的期限，即去欧洲时还需有 3 个月的时间待在英国，我四月底回国，三月底去欧洲，已经不符合签证要求了。但有老师有从德国成功申请到的先例，出示回国机票把握性大点，所以就准备冒险申报了。如果失败，包括签证费在内的以上所花所有费用全部作废。

第三篇 飘逸行云

七、初步制定好行程,剑桥到伦敦到德国慕尼黑,到瑞士苏黎世到日内瓦,到意大利威尼斯到罗马,到巴黎,回伦敦回剑桥。前后共 14 天在欧洲,有伴就同行,没伴就独行。哇 好有挑战性啊!

八、准备 1 月 2 日去系里打印所有电子机票和住宿单;去银行打出对账单;网上预约递交德国签证时间,争取 1 月 7 日去伦敦递交。然后就是等待结果了。

走过 1314

2014 年 1 月 2 日

难得在国外辞旧迎新,早早地,我就想着要把圣诞献给剑桥,元旦留给伦敦。11 月 6 日就订好伦敦火车站附近的青年旅馆,16 人间 34 镑一晚。在英国,坐公共交通火车和地铁,平时的话 4 个人一组共 60 镑,周末 44 镑。一个人的话平常日子非高峰期 offpeak 30 镑,高峰期 peakhour 45 镑。所以 12 月 30 日我在 QQ 群里提前组好团同往伦敦,这样可以省下一半的交通费来。12 月 31 日坐上上午 9 点半的火车来到伦敦。下午和晚上在伦敦的街上逛悠,大大小小商店林立,每家都标着 Sale,我很佩服自己的定力,居然没有出手购物。原因恐怕是两个,一是同伴行色匆匆,我也不好驻足挑选;二是商品价格昂贵,我们去的都是顶级奢侈品店,如 LV、Gucci、Hermes、Burberry、Chanel、Dior 等,特别是 Harrods 大型商业百货,算是好好过了把眼瘾,果真如电视上所见,商场购物环境一流,商品堪称精品,人流量大,中国买家出手阔绰。当黑人、白人店员用流利的中文接待我们的时候,我觉得无比稀奇,心里也有些许自豪感。传说中的圣诞元旦打折季,我就这样淡定地度过了。当内心充实有追求有满足时,对物质的需要好像不是那么强烈。当内心空虚无所寄托,也许就需要名包名衣来包裹吧。这恐怕是我这个阿 Q 的想法吧。

第三篇 飘逸行云

31日晚上8点未到我们就来到了烟花燃放观看点,因为8点以后伦敦各地就要实行交通管制。我们选取了个比较好的地点,左边是伦敦眼,右边是大笨钟,前面是泰晤士河,头上有顶棚,这样既可看到伦敦眼里放出的烟花,又能听到敲钟,还淋不到雨。郭老师比较稳重保守,他倾向于安全为妥。我和妮娜倒是想挤进人群的漩涡,去感受随着音乐摇摆和随着人流欢呼以及烟花在头顶绽放的激动。但还是听从郭老师建议,老实在棚子下待着,静静等待新年的来临。

终于,2013年的最后十秒,全场沸腾,齐声倒计时,烟花升空,礼花爆炸声、人群呼喊声、大笨钟的钟声、广播里主持的声音都一起被淹没在欢乐的海洋里。没有想象中热烈拥抱的画面出现,大家都比较矜持,因为眼光都被空中美轮美奂的烟花吸引。也许在漩涡中心的人们会更加激动,有音乐的伴奏会让人更加兴奋忘我。烟花持续约10分钟,虽然以前我看过各地无数次烟花,但这伦敦的烟花还是让我觉得美得令人窒息。那一刻,大脑什么也不用想,就痴痴地看着它,那么炫目让人应接不暇,在人们的惊呼声中,一次次给人以视觉冲击。

世间很多美好的东西,都如这烟花,静静地享受它给过的美即可,无法把握无法拥有。一旦失去,也无需太过伤感,因为原本这就是生活的安排。花有花期,人有期寿,存在过,即知足!正如孩子对父母的孝顺,不在于时时刻刻的陪伴,如果你有温良的性格、有让父母放心的学业、事业、感情,让父母省心和骄傲,这就是真正的孝顺。哪怕离去,就算有遗憾,也安然。

看完烟花,我和妮娜在拥挤的人流中逆行,因为手机google地图导航去酒店的方向在另一方。那时我们真有点担心,人太多了,如果踩踏,后果不堪设想。没想到好不容易挪到桥近前,却处处封路,只好不停重新导航。找个警察问路,又是瞎指挥,明明是直走,却把手一指让我们往左去,结果发现不对头又返回重走。就这样凌晨一两点钟,漆黑的夜、朦朦雨,两个女路痴,我一手拿着手机地图,一手牵着她,东闯西晃,两点才找到酒店。其间有一点点紧张，主要是看到酒吧门口酗酒的人，怕他们闹事。但现在想想，我们还是很享受这个过程的，用手机拍着人群散去后那一地的狼藉，看着久久不愿离开的年轻人在那互相拥抱祝福，还有那伦敦眼完整大方地倒映在泰晤士河上。世界各地的游客很多，看到有些人是拖着行李箱直接就来看烟花的，所以那一地的狼藉不能说明英国绅士的素质下降，只能说明这里刚进行过一场沸腾，而垃圾的制造者肯定不会是英国绅士。这个国家高度的秩序和文明的程度，已经在过去的两三个月让我折服。当有黑人过来表示帮我们俩合影时，我送上新年祝福并直接拒绝，因为我担心他们会乘机把相机抢走。我没有种族歧视，只是一种感觉。

2014年1月1日凌晨三点才睡，很兴奋，也终于有了疲惫。想想自己能在夜里、在完全陌生的地方，自己找到住处，心里有些得意，好像又挑战过自己一回。疲惫的我后来倒下呼呼大睡，完全不管青年旅馆里是否是人进人出的嘈杂。隔壁、对面床铺住的都是几位男士，也有黑人，但大家都忙进忙出，谁也顾不上谁，这里只是个歇脚的驿站。睡前刷牙的牙膏我问一日本女孩借的，早上用的牙膏是一黑人借给我的，擦肩而过时一人用日语向我问好，哈哈，青年旅馆，简单青春的气息，很友好又自立的氛围。

2014年1月1日早上8点我醒来，在青年旅馆用过免费早餐退房后，我们俩又是用手机地图和一路问询，紧赶慢赶，终于在11点之前找到Covent garden，这是今天伦敦步行游的起点和集合处。这两小时的步行游览是我们在青年旅馆看到的资讯，有标准英伦音的导游免费带着参观伦敦的标志景点，这对我们俩这样第一回游伦敦的人来说是再合适不过了，了解文化、走进历史。这两个小时的路程，可把我累惨了，现在在这补记日记都觉得大腿酸痛、脚板僵硬。而之所以这么累，是因为我们的勤学好问和导游Andy的步行特点造成的。Andy人高1.9米，步伐又大又快，而此行景点安排又多，于是我们像旋风

第三篇 飘逸行云

样在一个个地方闪过,他每到一地就细心讲解,讲完就急行军,快闪到另一地。再加上当天风大雨大,我穿着雨衣、打着伞,竖着耳朵听他的介绍,没听明白的地方,还要不时提问或者问身边的人,还要抽空拍照,还要用文字记录下几个关键词,唯恐回来记日记会遗漏。怕手机淋到雨,还要一个手撑伞。为了跟上他的步伐,我得一路小跑,可把我累得够呛。中午游览结束,我为他的敬业给了他 5 镑的小费,然后就到威斯敏斯特附近的 St Magaret 教堂休息吃了点带去的食物,然后就直接睡着了半小时,因为实在太困了。好在出发前准备充分、考虑周全,鞋子和裤子都防雨,这才虽然累但不冷不饿。妮娜可就没想这么周全,鞋子袜子全湿了,没带雨衣,风大不能打伞时只能硬撑着。

下面的是那两小时的行程:

1. *考文特花园*(Covent garden)

这里曾经是天主教堂的修女们种菜种水果的花园,现在成了集市。

2. *特拉法加广场*(Tralfalgar square)

特拉法加广场是英国伦敦市中心的著名广场,建于 1805 年,其重要性相当于北京天安门广场。广场最著名建筑物是南面的高 53 米的纳尔逊纪念碑,纪念拿破仑战争中的海军上将、英国民族英雄纳尔逊。导游 Andy 给我们讲了英语中一个短语 "to have a stiff drink" 的由来,听着好恶心的一个有关纳尔逊遗体运回国的故事。但更吸引我的是广场上 national gallery 前的一只蓝公鸡塑像,那样的蓝,那样傲慢的姿势,与周围古朴的建筑风格格格不入,显得非常突兀。问过之后才知,那是女权主义的标志,那只傲慢的公鸡象征着让人不可接受的男权,是女权主义者用来讽刺男人们的霸权的。真有意思,寓意深刻,很有想法啊。如果哪个男权主义者看到这只公鸡的造型,都会收敛自己的不可一世吧,因为对待女人用那样的昂头向上的态度,就像这只公鸡一样让人觉得好笑啊。难怪现在英国绅士对女性谦卑有礼,看样子这只反讽的公鸡形象功不可没。我的胡乱猜想。

3. 水师提督门（Admiralty arch）

海军总部的水师提督门，导游说这也是当时国王送给他母亲维多利亚女王最好的母亲节礼物，因为在母亲节那天建好。这座建筑物门口是长长的大街，有着暗红的路面。原来这也是英国为王室们准备的逃生通道，万一发生战争或意外，这个长大街就成为飞机跑道，住在这附近的王室成员都可直接乘飞机离去，而不需要去专门的机场。

4. 英联邦总部（Headquarter of commonwealth）

英国是英联邦国家。英联邦由英国和其他一些前英国殖民地和附属国组成。一战后，大英帝国势力逐渐削弱，英帝国的称号被英联邦取代。现在16个英联邦国家的旗帜在总部门口飘扬。

5. 纳尔逊纪念碑（Nelson's Column）

6. 皇家第一宫（Royal palace1）

英国皇家宫殿很多，但这里是第一处宫殿，是亨利八世在位时修建。最后一位住在这的是戴安娜王妃。导游在这非常详细地讲述了亨利八世的6个妻子和后裔的故事，包括Confessor Edward、Bloody Mary、Elizabeth等等，让我好好回顾又梳理了下英国历史。

7. 绿园（Green park）

8. 白金汉宫（Buckingham palace）

白金汉宫，英国现任女王住处。31日刚欣赏完它的夜景，1日又来看日景听历史。如果女王在里面，会在顶上看到两面旗帜。现在只有国旗Union Jack飘荡着，另一面Standard Royal旗帜只有在女王在这的时候挂起来。导游给我们讲了关于白金汉宫安保不严闹的两起笑话或者说事件。白金汉宫的左前方就是王子查尔斯和卡米拉的住处。

9. 圣詹姆斯公园（St James park）

御花园，实在太美。我冒着掉队的风险，狂拍照片。

10. 骑兵卫队（Horse guard）

养马场？训马场？这里没听明白。但站在这里看到的，前面是一战纪念碑，后面有远远的伦敦眼，左边是唐宁街和财政部。前年的奥运和每年的 Trooping the Color 活动，都会在这有启动仪式。英国到处都有一战二战纪念碑，一个牢记历史的国家，注定了它有绵长蓬勃的未来。

11. 大笨钟（Big Ben）

12. 威斯敏斯特教堂（Westminster abbey）

行程简述至此，这2个小时的行程只是蜻蜓点水、走马观花，有时间我会再来把它们一一细细领略，进去慢慢欣赏。在英国，古国之风犹存。

下午两点半，我们在大笨钟那块，欣赏了新年乐队演奏。因为参加步行游，错过了中午12点开始的新年花车巡游。4点半，我们来到特拉法加广场的 National Portraits Museum 观看人物肖像展览。伦敦博物馆众多，都免费开放。晚上6点一刻坐火车回剑桥，7点到达。

1314就这样充实又有意义又兴奋地度过！

开学声明

2014 年 1 月 13 日

　　今天去学校系里与教学干事交涉开具申根签证申明,顺利达成一致意见,按我所预订的欧洲游日期,她给我出具身份证明函。因为我的访学身份是到三月底,而从欧洲回英国时间是四月二日,此前她在邮件中说只能开到三月底,那就意味着我欧洲之星的返程票得重新买。今天我出示护照,告诉她我签证有七个月到四月底,她同意给我开延长一个月的身份证明。我如释重负,因为我知道英国人办事严谨,能够通融处理,我很开心。

　　在一楼图书馆资料室,顺利打印出办理申根签证所需的已在网上买好的保险单、飞德国慕尼黑的机票、欧洲之星的火车票、酒店住宿清单等。然后来到大学图书馆,亲身体验存包、查找书籍、找到相应借阅地点、填写书单、借出书籍等一系列流程。上学期我只在系图书室借书,这学期准备进入大学图书馆借书。在完成这一系列的过程中,我深深体会到剑桥处处为学习者提供的人性化的各种设计,体会到文明与文化在这个高等学府的点滴印记,也强烈激发了我欲徜徉书海、与知识和文字亲密接触的由衷愿望。

　　另鉴于 2 月 17 日到 20 日已定好的北爱尔兰游、3 月 20 日到 4 月 2 日拟进行的欧洲四国游,和平时周末可能安排的伦敦

第三篇 飘逸行云

大英博物馆、济慈故居、皮卡迪利广场等景点游,为提醒自己善用时间,珍惜时间,故发此声明:

　　读万卷书、行万里路,从来是我的最高追求。从1月16日开始,心无旁骛,认真学习,积累沉淀,除去计划好的各地游,平时都在学校的课堂上、图书馆、茶室,晚上下载书籍、记录感悟、书写心情。如无要事,请勿打扰!(哈哈,好像自己很重要,脸皮够厚)。如要找我,请到学校!(哈哈,好像自己很忙,脸皮非一般厚)。

读书小结

2014 年 1 月 15 日

1. 先读字，更读心。

字是人写，字美当然可贵。但你总要知写字的那个人，知他为何写这些字，为何如此写这些字。

2. 观其大略，不求甚解。

细读之先，略略通观，如观山，先看全脉络。不求甚解就是说不较真儿。懂则懂，不懂则不懂，懂还是不懂，由他去。不装，不催，不痛。

3. 细嚼慢咽，千回百折。

好字，如曹雪芹的红楼，一日看个百字，细细咀嚼，滋味万般，这种体味便由神经流向心，再由心流回神经，这叫潜移默化，叫陶冶。这个功夫最硬，如果耐住性子，有个坚实和连贯的积累，经年累月，必有大进。

4. 偶有所得，简洁随记。

这是个好习惯，心动不仅跳在腔子里，更跃然于纸。情思由是打通自己缓缓流淌的路。否则，一激动便想写几个字，一提笔便写不出几个字。写不出几个字，火气便不打一处来，于是扔了笔，拔了毛，叫唤一声，"老子耍去了！"，纵有天使相助，顽石也难成玉。

读《冬天的故事》有感

2014 年 1 月 16 日

断断续续,今天总算读完了莎士比亚的《冬天的故事》。一段发生在冬天的残酷的故事,却有一个如春天般温暖的结局和如夏天般热烈的爱情。喜欢莎士比亚,不仅是他鬼斧神工的语言,更是他对人性的洞悉。跌宕的情节更让人手不释卷,看莎翁戏剧才知道什么叫戏剧性。多希望生活也如戏剧一般,纵使过程荡气回肠,但结局却有着无巧不成书的完美。在《冬天的故事》里,一共有五幕,我最喜欢的是第四幕,因为前三幕多是猜疑抑郁的阴云笼罩,而第四幕却让人感受到对命运的抗争和生活绽放的美好。

莎翁语言的虚实相间,给人一种无休止的震撼力。就虚写虚,如果空无内容,容易形成意识流。如果富于哲理,则以说理见长,往往严肃工整。就实写实,可以是如入无人之境的白描或者说明。但在戏剧里,人就是他的语言。人如何,语言便如何。语言如何,人便如何。哪怕是一个无名草根,譬如《冬天的故事》里的那个街头惯偷,实用技艺,算计心理,玩世不恭,诙谐顽皮,皮囊家当,寒酸时日,等等,一概从莎翁的笔端滋滋生花,清香满园。这经常给我一种感觉,莎翁也许更是一个时代的智慧的代名词。而固然他是一个人,这才华,世人何可望其项背,直教上帝羡慕嫉妒恨哩。

开学第一课

2014 年 1 月 17 日

  今天是开学第一天，早上 8 点急匆匆起床、做早饭、从烘干机里拿出昨晚洗好的床单被套（新室友要来，得给他备好），8 点 35 分拿起衣服围巾就往外跑，去上班的迈克见了我说"怎么穿拖鞋去上课啊？"哈哈，我忘了脚下了，生怕九点的课迟到啦。一路上心情不错，昨晚下过雨，空气中弥漫着淡淡的草香，风景优美，心旷神怡。第一次自己骑车从新家到学校，很顺利，多亏陈老师带过几次路，在那个我拐错的地方，想起他当时的一声顿喝，赶紧拐到正确的方向。骑在路上，听到自己心脏有节奏的跳动声，微汗不喘，这是最理想的锻炼了！

  9 点进到教室，老师正在发讲义，然后她让学生用举手的方式，她来了解分别有多少一、二、三年级的学生选这门课。我环顾四周，发现教室坐满了，三个年级的学生都有，但访学的中国老师就我一个。想到上个学期这里前三排满满的都是中国来的访学老师，我的心不由一阵失落，铁打的营盘流水的兵，天下没有不散的宴席啊！于是我更多了份学习的专注，提醒自己珍惜时间。

  这第一堂课我是冲着 William Blake 来的，可是老师介绍的却是我完全不熟悉的另一位苏格兰诗人 Robert Blair 的长诗 Grave。我坐在第一排就在老师眼前，竖起耳朵听，原来她今天

第三篇 飘逸行云

不谈 Blake 的诗歌,而是侧重 Blake 的另一个身份:画家、雕刻家。通过讲述 Blake 给 Blair 的作品配的插图,从中可以领略到 Blake 的创作风格以及他的艺术理论。以下是我以前和今天结合网络资源和课堂所学所知道的 Blake 的概述:

威廉·布莱克(William Blake),英国第一位重要的浪漫主义诗人、版画家,英国文学史上最重要的伟大诗人之一,虔诚的基督教徒。主要诗作有诗集《纯真之歌》《经验之歌》等。早期作品简洁明快,中后期作品趋向玄妙深沉,充满神秘色彩。他一生中与妻子相依为命,以绘画和雕版的劳酬过着简单平静的创作生活。后来诗人叶芝等人重编了他的诗集,人们才惊讶于他的虔诚与深刻。接着是他的书信和笔记的陆续发表,他的神启式的伟大画作也逐渐被世人所认知,于是诗人与画家布莱克在艺术界的崇高地位从此确立无疑。

布莱克的诗摆脱了 18 世纪古典主义教条的束缚,以清新的歌谣体和奔放的无韵体抒写理想和生活,有热情,重想象,开创了浪漫主义诗歌的先河。他的浪漫主义气息远比其后的浪漫主义诗人,如华兹华斯、济慈、雪莱等更加深刻。

他是一位复杂的多重人物:除了诗人,他同时还是画家、雕刻家。他艺术的一面影响另一面。他用自己发明的方法,把写的诗和画的插图刻在铜板上,然后用这种铜板印成书页,再给它们涂色。细读布莱克的作品,可以发现,它们是由图像和文本结合的整体。文本不仅仅是用来说明图画,图画也不仅仅是用来表现原文。两者都需要解释性或推测性的阅读。

时至今日,诸多评论家将布莱克列为英国文学史上与乔叟、斯宾塞、莎士比亚、弥尔顿、华兹华斯齐名的最伟大的六位诗人之一。由于他的画作在文艺复兴以后,开启了不重形似而重精神力量的创作新路,他又被赞誉为"英国艺术方面最重要的人物之一"。剑桥大学菲茨威廉博物馆(Fitzwilliam Museum)为布莱克开设了专馆,且馆藏十分丰富;仅在 2002 年米迦勒学期 Michaelmas Term 剑桥大学英文系的课程表中,就有三门有关布莱克研究的课程,它们是:"威廉·布莱克"、"布莱克的复合艺术"(Blake's Composite Art)和"布莱克的微细特例"(Blake's Minute Particulars)。从中可见布莱克的成就及魅力。

正如王佐良教授所断言的:对于后来者来说,布莱克是挖掘不尽的。无论从思想、象征、神话出发,还是从格律、诗艺或绘画艺术出发,他的作品里还有大量需要深入研究的东西。1919年周作人在《少年中国》一卷八期上发表了《英国诗人布来克的思想》一文,首次介绍了布莱克诗歌艺术的特性及其艺术思想的核心。文中说,布莱克是诗人、画家,又是神秘的宗教家;他的艺术是以神秘思想为本,用了诗与画作表现的器具;他特重想象(imagination)和感兴(inspiration),其神秘思想多发表在预言书中,尤以《天国与地狱的结婚》一篇为最重要,并第一次译出布莱克长诗《天真的预言》的总序四句:一粒沙里看出世界,一朵野花里见天国。在你掌里盛住无限,一时间里便是永远。徐志摩把它们翻译为:一沙一世界,一花一天堂。无限掌中置,刹那成永恒。

今天的课上欣赏了Blake所绘制的插图,丰富了我对他的宗教思想的初浅了解,对于以后阅读Blake的诗歌有促进作用,也许这也是老师用这个做引子的原因吧。剑桥治学踏实不浮躁,我"管中窥豹,可见一斑"。

开学杂感

2014 年 1 月 18 日

  今天国内同事问我是否在英国乐不思蜀。是啊,乐不思蜀啊,深深后悔只申请了半年的访学啊。签证给了七个月,我待七个月,要是待满一年该多好啊,哪怕多呼吸下这里的空气呢,哪怕再多体会下做学生的感觉呢,哪怕再多骑五个月的车呢。但内心里我知道这都不是最主要的原因,直到我刚准备坐下静心写点东西,可看到国内学校发来的诸多邮件待回复,我就知道我为什么这么留恋英国了。是为了逃避!在这仿如世外桃源的地方,我可以纯粹得只要有文字、诗歌、白云、蓝天就很开心。对于我这样大大咧咧、不长心眼的人来说,一切的烦恼和困惑都交给岁月去透析去沉淀。操心那么多干嘛呢,什么事,不都是没按照我的意志在发展嘛,没有我地球转得也蛮好嘛。故,不再操心!

  离题了!继续说逃避!看到诸多邮件,我知道网络让我逃无可逃!五个今年五月份要毕业的研究生论文在陆续发来,我又要展开新一轮的车轮战了。下个学期的课表排好了,因为我只能从五月份开始上课,所以为了完成工作量,我必须每周上六节研究生的课,至少八节两个本科班的课。要带七个新的教育硕士。还有三个研二学生要开题。看到明天准备来填的年度考核表、专业技术岗位聘期考核表,我眉头紧锁,我怎么越来越烦这些繁文缛节呢,我这样忘性大的人,怎么填得出表里那么许多数据呢?前三年的工作量?哦,我的天,就这两个月的数字我都未必记得住。烦!

下面进入今天日记的正题:"开学第二天的感受",写这个可以让我开心些。

上午 10 点到系里,发现课表居然与我事先看得不一样,原准备听超验主义的讲座,结果发现没有,只好去听有关南亚文学的。去晚一分钟,教室里已是满满当当的了,我只好在窗台边坐着,陆陆续续后来的学生只有席地而坐了。听了一下,原来老师在讲的是英国对印度的殖民统治在印度文学上的反映和影响。唉,那些书名、作者名我不甚了解也不感兴趣,又毫无准备,思绪无数次开小差。开始还喝令自己集中精神,后来索性任它信马由缰,只剩个人形在课堂上。倒是一个印度作家 Krupabai Satthianadhan 的作品 Saguna 里的一段话,引起我的共鸣,摘引如下。他是表达一个英国殖民者来到印度的感受,却也正说出了我初来英国时的心情:

I was hushed and speechless; the sight, so new, thrilled me with wonder. The mountain path with its loose stones moss-grown and dark, the trees loaded with foliage, the twisted gnarled trunks springing from the midst of granite rocks and stones, ... and over it all the faint glimmering light of the dawn, —all this formed a picture too full of living beauty, light and shade, to be ever forgotten.

11 点是教授 Simon Jarvis 的课 "Seven long poems",12 点是教授 Poole 的课 "Shakespeare in performance"。这两位资深教授的课与此前讲述南亚文学的和昨天讲 William Blake 的老师风格完全不同,给我留下深刻印象。那两位好像是博士生上课,无法脱离讲稿和 PPT,时不时还有口误又来纠正,还会放错课件又现场来找,还拖堂。而今天这两位老老师,气定神闲,胸有成竹,来回走动,与学生有目光交流,语言幽默,思路清晰,教学和学习策略开宗明义,时间把握恰到好处,还能留出一两分钟给学生提问。让我感受到一种学习的幸福！这种幸福也是目前让我由内而外散发柔和知性的源泉。喜欢什么，就在学什么，又以此为职业，何其幸福啊！好像与前面对工作的烦恼有些矛盾哦。其实不然，烦的只是工作那种形式，真正站上讲台，有时还是会浑然忘我、如入无人之境的。这也是我工作二十年，依然诲人不倦、乐此不疲的原因啊，否则纯粹做个教书匠，何乐之有！

最让我佩服的是今天讲莎士比亚的老师 Poole，也许由于他从 1992 年就开始开设这门课有关，他既有表现莎士比亚戏剧的舞台激情，又让莎剧的经典哲理台词渗入他的语言表达中，句句可圈可点，让听课者回味绵长，有时候分不清是他的语言还是莎士比亚的语言，他在其中游刃有余。看到身边的大学生在那刷刷地记，我的身心经受三重煎熬。一是羡慕妒忌恨，这个老师吸取了莎翁的精华；二是羡慕妒忌恨，这些以英语为母语的学生可以写得那么快；三是羡慕妒忌恨，莎翁是英国人，是用英语写作，让我总有隔靴搔痒之感，无法跨过文化差异深入体会他文字的美。当然这三种煎熬，于我又是另一种幸福，一种身在其中、有幸接触的幸福。

静静地忙碌

2014 年 1 月 20 日

今天上午去上了三节课，分别是 9 点钟 Drew Milne 教授的 "Modernism amid the Arts" 威斯敏斯特教堂、10 点钟 Dr S Haggarty 的 "The Social Lives of Things"、12 点钟 Dr K Boddy 的 "Modern American Narrative Art"。下面分别来谈下听课体会：

第一节课 "现代主义"，恐怕是迄今我听得最为轻松的课了，因为我对这个话题早已熟知。果然，老师从伍尔夫的短篇小说《墙上的斑点》入手，结合该作家的现代小说理论，带领学生领略了现代主义小说语言之美、意识之纷呈、涵义之深邃。伍尔夫曾宣称 "从 1910 年 12 月开始，人性改变了"，这几乎成了现代主义的起始时间。此后作家们更多关注人的内心世界、自我意识、纷至沓来的各种意象，而对故事情节、外部物质世界疏离。老师又介绍了 Gertrude Stein、Raymond Williams、Wyndham Lewis、D. H. Lawrence 的现代主义观点。不仅在文学上，各种现代主义的思潮也体现在绘画、音乐、艺术等领域，各种名词让人应接不暇，如 imagism、futurism、post-impressionism、surrealism、formalism、constructivism 等等。我就如沐春风一般，把这个流派又用英文在脑海里梳理了一遍。

第二节课最让我佩服的是这个讲座的思路，想必这一定是这个老师的得意之作吧，因为这样的分析视角很独到。她把

第三篇 飘逸行云

相近时期的诗歌作品用一条主线串了起来,选取的是 1820 年 Keats 的《希腊古瓮颂》,1840 年 Baillie 的"Lines to Tea-pot", 1919 年华莱士·史蒂文斯的《坛子轶事》,而这条主线就是司空见惯的这些坛坛罐罐的器皿。老师分析了诗歌的韵律、节奏、选词,但时间所限,只能蜻蜓点水,国内的老师讲解可能更为仔细到位。但让我开阔视野的是,通过这些坛坛罐罐的描写,揭示物品所体现的社会背景、历史前景、政治、文化,甚至当时的经济状况和审美标准。我发现这里的教学,不是标准答案式的灌输,而是一种引领,提纲挈领,需要一种悟性,更需要课后深入查找资料,才能加深理解。

第三节课我是冲着课表上写的"现代美国叙事艺术"的题目和"海明威"的关键词去的。没想到与我预想的完全是两码事,这堂课与文学与海明威没什么关系。但却借此机会让我认识了一位伟大的画家,我这个井底之蛙也算在高雅艺术殿堂里微熏了一下。老师通过 Edward Hopper 的绘画作品,介绍了艺术的叙述表现手法。爱德华·霍普(Edward Hopper;1882 年 7 月 22 日—1967 年 5 月 15 日)是一位美国绘画大师,以描绘寂寥的美国当代生活风景闻名。属于都会写实画风的推广者,他的门生日后几乎都成为了美国重要画家,并被评论家称为垃圾桶画派(Ashcan School)。

我欣赏到的作品有:1925 年,他的《铁道旁的房屋》(*House by the Railroad*)这幅作品,日后这幅画成为了美国艺术的经典之作,也是爱德华一系列荒凉都会画作的开始。爱德华的画风也逐渐显露,包括有锐利的线调和大幅的块面;诡异的灯光(非正常的日光、多为人造灯光)也是特点之一。爱德华企图在平凡的主题场景,如加油站、汽车旅馆或一条街上,添加寂静的情感。1942 年,他最著名的作品《夜鹰》(*Nighthawks*)引起了世人的注意,这幅画作中有几位孤独的顾客坐在某个城中 24 小时营业的餐馆里,餐馆中日光灯非常明亮,外头的街道上有大块透明玻璃窗所投出来的光影,上方阴暗,看得出来是午夜的气氛,画作中央背对观众的顾客，坐在吧台前的圆凳上，使人好奇，为什么在这个时候，这些顾客孤伶伶地坐在小馆当中。

而爱德华并不全画都会风景，1940年，他画了一系列新英格兰地区的乡村主题，其中有一幅《加油站》(Gas)，也是经典的"愁眉苦脸式(wistful)"画作，他的这一系列画作常常被拿来与另一位美国知名画家诺曼·洛克威尔比较。诺曼虽然也画许多美国小镇的风土人情，但相较之下，多了幽默、温暖和许多精细的角落描绘；而爱德华的画作则一贯地带有忧郁。总是存在有无人的空间、表情不明确的人物（仅有背面、侧面等等），无车的街等等。

在涉及有些以风景或咖啡店这样的主题时，老师还把爱德华的作品与毕加索、莫奈、波洛克的作品相比较。但显然这个老师更喜欢他的这部作品 Office at night，长时间讲解画作细节，让我这个绘画的门外汉不得不叹服艺术家的细腻，那飘动的窗帘、桌角地上的一片纸、椅子边那把伞的象征含义、办公桌的凌乱、两位人物的姿势所隐含的身体语言等等。最后老师对画中那把伞的说明和弗洛伊德对伞的解读，让全场窃笑。哈哈，有弗洛伊德的地方，就有不言自明的一种心领神会。弗洛伊德的这段话耐人寻味：A wife is like an umbrella. One marries in order to protect oneself against the temptations of sensuality, but it turns out nevertheless that the marriage does not allow of the satisfaction of needs that are somewhat stronger than usual. In just the same way, one takes an umbrella with one to protect oneself from the rain and nevertheless one gets wet in the rain.

下课，阳光正好，走走骑骑不急不赶回到家，答应了房东帮他接收包裹，快递此前来了两次都扑了空，所以昨晚特意叮嘱我留意。我不敢午睡，边等包裹边烤地瓜边整理申根材料。说到这个申根，已经成了我一块心病了。真不敢回想，我是如何自己一个人办好所有英国签证来到剑桥的，天啊，简直是个奇迹啊！这申根签证也是这样，不难，但繁琐！没有办法，已经买

第三篇 飘逸行云

好往返欧洲的车票和保险了,只能硬着头皮上了。首先,拿起电话,拨打伦敦签证中心,咨询 battleship building、harrow road 是否是递交德国签证的地方,得到肯定答复,一颗心放下,这就意味着我收到的网上预约递交签证的时间是有效的了,准备 1 月 29 日去伦敦递交签证了。再进入 booking 网站,预订在法国的住宿房间,几个回合,不胜其烦,搞定!电子档存好,明天得记得在系里打印出这两个预约单,一为签证预约单,二为住宿预订单。我明后天还得再去银行开出流水单。哦,my God!总算理清了思路。下楼吃自己烤的地瓜,可以放松下心情了。

听课杂感

2014 年 1 月 21 日

时间不够用啦，要下载书、要拍书、要看书、要听课、要课后消化吸收、要准备申根材料、要看电视新闻练听力、要和室友说话练口语；想写诗、想静坐酒吧找点感觉、看到太阳又想拍照、看到商店又想购物，觉又不能不睡，学生论文还没修改，哎呀，心里火急火燎的啊。

今天听了两节课。10 点钟 Gavin Alexander 的 Literary Criticism: Plato to Johnson。如果说以前听的课大都是提高文学素养、开拓知识视野的话，那今天这堂课就是与我的工作直接相关的了。我给研究生开的课就是文学理论，每年上的第一节课就是从柏拉图、亚里斯多德、霍拉斯的相关理论开始讲起，所以今天这课我好好对比借鉴了下这位老师的上课风格。所谓外行看热闹、内行看门道嘛。老师迟到 6 分钟进教室，发完讲义直接坐在桌上开始上课。从概念入手，思路清晰，有要点概述，有重点展开。我发现与我的教学最大的不同是，我总是把每位批评家、哲人的观点和理论尽量详细完整地灌输给学生，所以上课时间总是不够分配。但这个老师只抓一个重点，结合该批评家的原作来论述，如柏拉图，他只谈《伊翁篇》；亚里斯多德，他只谈他的悲剧理论。所选段落，取决于老师个人的兴趣。在重要的地方，比如几位哲人观点的比照和他们各自的特点，我

第三篇 飘逸行云

上课总是会强调一两遍,唯恐学生不注意要点会遗漏,而这里的老师从来像在自说自话,从不重复,滔滔不绝,只管按自己思路走。学生素质很高,刷刷刷记得很快。总之,给我的感觉,我上课是被一种责任感催着,好像如果知道的不教给学生,少说一句都算失职,结果学习成了为师的事,学生反而被动了。这里的老师上课个性化十足,不奉课本、理论、前人观点为权威,只有个性演绎,视角新颖,又塑造自己的权威。

11 点钟 Simon Jarvis 的课"Lyric thinking"。介绍了英国 17 世纪著名诗人 Abraham Cowley 的诗歌,着重于他诗歌的节奏、韵律和形式。我一向喜欢无拘无束、自由洒脱、恣意妄为的诗歌创作,所有或想像的、或经历的、或憧憬的,都让文字自由随性流淌即是。但今天的课,在老师充满磁性的男低音的诗歌朗读中,我体会到如音乐一般的抒情诗的感觉。而这老师果真读着读着就唱了出来,一时分不清这是诗行还是歌词。我想我以后不会排斥诗歌的"形式"了,有意识地运用一些诗歌韵律特点,也更可以增加一种诗的美感和境界。正如评论家 David Samoilov 所说,形式不是枷锁和面具,而是促成思想和情感解放的一种东西。(Poetic thought is "formed" in the rhythm, sound and rhyme of verse. And the devices of verse composition are neither fetters nor a mask, but something which conduces to the emancipation of thoughts and feelings.)

《歌剧魅影》的魅力

2014 年 1 月 25 日

在英国很幸福的一件事，就是你的任何突发奇想都会有人响应，而英国也能满足你一切的心理需要。哪里花开了，去看吧，于是一群人出发了；维特根斯坦的墓地很有名，去瞻仰下吧，于是一群人去墓地了；飞蛾飞过，来看吧，于是一个小区的许多家庭带着孩子出来了；多么好的阳光啊，来首诗吧，于是有人写了；多么坚韧的草啊，来首歌吧，于是有人放开了喉咙。因此当即将回国的老师提议去伦敦看场音乐剧吧，我们几个访学的一拍即合。

中午来到大英博物馆见识了许多我们国家的宝贝，心里矛盾万分。既因为美轮美奂的国宝而大开眼界，又恨之被人抢走，自己的东西得在别人家欣赏，又有点庆幸它们被保管得如此之好。

下午两点来到伦敦 Her Majesty's Theatre 观看音乐剧《歌剧魅影》(The Phantom of the Opera)。对于喜欢歌剧、音乐剧的人来说，伦敦西区就像是英国的百老汇，这个俗称女王剧院的地方更是历史悠久，这部音乐剧也是其经典曲目，英国有些本地人看过很多遍。

在剑桥我看过莎士比亚戏剧和《被缚的普罗米修斯》话剧，但看后的心理感受都远不及这部音乐剧来得深刻。首先震

第三篇　飘逸行云

撼我的是音乐，一种心灵鸡汤般的享受涌遍全身，演员的唱腔与乐队的现场演奏浑然一体，那种音符的流淌让人被音乐的魅力和魔力征服。二是剧院的现代化设备，各种可升可降的设施，让不大的舞台有了充分的利用，并极好地辅助了剧情。每一样装备都不是摆设，而是有其巧妙之处，烘托剧目达到高潮。

　　三是演员的表演和故事情节。最后一幕当克莉斯汀向魅影退还他强戴在她手上的求婚戒指时，当他用极其哀伤又无奈的声音说出 I love you 时，我的眼泪止不住静静滑落，我从未在任何影视作品里听到这三个字用那样的声音说出，貌似强大狰狞的他那一刻那么脆弱无助，只能眼睁睁看着心爱的女人和她的恋人离开。那一刻他知道了什么是爱，爱不是占有，而是给她想要的，让她幸福。谢幕时，全场掌声不断，特别是主演魅影出现时，更是长久热烈的掌声，为他的表演，也为战胜了人性丑恶而选择放下的魅影。

　　我明白了这部由乔·舒马赫导演的歌剧在伦敦上演经久不衰的原因，因为以上这些因素所呈现的整体效果，更因为爱与人性的主题直接拷问着每个心灵。这也是这个国家吸引我的原因，完善的制度建设保障了整个社会的有序文明，甚至保障了每个花草树木鸟兽的和谐生存。我也明白了为什么那些准备回国的老师会愿意在离别之前选择来看场歌剧，因为伦敦既可以满足你所有的物质需求，又能引领你进入精神圣殿，享受文化和文明的盛宴，并由此涤荡心灵，留下回想。这是一种别样的体会和告别。

　　两个半小时的演出结束，剧院外雨后清新的空气扑面而来，这个时尚现代又古朴的都市人流不息。

紧张慌乱的申根签证办理

2014 年 1 月 29 日

今天是预约了去伦敦签证中心提交申根材料的日子。昨天在群里组团成功，四人组在非上班高峰时间出行是最经济实惠的。今天上午 9 点 20 分出发，每人 16 镑，含往返火车票和在伦敦任意车次的地铁票。10 点半到达伦敦 King's Cross 车站，转乘地铁到 Paddington 站下车，步行半小时就来到 The Battleship Building, 179 Harrow Road。11 点一刻我就凭预约单和护照，门口的工作人员给了我等待进去办理的号码小票。虽然在国内早就拍好了几套签证照片带来备用，但还是怕不符合这里的要求，我还是花十镑去自助设备上拍了一版四张照片。然后看别人在复印机上复印护照首页和底页，我也拿出零钱来，每张 20p，复印好了护照，但事后发现这是无用功，根本不需要，只要提交护照原件就可。做完这两样，我耐心等待叫号。突然发现我的号已经被叫过去了，看样子要在拍完照等一切事情后再去拿号，否则容易错过。我太心急了，进门就拿号，而那自助照相设备又让我在里面琢磨半天才成功，其实很简单，就是没发现那个按钮被纸遮住了。

等了几分钟就叫到我了，我忐忑不安地进去，不知道又会碰到什么问题。工作人员逐一检查我那一项项材料，突然他问："你的德国慕尼黑飞法国巴黎的机票呢？"我一听傻眼了。我在

第三篇　飘逸行云

网上已经购买了伦敦飞慕尼黑的机票和从法国巴黎回伦敦的欧洲之星火车票，但的确没订从德国到法国的机票。我不知道全程的票都要定啊，我以为有往返的就可以呀。因为实际上我是准备从德国去意大利的，再从意大利去法国。但当时图省事，在填表时只填了去法国和德国。事实上我是想去法国、德国、意大利和瑞士或者比利时的。牵涉国家越多，行程就越复杂，表上所填内容就越多，所以当时填时只填了法国和德国，心里想着那些都是机动的可以自己安排。这下听他这么一问，我懵了，忙问那该怎么办？他说非得有这一趟的机票或火车票，否则无法办理，并告诉我楼上有电脑房可供人网上订票和打印，但必须在下午一点半前来办理。我没辙了，多么想就此放弃啊，那样我就轻松了，可事情都已做到这步了，又不甘心啊。无比郁闷，只好上楼去重新再定一张德国飞慕尼黑的机票，而如果要去意大利的话，这张票就得作废的，因为我不是从德国飞法国啊，我是要从意大利飞法国啊，但又必须买，并且买了还不能取消。我心里多么懊恼没有趁陈老师在这的时候，详细制定真实的行程，那样多么坦然啊，而现在想投机取巧，结果措手不及、事与愿违。没办法了，只有独立应对了。打开电脑，大脑一片空白，到网站输入购票关键词，出来全是德文，我立马有崩溃之感，硬着头皮，想想还是退出重新进入。这里用电脑是按时间收费的。在网上折腾 40 分钟，终于买好了从德国慕尼黑飞法国巴黎的机票，加手续费和税费 122 镑。又到邮箱把机票打印出来，这 40 分钟用电脑和打印共花 9.5 镑。这一幕幕都让我想到在中国办理英国签证的情景，一个人，慌乱、紧张、忐忑。

又到楼下重新拿号等待，很快轮到我。一位女工作人员接待了我，她询问我的回国时间和去欧洲时间，当得知我四月底回国而四月二日还在欧洲时，她有些惊讶，进到里面办公室去请示领导了。我心里知道这是不符合他们申根要求的，必须得在回国前三个月才能去欧洲。我心里非常清楚这是冒险。一会儿她出来了，指出我的回国机票复印得不清楚，必须重新复印，她让我按复印机上颜色加深的 dark 键。并且她让我复印好后到边上一位男工作人员那办理，因为好像他更有经验些。于是我又出来复印回国机票，没有20p，只好塞了50p，这机器是不会找零的，所以看样子事先得多准备些零钱啊。找半天，都没看到她说的那dark按键，打印一张还是不清楚，我急了，反正多投了币，又试试那没有任何字母显示的按键，又打印，成功，这回出来的是很清晰的机票。赶回到柜台，等待那位男工作人员接待完其他顾客轮到我。他问了我一些行程安排，对于我回国时间和去欧洲时间如此靠近，他也做不了决定，又拿着我的护照和回国机票到里面办公室去请示领导了。我已经死猪不怕开水烫了，只有听天由命了。过了一会儿，他出来继续检查我的各项材料，看得很仔细。终于没有指出其他问题，让我交83镑签证办理费用，必须是现金，不能刷卡。啊，我又傻眼了，没准备那么多现金啊，英国到处不都是用卡嘛。他让我出门左拐，外面走一段路有提款机。我无语，今天伦敦风大雨大，撑着伞我取完钱再回来交给他拿收据。总算材料递交完成，走出签证中心已是下午两点。三到五个工作日后，护照会寄回，我心里没底，不知道是否会被拒签。但已经没有更多的感觉了，谈不上欣喜，因为只身前往欧洲实在是个不小的挑战；也谈不上失望，毕竟我又多一份经历。无限风光在险峰，我这样安慰自己。想当初办理英国签证多么繁琐，靠我一个人摸索，哪怕网上攻略看得再明白，也是要自己经历才知道的，但来到剑桥的收获，远远超出预期，一切付出都值得。但愿欧洲之行，也是一样的有价值和收获。

　　今天实在是太锻炼人啦！至少验证了我两个能力，一是可以在网上操作买票；二是可以在伦敦地铁里随意倒车换乘，对于我这样的路痴来说，我已经不惧怕去认路了，手上拿着地图，就知道该坐哪趟车该往哪去。这有两个原因，一是伦敦地铁设计实在太好，明确标识，只要认得英文字，不怕找不到；二是陈老师带我伦敦一日行让我锻炼出来了，授人以鱼不如授人以渔，我这个学生是他得意的弟子吧。哈哈，准备了这么久的申根签证，终于可以松口气放下了，过程我已尽力，结果任由天定。

申根签证获批

2014 年 2 月 1 日

以下是根据我的亲身申请德国申根经验，分享到群里的话：

1. 效率高。周三在签证中心德国办事处递交材料，周四短信通知材料到达德国大使馆，周五上午大使馆审批完快递寄出，周六（即今天）上午 10 点拿到获批准的签证护照。

2. 人性化。我是半年访学，给的七个月的英国签证。四月底回国，欧洲行程安排在 3 月 20 日到 4 月 2 日。明显与所要求的回国前三个月才能去欧洲的签证要求不符合。但还是通过了，德国大使馆没有拘泥于文件条例办事。

3. 回国机票非常重要。决定我申根成败的关键是这张回国机票，证明了我不会是无故滞留人员。

4. 办签证当天备好足够现金和零钱。签证费 83 镑，复印每张 20p，照相 10 镑，还有万一资料不全需要上楼打印使用电脑都需要现金，所有地方都不能刷卡。因为我事先没有准备，只能出去到处找取款机取现，误时费事。

5. 自由行需要订好所有去程、回程及中间路段的机票或火车票、酒店、保险、网络填表、系里身份证明、银行流水单、网上预约单等，必须一应俱全。

6. 之所以我选择三月底去，是因为到时剑桥 3 月 12 日学期结束,又正是欧洲春回大地、春暖花开的季节,没有暑期的酷热和旅游者蜂拥的人流。所以有意出行的朋友可以早做准备。期待有人同行!哈哈,这条最关键!

单身公寓

2014年2月7日

  周末的早晨，屋外传来几位室友的说笑声，新室友荷兰人马克的加入，更让这个大家庭多了很多欢乐，时不时会听到他和迈克的大笑声。新家家庭氛围友好轻松，也许因为都是同龄人的原因，大家有什么事都会互相说说，也会互相谦让。早上我去厕所，看见马克在那，他一见我来，马上拿起牙刷说他去楼下卫生间洗漱，让我用楼上的。我看印度夫妻在厨房忙碌，也会自觉等半个小时再下来。以前我也写过原来印度房东和室友的故事，下面我就来记记新家这几位室友（包括房东）鲜明的风格吧。

  印度小夫妻，妻子是个科学家，在飞利浦公司上班，丈夫成天在家写硕士论文，还是个在读书的研究生。从外貌上看，女的好像比男的大些。俩人每天早上同时起床吃早饭，然后女的上班男的看书，下午下班时男的穿上外衣去门口接，有时没接到，女人不高兴，两人还会小赌气下。男的自己做午饭吃，晚上就等女的回来做。有时会洗好菜，等女的下班来炒。也许是看多了陈老师老在厨房忙碌，后来印度小伙居然也对着电视菜谱学做菜。但只坚持了两天，后来还是等她回来做，无论她多晚回来。

  俩人都很友好，但就是与他们沟通，需要我有很好的听力，因为他们是地道的印度语音的英语。最让我稀奇的就是看着他们俩吃饭,用手抓饭,从来不用筷子或者叉子等其他工具,就是用手在饭里搅拌那些酱啊菜啊饭啊的,我看着觉得好恐怖。每次做完饭后,他们都会让它透凉至少半小时再下楼来吃饭。他们的米和我们的还不一样,好几种类型,不同的用处。

迈克是在这个宅子里住了最久的租客,已经三年了,为人真诚随和。但就是那个北方口音,让我每每与他交谈就怀疑自己是否还是英语老师,怎么听不大明白也说不大清楚呢。好在他现在为了适应我,有意识在放慢语速。我不清楚他受教育的程度,但你问他什么,他都能说出个道道来。并且在他那不离手的手机上查找信息,以佐证和充实自己的观点。他在 NHS 上班,每天开着自己的小车朝九晚五。关于他的工作性质和彼此的人生经历,都会是平时我们交流的话题,当然谈的最多的是电视节目。他教我很多英语俗语,比如刚才房东说他要两点半回来,迈克就告诉我那是 dentist time,因为 two thirty,听起来就像是 tooth hurty。像这样的口语表达很多,可惜我事后就忘记了,有时我真想拿个笔和本子把它们都记下来。

房东来家里给卫生间装热水器的日子,迈克就会提议我跟他去钓鱼,以避开室内电钻的嘈杂噪音。周末有空的时候,他会做星期日烤肉餐给我们吃,这周日午餐是英国的传统,他知道我是喜欢体会地道英国文化的。有星星的夜晚,特别是据说狮子座流星雨出现的日子,迈克、房东和我就在院子里仰头寻找他知道的几个星座,看着流星坠落的一刻,大家都很是欣喜。快下雨的时候,他看我又要迎风骑车出行,拿出他的冲锋衣给我备着。

迈克非常节约用水,每次我用自来水冲洗碗盘时,他就要在边上说,让我用盆子装热水洗,而不是哗哗地让水这么流着冲。我观察他如何洗碗,先接一盆热水再用洗洁精洗下,放到一边的水槽里滤水去,就算洗完了,哪怕洗洁精还在上面。我可受不了这样的驯化,所以以后我就在他不在的时候用水冲

第三篇 飘逸行云

洗,他来了,我情愿让碗盘先放着不洗也不愿他又说我。

迈克给我最大的一次震撼,是有一次我出于好奇经过他的房间看了一眼他的室内。天啊,可以用"恐怖"来形容,跟住在垃圾堆里没什么两样。除了一张床上是干净的,周围全是堆满的各种东西。只是这一眼,就把我吓得够呛。没想到被迈克看到了我惊异的眼神,他说我是好奇害死猫。其后我表示非常不解,他好像很不高兴,我知道是我多事欺犯他的隐私了。但还是忍不住要说他,他极力反驳,说一个单身汉的房间就是如此。我无语,不再做声,但那个恐惧让我再也不愿从他房前经过。

还有一次也是让我和陈老师非常震惊的,就是眼睁睁看着他把楼下和楼上厕所的地垫放进洗衣机里去洗。陈老师竭力想阻止,但迈克振振有词,说洗衣机就是用来洗东西的,再脏的洗完也干净了。我吸取说他房间被他顶的教训,直接吓得不敢说话了。但心里默默决定,以后不到万不得已不用洗衣机,情愿手洗,并且在那地垫洗完之后我要洗洗洗衣机。此后,再看到迈克把洗干净的他的衣服放在厨房地板上啊什么的,我都见怪不怪了。

原以为迈克的卫生习惯就这样无可救药了,没想到有一天我们听见了他房里传来了吸尘器的声音。我们大家对视一眼,"什么,迈克在搞卫生?有情况!"果然,当天晚上我们见到了他初识的女友。原来如此啊,迈克是可以为女人改变的啊!我们都为他高兴。

荷兰人马克让我最惊奇的就是他的干净。一搬来,就上上下下拿着吸尘器和刷子把屋子边边角角都搞了个干净。今天早上他又在厨房清洗水池水槽,看得我都不好意思。我一个女人家都没他干净。他和迈克简直是天壤之别啊!看着他那拉风的摩托车,听着他语速极快的英语,再看看他满屋搞卫生的身影,我疑惑了,这人和人咋相差这么大哩。

迈克和马克,俩人都老大不小了,都是单身,俩人身上都有英国绅士的一些品质,比如昨天一起吃饭,又是迈克做菜马克

203

洗碗。我说这要在中国,是女人做饭女人洗碗啊。他们俩说:"这里是英国,我们是绅士,你就好好享受吧。"

的确,我在这体会到很多英国绅士的做派。比如:迎面走来的一对男女,必定是男的走在外面,护着女的走里面;坐下来,男的让女人先坐,然后帮她脱去外衣;无论多大年纪,只要是夫妻走过来,白发童颜也罢,黑发素颜也罢,大都是手牵着手,看着让人很是羡慕。于是,我也下定决心,我就要这样一份可以在阳光下坦然牵手的感情。

出门牵手,不要小看这一点哦。它代表了一种很重要的关系,一种可以经历风雨洗礼、可以接受众人艳羡的关系。我从我父母身上没有看到这点,也许中国人太过传统拘谨、也许太多性格差异。但我总记得我和曾经的丈夫牵手走在校园时,同事严老师多少美言啊,只是她也没想到后来的变故吧。她说那是师大多美的一道风景啊!那是我们感情好的时候。其实这样一个举动就可以检验两人的感情了。

男人不主动牵自己女人的手,原因有很多。其中一种是因为男人有自卑或者说觉得女人强势,于是各走各的就变得很自然了。现在我知道,只有女人像女人,男人像男人,两性才能和谐。而从他们的牵手就能看出是否女人幸福男人满足。还有一种感情,是不敢在阳光下牵手的。唉,多少惋惜,哪怕有些得到,可失去的同样多。人非圣贤,可以理解;但不能在阳光下牵手,多少遗憾。希望这样的遗憾,可以让多少男女就此止步,立地成佛,因为那是饮鸩止渴。这就是我说的 virtue rewarded,只有舍得,才有获得。别人是否懂,我不知道;我懂,我要阳光下的那样牵手!坦然、自在、知足!

再来说说房东史蒂夫,昨天他就来这忙了一天修厕所。他是工程师,很能干,家里什么都是自己修。今天他又接着修厕所来了。他跟我说他上午搞一个小时,再出去陪他妈妈和继父吃午饭,然后两点半回来再搞两小时。我看他向我交代得这么清楚,心想他肯定是希望我和其他人一样消失,这样他好安心

第三篇 飘逸行云

电钻。英国人办事认真,他也不例外,他怕吵了我。没想到这就打开了他的话匣子,他端着咖啡和我聊了一个小时,虽然我不时看钟想提醒他,但他还是把原计划干活的那一小时全用聊天上了。然后就直接去和他妈妈吃午饭去了。事后他说很愿意和我交流,我自然也愿意和他对话,因为他发音标准,我不用象听迈克说话那么费劲了。听着他表扬我的英语,我也找回些被迈克语音打击到的自信了。以下就是我们刚才聊天的内容,印象中好像这是我生平第一次和一个男人谈论政治,天知道我有多讨厌政治:

先从英国的民主说起的,苏格兰在闹独立。我觉得苏格兰没有必要脱离英国,因为英国四个地方都已经享有很充分的自由了,都有自己的议会和旗帜,苏格兰更是还有自己的货币。他也这样认为。中国台湾和香港回归中国,他觉得非常合情合理,因为本来就是中国的,再说中国政府也给他们充分尊重和自由。我听他这么说,心里很高兴。失去香港这个殖民地,看样子英国人民能够接受,本来英国就是尊重历史的国家嘛。

然后从明年要举行的苏格兰独立公投,我们谈到英国的选举。他现在是 52 岁,在 2002 年的时候,他曾涉及政治领域,参加剑桥地方议会的选举。他作为保守党推选的三个候选人之一,和其他来自工党、民主党的九个候选人一起,参加了选举的全过程。他介绍了详细又琐碎的选举过程,10 个候选人,最后他排名第四,仅比第三名少 50 张选票。2003 年他又再次竞选,但结果还是这样,只差四五十张选票。进入前三就能进入地方议会。他说有些候选人是上门拉选票,用钱买选票。我问他为什么不这么做?他说他也上门去拉了,但那些当面答应他的人并没选他。我说不是 secret ballot 秘密投票吗,他怎么知道谁选了谁没选呢。他说因为那些答应的人,在投票当天都没有出现在投票站啊。我说不是有事先邮政投票的嘛,在他们答应的时候可以让他们当场填好选票,你给他们邮寄到投票站就可以啦,以免他们反悔啊。他说是有人这么干的,但他觉得他之所以参加选举，不是为了名誉、也不是为了金钱，只是想为大家办点实事，所以觉得没必要强迫别人选他。是啊，他不是为了钱竞选的，市议员的职位是没有工资报酬的。所以两次竞选失败以后，他觉得政治好没意思，政治就意味着妥协。我同意他的观点，所以我说反正你是工程师，选举失利对你影响不大。他说："对，前段时间，剑桥老师罢工，那是没什么作用的，改变不了政府的决策。但如果我们工程技术人员罢工，这个国家就要瘫痪了。政府就会紧张的。"

相比政治，他觉得还是去世界各地的经历让他觉得更有趣些。他曾经做过10年的海军工程师，去过百慕大，在百慕大的海里游泳很爽，那是个美丽的海岛。这颠覆了我以前认为百慕大就是危险的地方的代名词。说到去中国的广东、北京工作的经历，给他印象比较深的是当时陪同他的女翻译，哈，这都是他第二次和我提起了。那个女翻译很紧张，他觉得蛮好玩。我说我表达时也紧张，特别是和陌生人说话。他大大鼓励了我一番，说我比那个女翻译好多了。我趁机问他觉得陈老师英语如何。他说陈老师说英语给他的印象是 very diplomatic, considerate, gentle, educated and sounds comfortable，等等，总之都是好话。我说我要努力提高，向陈老师学习，他说："那倒不必，每个人都有每个人的风格，你说话随意也很好啊"。唉，谁都知道我说话随意，不经过大脑。

他下周去荷兰出差。我下个月去北爱尔兰。他也去过北爱，直接开车还可以去爱尔兰，因为他是欧洲护照。但我不可以，去爱尔兰得申请签证，只能拿着英国签证去北爱尔兰。说到这个签证，虽然美国和加拿大同属英联邦国家，但他并不能持欧洲护照去加拿大。曾经年轻时，他和认识交往了三年的美国女友去加拿大。他女友是美国人，到了边境可以直接过关去加拿大。但他是英国人，不可以过去。他说如果当时不那么实事求是地亮明身份，也许就蒙混过去了，但这个政策就这么怪。

不知不觉，就这么聊了一个小时；不知不觉，就这么记了一

第三篇 飘逸行云

个多小时。不同的文化差异,不同的感受,不同的回味。写了这么多,总结一句话,就是这里每个人都知道自己想要什么,也不会为谁丢了自我。突然发现,这里是单身公寓啊!(印度夫妻除外)生活太多戏剧性了!但不管生活如何复杂,我就是要那样一份可以牵手在阳光下走、朝着迎面来的人微笑而过的一份感情!我要他有足够的底气说出这样的话:I am your perfect guy!

迈克说的情人节习俗

2014 年 2 月 13 日

明天就是情人节了,我神秘兮兮地问迈克明天的打算,我说如果不介意的话,可不可以分享下啊。在圣诞节的时候,他就让我们体会到了他的诸多创意,带给我们很多惊喜,今天我脚上还穿着他买的袜子呢。他送给我和陈老师的装圣诞礼品的大红靴袜子,我们都准备带回国做纪念了。所以既然迈克刚交了女友,索性再了解下西方情人节习俗,但就是不知道这是否侵犯他的隐私。没想到,他很爽快,开始滔滔不绝起来。

他问我最喜欢什么晚餐。我说肯定是中餐啊。他说中餐有好多种啊,最喜欢哪种啊。我说只要是中餐就可以。他又摇头,说我没明白他的意思。他说假设明天你就要死了,你最想吃什么。我反问他,他说他最想吃 chips、mushy peas、potato。我说这不都是最常见的食物嘛。他说:"是啊,我就喜欢吃这些啊,要是明天死去,我今天就要吃这些。"我说那我知道我想吃什么了,我要吃红烧鸭、烤鸭,我要吃肉啊。我好奇他问这个干嘛。他说:"情人节就是了解她最喜欢吃什么,做什么,然后满足她。如果是我,我会一个月前就问清楚你的爱好,然后偷偷准备,绝对不让你知道,只给你惊喜。"

我说:"那你打算给她做什么呢?"他说:"我们已经说好,她明天过来,然后我带她去家边上的一家店,吃她喜欢的土耳

第三篇 飘逸行云

其食物。这只是一个姿态，表示你愿意为她做她喜欢做的事，你愿意让她快乐。吃什么其实不重要，关键是态度。她也不喜欢去很贵的地方，她说只要有这份心就够了。所以她选了个便宜的地方。情人节已经商业化了，明天肯定到处都很贵。我们就吃一道餐就好了。很多地方三道餐的，要一个人16镑，太贵了。"听到这，我不免惭愧起来。想起了刚搬来这，我花50多镑请他们吃饭，迈克想不通，还是陈老师帮我说情，迈克才答应去。在他眼里，50多镑太贵了。现在看来，我是不是有点摆阔哦，这就是迈克说的 posh meal 啊。迈克再三强调，吃什么不重要，是 gesture 重要。我同意他的观点，我身上还有虚荣得克服。但50镑我能承受得起啊，怎么就惭愧了呢？

情人节一般是男士向女士表达感情的日子，特别是在英国这样的国家。就像圣诞回家，迈克只给妈妈买花，不会给爸爸买礼物一样。他说因为在家里妈妈是老板，妈妈高兴了，爸爸就高兴了。妈妈不开心，全家都要不开心。

我问："那你打算给女友买花吗？"他给我看他手机短信，里面都是她对他表示感谢的话语，原来他第一次去见她就已经买了一束玫瑰了。在家门口的 waitrose 超市花6镑买了束玫瑰，因为她是红头发，所以他买的是镶着金边的红玫瑰，和她头发很配，她很喜欢。他说："你看，只是6镑而已，却给我加了很多印象分 brownie points。太值得啦。"我说："没想到你这么细心啊。"他高兴了，开始大谈他的浪漫经历。

曾经他问到他以前的女友喜欢吃什么，就偷偷做好，然后她下班回家，他就去帮她脱下外衣，倒好浴缸里的洗澡水，让她泡个澡。半个小时后她下楼，看到一桌她喜欢吃的菜，她高兴得不得了。俩人边喝红酒边聊天，气氛好极了。他说最关键就是不能让对方知道哦，否则就没有惊喜了。

他说："假设明天上午8点我去敲你的房门，告诉你要带你去个地方，但得开6个小时的车。你跟不跟我去？"我说："那得看是谁啊？如果是我喜欢的人，我肯定拿起包穿好衣就走了。"

他说:"好,我一路开车,但我不会告诉你任何线索我们去哪,直到到了那里,你才知道原来我带你来的地方是湖区,是华兹华斯的故乡,而且我还要让你看到一片金色的水仙花。"哇,描绘得我向往死了。我调侃他说:"哇,你这么有创意啊。原来你这么浪漫啊。可惜我知道晚了。"他说:"是啊,因为我知道你喜欢什么啊,我知道你喜欢湖区喜欢华兹华斯啊。如果事先让你知道,就不浪漫啦就没有这个效果啦。"

正说着,马克来了,我问他有什么创意之举。马克笑着说他只知道送巧克力鲜花,没什么创意。但现在天天吃巧克力,好像巧克力对女人没有吸引力了。笑死我了。他也说不在乎送什么,关键是态度。比如像印度小伙就可以做顿饭给他妻子吃,因为他很少做,不会做,哪怕做得不好,都是他的心意和态度。

迈克接着说,虽然情人节一般是男人向女人表白的时候,但现在也越来越多的女人向男人表白了,一般都是送卡片,上面写上一首诗歌。但关键是不要让对方看到,可以偷偷放在他的衣服里或者他一定能看到的地方,然后写上 your secret admirer。然后后面才有好戏看。而且女人一般怕被拒绝,但在这一天,就算拒绝也没什么,大家寻开心啦。

在看他手机短信的时候,看到他女友写的 I must be a donut. I thought that I missed the pancake day. 我一看到那个 donut,就是他昨天说我的甜甜圈啊。我忙问咋回事,他说 pancake day 还在下个月,她以为错过了,就说自己是甜甜圈。我说:"那不是你昨天说我的吗?怎么是她昨天短信上的字啊。这个词不是骂人的吗?她怎么用自己身上啦?"他说:"Come on. 谁说那是骂人的话啦。自己说自己是甜甜圈,那是自谦,别人说那是嗔怪。"啊,原来如此啊,害我昨天生气半天,文化差异啊,看样子还是要多沟通。好在我这人不大计较,否则真生气今天不理他,就不知道这些了。

第三篇　飘逸行云

青源沙龙国学讲座

2014 年 2 月 16 日

今天的剑桥风和日丽,一扫前几日狂风暴雨的阴霾。骑行在我曾经三个月每日从 Cherry Hinton 到英文系的老路上,心里隐隐感叹时光的流逝,虽蓝天白云依旧,虽草木茵茵依旧,却已几多新绿漾在枝头,几多鸟儿飞过天际。明晰的、无痕的,点点滴滴都成回忆。

我们青源沙龙第七次聚会就在这样一个让人悦心悦目的天气里,在婷婷博士新买不久的温馨住所里进行了,从而我们感受到的不仅是如前几次聚会一样的美食饕餮,更不一样的,是来自颜老师用国学精髓引领播撒的精神洗礼。颜老师用他谱词的"天人和谐赋"的音乐为引子,纵古论今,横贯东西,用翔实的数据和丰富的影像资料,各色观点信手拈来,充满智慧和新意,启迪灵魂和思索,所以此次聚会既是师生似的教诲,又仿如老友间轻松自如的交流,也似闺蜜间情感的自然宣泄。

以下皆为颜老师新颖独到见解的摘选记录:

古语云:人不为己,天诛地灭。此"为"不是"为了"自己,而是"修为"。因此可见古人多么强调修为的重要性。人要修为,要提高自己的修养行为。

古语云:人定胜天。此"定"非"一定",而是指"心定"。人唯有心定,才无往不胜。

古语云：无毒不丈夫。此"毒"非"恶毒"，乃"度"。男人需有度量，才可称为男人。

"医生"，此"医"是指"一"，人唯有从"一"，才是健康的人。精神肉体合二为一。如"二"，精神肉体分裂，则心智不健康。故"一"貌似简单，实则深奥。俗语说人"二"，即为愚蠢之人。

文化其实是种约束函数，有其一定的空间域。公元前800到公元前200年，人类文化模具进入构建时期。后钱穆的文化结构涵盖物质、社会、精神。文化包括的方面很多，首先从人与人的相处讲起。任何人际关系的问题原点都在自己。"看法"是人际和谐的癌细胞。一旦你对别人形成某种看法，就制约着人与人的和谐相处。在佛教的《六祖谈经》中，看不到人之"过"。看不到"过"，即让人要有包容心。此"包容"不是为"包容"而"包容"，而是要把他人他物的一切外在都视为正常可接受。佛教中又有六度，即：持界、布施、忍辱、禅定、静进、帮若。其中忍辱之境界更有一些难度，但若修成，必可进入更高境界，可获波罗蜜，即大智慧。

人与人是一种群体协作关系。有才之人，未必有美好结局，皆因其不懂此协作关系。有才之人易生狂妄傲慢，故虽有才却难以发挥。若懂人际和谐，则遍地朋友，诸事顺当。但若放高自己，则遍地灾祸，不接地气，难成大器。故曰：不把自己当个东西，你才是个东西；若真把自己当个东西，那才真不是个东西。就算你学问做再好，不懂做人的道理，你终不得快乐。学问好，此无它，唯手熟尔。道家提倡人修"水德"，指要有水的德性，知道往低处流。儒家与道家的经典之作"易经"，其中提到在"卦"中，最好的卦是"谦卦"，即要做埋在地下的高山。

颜老师用生态学研究人力资源管理。在生态学中存在"生态位"。老虎生态位最高，兔子生态位最低。生态位高，导致心气高。心气高，来自于其才华或背景或美貌，从而又带来负面的东西。负面东西太多，则生"怪"，责怪抱怨。若无是非之念，则待人慈和，心情愉悦。

第三篇　飘逸行云

中国词"性命",其中"性"指情智、思想、灵魂、掌控肉体。中国文化塑造精神系统,非常强大。不碰边界,感受不倒它的存在。如"寡妇"这种社会现象,就是挑战人类生存边界的一种正在灭绝的文化现象。寡妇,不是指死去丈夫的女人,而是指丈夫死后立上贞洁牌坊,不再改嫁,能嫁不嫁的一种女人。这就是中国传统礼教束缚的畸形产物,因为它非人性,压抑人性,泯灭人性,是一种极至。

人是有其自然属性的,与动物世界的生物一样,有进食和繁衍的需要。很多贪官或者说不少男人为什么找小三小四呢?因为色欲是很大的一种需要。找得多的是文化进化的脚步没有跟上,更多体现的是动物性的一面。男人不真诚,这话有其道理的。这个社会怨妇比怨男多,因为女的更重感情。这也是因为人类进化时间短的缘故。为什么西方人更有一种内在机制约束规范成规矩呢?因为西方的文化模具已经建立,所以社会较和谐有序。但中国传统文化在丢失,新的文化模式还没有建立起来,因此人就受本能驱动,就会争利,就会释放欲望。而放纵会消耗福份,能量有污秽则成不了大事。

强烈推荐大家看视频"自然规律之吸引力法则",里面提到的很多观点可以让我们静心养性修为,从而达到自己理想人生的彼岸。

以上观点根据颜老师讲座内容整理,如有出入,请指正修订,以便补充完善,并期待颜老师更多观点在以后的聚会中深入全面展开,非常感谢颜老师无私分享。

北爱四日

2014 年 2 月 20 日

2月17日早上在家门口坐7点35分的7路公交车,7点55分到达火车站。再坐8点10分的火车,8点50分到达斯坦特德机场。候机、安检,坐10点45分的飞机,11点45分到达北爱首府贝尔法斯特。再乘坐机场大巴,到达市中心图书馆边上的青年旅馆入住。稍事休息午饭后,两点半开始市中心游览行程。

先来到贝尔法斯特邮局,购得北爱为中国新年发行的马年纪念邮票三版和一张北爱特色邮票,即北爱特色纺织品亚麻图案的邮票。

又来到阿尔贝特纪念钟参观。此钟是贝尔法斯特的地标之一,是法国与意大利哥特式风格的完美融合,也是维多利亚女王送给丈夫阿尔贝特的纪念钟,他死于 1861 年,此钟完工于 1869 年。此钟因建筑材料是沙石,地基又在河岸边,随着岁月流逝,已经有所倾斜,被当地人叫作贝尔法斯特的比萨斜塔。

然后我们来到著名泰坦尼克号的诞生地 H&W 船厂外围参观。泰坦尼克号上杰克和罗斯的爱情故事,让许多年轻人来到 Titanic Trail 上挂上同心锁。随后我们前往贝尔法斯特的港口,参观泰坦尼克号纪念馆。这座由 H&W 船厂参与打造的纪念馆,是目前世界上最大也是最正宗的以"泰坦尼克号"为主题的展

第三篇 飘逸行云

馆,经过数年的漫长工期,于 2012 年 3 月 31 日正式对外开放。这是一座四角形建筑,无论从哪一个角度望去,都像一只即将起航的巨轮。纪念馆包含有 9 个画廊,利用科技特效全景展现了泰坦尼克号的制作过程,更融入了许多供参观者使用的交互式仪器,以全新的方式阐述了泰坦尼克号那段从 1900 年设计构思的诞生,起航到 1911 年在冰川前沉没的历史故事。

第二日,我们一行九人(八女一男、六大三小)报本地团,每人 16 镑,游览了北爱最经典旅游线路。一天大巴都行驶在海岸线上,左边是大片绿地,右边是一望无际的湖和海。人若画中游。

第一站　Carrickfergus Castle

第二站　Carrick-a-Rede 索桥

第三站　Giants Causeway

这是北爱旅游的重头戏,位于英国北爱尔兰安特里姆郡北海岸的"巨人之路"和"巨人之路海岸",1986 年被联合国教科文组织批准为世界自然和文化遗产。之所以能列入《世界遗产名录》,主要是这条海岸线上拥有 4 万多根玄武岩节理石柱,石柱的典型宽度约为 0.45 米,延续约 6 公里,高低参差、错落有致。大部分石柱为匀称的六边形,直径 38 厘米~50 厘米;也有四边、五边或八边的。"巨人之路"是一道通向大海的巨大的天然阶梯。

它是一处罕见的自然奇观,地质学家研究之后解释说,白垩纪末,即 5 000 万~6 000 万年前,北大西洋开始裂开,北美大陆与亚欧大陆分离,地壳运动剧烈,火山活跃,一股股玄武岩熔流从裂隙的地壳涌出,随着灼热的熔岩逐渐冷却、收缩、结晶的时候,它开始爆裂成规则的图案而成,通常呈六边形。大量的玄武岩柱石排列在一起,形成壮观的玄武岩石柱林,气势磅礴。独特的玄武岩石柱网络不可思议地捆扎在一起,其间仅有极细小的裂缝,地质学家把这些裂缝称为"节理"。宛若鬼斧神工之作,令人对自然又叹服又疑惑又敬畏。

第三日对于我们九个人来说，是名副其实冒险的一天。出发前的晚上，大家就在激烈讨论这天的行程。他们想去爱尔兰的都柏林，因为那里堪称文学之都，多少位文人大家都出自都柏林。但我们只有英国签证，没有爱尔兰签证。爱尔兰岛分为爱尔兰共和国和隶属于英国的占地六分之一个岛的北爱尔兰。没有爱尔兰签证前往，就属于偷渡。大家打听到万一被查到，一般的处理就是原路返回，最厉害的惩罚就是遣返回中国，并列入黑名单，以后再入英国诚信受影响。但此前已有老师前往未被发现，从贝尔法斯特坐火车只需两小时即可到达都柏林。大家都蠢蠢欲动，我却七上八下犹豫不决。最后我还是从长计议、稳妥起见，我选择放弃，不与他们一起前去，改为自由行动，去给史蒂夫探祖寻源。他们既有兴奋也有忐忑，大家打趣说万一被抓，让我去捞人并准备"后事"。黄老师更是在群里说，让大家到时节哀顺变。我们早上一起到火车汽车总站就分手各自行动了。但后来事实证明，冒险成功，从北爱尔兰到爱尔兰的往返一路顺畅，无人盘查。

下午四点我从 Benburb 探险归来顺利回到贝尔法斯特，为了好好给自己压压惊也庆祝下自己突破成功，我来到了汽车站对面的皇冠酒吧。这个酒吧在当地很有名，富丽的意大利雕饰，精美的玻璃门窗，极度奢华的大理石，装饰优雅而舒适的座位，都让它与众不同。我点了一杯爱尔兰传统的黑啤 Guinness 和当地 Irish stew。独坐窗前想着两件事，一是他们去爱尔兰的情况怎么样啦，二是以后只告诉史蒂夫地名，看他能找到中国江西临川不，这样他才能体会我今天的冒险之旅的意义。

走出酒吧五点，天色还未暗下来，继续逛，看街景。

第四日北爱最后一天，大家都想去北爱最大湖——Lough Neagh 尼斯湖看看。但又不想错过市内的景点，也担心时间不够，因为晚上要赶飞机，所以还是选择从容行，就在市内逛了。

第一站 市政厅 贝尔法斯特的标志性建筑，这座具有爱德华风格的市政厅圆顶高 53 米，是在 1888 年由维多利亚女王授予建造的。

　　第二站　贝尔法斯特大歌剧院　该大歌剧院也是贝尔法斯特市内著名的维多利亚女王时代的地标之一，建于1895年，其外观气势雄伟，装饰豪华，从屋顶、门柱到大厅，处处可见精雕细琢的艺术，目前是贝尔法斯特主要的艺术表演中心。。

　　第三站　博物馆和女王大学。

　　第四站　植物园。

北爱旅游后记

2014 年 2 月 21 日

期盼了许久的北爱之游结束了，有一些经验教训和趣事与大家分享：因为行程安排得早，至少提前两个月就订好了机票和住宿，所以这一块就便宜好多，否则如果临时订的话，就会很贵。比如我们的机票 55 镑往返，晚定几周的王老师就花了 80 多镑。所以要感谢黄老师和海燕的积极张罗，她们早早就根据她们女儿的放假安排制定了这个出行计划。我们去北爱的这周正好是小学 half term 放假的时间。

因为订的机票比较便宜，机上不提供酒水，需要自己买。而且不可以行李托运，只允许一件手提行李。本来这些对我们来说都不算回事，但这次在回英格兰的机场安检那里，倒是给我们上了一课。从北爱返回的机场安检特别严，这让我想起临走时室友迈克说的话，他说你们去北爱啊，不知道那里最近恐怖袭击很厉害吗。我当然是不以为然，但看机场安检那架势，果真是非常严格。全部脱了靴子和外套，举起双手过安检的门。王老师的包被翻了个底朝天，只因为机器在响，最后终于找到是她带的一把叉子，于是叉子被没收。朱老师更好笑，裤子口袋放了一枚硬币，过安检时，机器又在响。她给儿子买的一瓶奶，不准带过去，她说把它喝了吧，也不允许。

最惨的就是我，我在北爱大买纪念品，完全忘记了还有行

第三篇　飘逸行云

李限制这一条,到了机场傻眼了,只能带一件手提行李啊。所以就把多余的手提的两袋分装在其他几位同行人包里。我以为这下就完事大吉了。突然看到我买的一瓶爱尔兰威士忌酒,就知道不妙。我知道酒是要托运的,不能手提过关的。买酒时我完全忘了这个规定了。没办法,为了免得机器鸣响,我自觉把酒放在外面,等待发落。果然,安检人员很奇怪我居然把酒带过来了,他让我要么到楼下入境处去重新打包托运缴费40镑,要么就没收这个酒了。这是我花了25.5镑从北爱酒庄买的10年期的纯正威士忌酒,让我花40镑托运哪里划得来。再说还要下楼重新办理入境手续,实在是繁琐。那一刻我只庆幸我当时在酒庄没有买更贵的酒。当时是想买36镑12年期的酒,因为酒庄可以在酒瓶上刻上我的名字给我,我都选好准备付费了,才知道刻名字要5分钟时间,而我们导游带一车人都已经在外面等了。所以我只有放下那瓶酒,拿了这个10年酿造的。可是现在我只能选择放弃它过关了。尽管我们说了很多理由,但规定就是规定。最后我说送给那个安检人员做礼物吧,他说他们不能收,但会送去慈善机构拍卖。我说让我给这个酒拍个照吧,以此我好证明我的确是买了瓶酒回去的哦。但他说不可以,已经被没收了。看着就摆放在眼前的酒,我无语了。老爸,你看到了,这个酒就算是你喝了,本来还想既让你尝尝苏格兰的酒,又尝尝北爱尔兰的酒,这下被没收了。苏格兰是坐火车去的,所以可以带酒回来。

再来说说另一个王老师的窘事。王老师,浙江某高校老师,自称二虎。此次同行,有两件有关他的事要说说:第一件和水仙花有关。从植物园出来的路上,我们聊到水仙花,他就说了他和水仙花的一段"情缘"。有一天他去菜场买菜,看到一把像葱蒜一样的菜就把它买回来了。他把它们和鸡蛋一起炒了吃,也就是我们在家常吃的鸡蛋炒大葱。吃到嘴里,他觉得好苦,但还是坚持往下吃,吃到一半,开始上吐下泻,直到最后都吐出胆汁和血来了。他觉得可能是那大葱有问题,就拿出购物小票

219

一看,上面写得明明白白是"水仙花"。这下他知道他误把水仙花当成大葱了,是食物中毒了。他赶紧打电话叫出租车去医院。到了医院体检化验、打点滴,忙完这一系列,他又打车回来了。从头到尾,他只花了打车的钱,在医院一分钱体检费点滴费都没有收取。我是一来英国就在 NHS 注册了的,就是以防这样的万一。但王老师是没有注册的,可一样享受到了英国的免费医疗急诊。事后三天,医院还给他发了个邮件来,问他身体康复情况。他说他很感慨,本来以为这半年访学没机会去医院的,没想到这样感受了一下英国的医疗服务。当时他去医院都是半夜 12 点,急诊人很多,但有条不紊,看病不收费。

第二件和王老师有关的,是在市政厅边上。那里有块大屏幕,上面正在播放着冬奥会的新闻。只见电视里两个人一人手拿一根棍子样的东西,在那光滑的地面磨着什么,边磨边向前走。黄老师问王老师知道这是在干嘛吗?王老师说两个人在打扫卫生啊,在拖地面啊。把黄老师笑了个半死,跑来告诉我。我一看画面也笑死了,那是冬奥会正在进行的冰壶比赛现场啊。哈哈,好逗的王老师,好在他不是我好友,看不到我这篇写他的日记。

最后再记一个心得"一只气球的快乐"。这个心得和一个小朋友有关,她是黄老师十岁的女儿玥。不知道第三天她从爱尔兰哪里得来一个气球,第四天从早上醒来,就一直在快乐地和那个气球玩着。一会儿拍拍它,一会儿摸摸它,抛在空中,又抱入怀里。给它粘上贴纸,又把气球上的小棍取上取下。我看着,心疼现在孩子是独生子女,没有兄弟姐妹的玩伴,有些孤单。但更多的是疑惑,怎么一只气球她都可以如此快乐呢?我们什么时候丢了一只气球的快乐呢?为什么得到越多,越没了这样简单的快乐呢?想我儿子刚学会坐时,地上一张纸片他都玩半天,把它拿开,他还要哭不高兴,纸片回来了,他又开心一个人坐那里玩。现在进入青春期的儿子和弟弟妹妹的孩子,他们还会有一个气球就能带来的快乐吗?能体会到大人的付出

第三篇 飘逸行云

吗?已过不惑年龄的我,肯定体会不到得到一只气球就有的快乐。但我要那种心境,那种简单快乐的心境。我们每个人对生活都有了更多的选择和要求,但在莫名失落时,让我们想想这只气球就能带给孩子的快乐。这种快乐,是种满足。选择你想要的,满足于你得到的。那些得不到的,或许原本就不属于你,或许是你要的太多。其实,像孩子这样,手上有只气球,就很快乐。多好!所以此刻看文章的你,你也应该快乐,因为你的手上有只气球,它也许是陪伴在你身边的孩子,也许是陪伴你的爱人,也许是你所拥有的健康,也许是让你衣食无忧的工作,也许是无话不谈的知己,等等。总之,每个人都要快乐,因为我们手上从未空过。

亲爱的生活

2014 年 2 月 25 日

10 点　Contemporary Critical Questions
　　　Lecture 2: The Democracy of Literature: Jacques Ranciere
12 点　Romantic and Post-Romantic Poetics

今天去上了这两门我原以为是彼此不相干的课,没想到无论是抽象的文学批评还是具体的文学流派,都因美学而有了共通之渊源。正如华兹华斯所说:Poetry is the most philosophical writing. 诗歌是最哲学的写作。马修·阿若德也说:We have to turn to poetry to interpret life for us, to console us, to sustain us as science and philosophy will prove flimsy and unstable. 我们都需要文学(诗歌)来阐释生活、来慰藉自身和给我们心灵支撑,因为科学和哲学都是那么脆弱和不稳定。诗歌的地位被抬得如此之高,它具有愉悦和教化功能(delight and instruct)。诗歌的风格和形式就显得尤为重要了,而这就是美学涵盖的内容之一。

夜晚琐碎的剑桥时光,最能充实闲淡心灵的,自然非阅读莫属。本是寂寞无聊,却因阅读而让智慧的光华闪烁,顿时耳目

第三篇 飘逸行云

聪明,于生活又多几分悟性,增几丝共鸣。经年累月,气质升华,实在是不可多得的营养品和美容品,且修内秀,岁月无增。而短篇小说,就更以其篇幅的短小,成为点滴闲暇时间最好的陪伴。优秀的作品,更有如细雨丝丝,漫不经心缕缕萦绕。

艾丽丝·门罗,2013年诺贝尔文学奖得主,加拿大作家。村上春树称"她的小说有种独一无二的现实感"。A·S·拜厄特称"她是我们这个时代最伟大的短篇小说家。"人生是趟旅行,正如门罗自己在作品中写的,"所有的事都不会像我们希望的那样发生。但到最后,这些都不要紧。我们终将原谅这个世界,原谅我们自己。因为,我们一直以如此善意对待的生活,终将以善意回馈你我。"

看完门罗《亲爱的生活》中其中的五个短篇,引发我诸多感慨:其一,书名好,完全可以高度概括她这部作品的寓意;其二,写作技巧的娴熟。正如《洛杉矶时报》所说"门罗叙事手法的绝对广阔以及让我们对真实自我感到惊奇的本领,已经超越了国界。"《芝加哥论坛报》评论道:"像契科夫一样,门罗笔下的一部短篇小说足以包容整个世界,而且总能出人意料。"如果把人生比作长长的画卷,那么门罗的小说就是一个个提炼凝缩的耐人寻味的篇章。再跌宕的情节在她的笔下,也只是缓缓道来,发生得那么突然那么不可思议,又那么自然洞悉人性。笔墨所及都是生活中的普通人物。刚到故事高潮,就已是小说尾声,戛然而止,留下无穷想象空间。仿佛在预示着,小说虽然已经结束,但生活正如火如荼,才刚刚拉开序幕。作者既有对外部环境的写实描述,又有对人物心理的微妙刻画。应该说,是现实主义和现代主义的融合,且有后现代元素的踪迹。比如对于文字的游戏成分,作者本人并不受自我身份束缚,在作者与读者两重身份中跳动,会在不经意中提醒读者"这只是小说哦",但她用她独特的笔触已经让读者深信这也是生活。生活的真相不会在一瞬间就大白于天下,但随着时间的推移,一切看似偶然的无意却连成了一段清晰的轨迹。

其三，没有人生积累和阅历的人绝对写不出也读不懂这样的作品，也许她打动诺贝尔奖评委的就是她笔下真实的人性。《飘流到日本》，其实和日本无关，只是象征着生活有时就像一张纸条放进了飘流瓶，顺水飘着不知道它能漂到哪，也许是日本。喜欢写诗的格丽塔带着女儿离开丈夫，书中没有明说去哪，只是描写了她对在一次聚会上一个男人的迷恋。她对他的渴望就像温哥华的天气，"一种阴郁的渴望，一种像雨又像梦幻的忧伤，一种环绕着心脏的重负。"作者以极其轻描淡写的口吻，记录了在火车旅途中她与另一个陌生男人的肉体邂逅。轻得仿佛一切都未曾发生。而最后在车站接她的，就是那个她迷恋的男子。于是生活不再简单，但故事就此打住。

《亚孟森》《离开马弗里》《湖景在望》《亲爱的生活》，一个故事就是一些人的人生。再重大的变动，再微小的一个岔道，就这么，慢慢构成一生。抚卷夜读，合卷思考，亲爱的生活啊，你何尝不是这样啊！就好像在记忆中，儿时南昌十字街邻居的台阶是那么高，每每我都要费劲地爬上去才能进到邻居室内，可是现在再去，台阶怎么那么矮啊，矮得抬腿就能跨过，完全没有爬的必要；又好像记忆中那件连穿了好几年的儿时的花棉袄，衣身那么长，可袖子却总是短，于是印象中过年前父母就总是给袖子加长，可是再翻看那件如果还在的棉袄，它那么小啊，小到怎么可以包裹住一个女孩童年冬季的回忆呢。这就是生活了，此时无法跨越的，觉得比天还大的事，可彼一时，累一些岁月，淡淡的，它就成了回忆。若无人提起，也许都已经再想不起。亲爱的生活啊，让我再用心细细品味你吧。

送别戴安娜

2014 年 3 月 12 日

改了两个小时研究生论文,太死脑细胞了。写段轻松的文字放松下,就记记和史蒂夫的聊天内容吧:昨天他下班比较早,三点多就到家了。看他在车上还不肯下来,我走过去,他向我招手让我到车上来,原来他正在通话,是他那个中国同事。他让我和他同事用中文问好,史蒂夫听不懂,但他就喜欢听人说中文。于是我和他同事聊了一下,这个姓宋的同事来自北京,目前夫妻两人都在这,他也是属虎的,和史蒂夫一样大,孩子都长大了。史蒂夫后来给我介绍他这个同事,说他脾气很好,工作中有不顺的地方,宋都是耐心细致解决,不像他会发火发躁。史蒂夫说他只看过一次宋发火,那就是他妻子来单位找他时,俩人好像话不投机,他第一次看到宋发火。

后来我们又聊到戴安娜,说到 1997 年戴安娜的去世,我没想到他眼圈就红了,没想到原来英国人民这么喜欢戴安娜啊。当时知道这个噩耗时,他和他当时的妻子正居住在南部 Portsmouth,他妻子把他们家商店的橱窗挂上了花环和戴安娜的照片。他们决定要为戴安娜做点什么。那时有很多英国人前往伦敦西敏寺葬礼举行的地方悼念,人流如潮,到处是鲜花和蜡烛,人们聚在一起谈论哀悼他们喜欢的戴安娜,伦敦的商店全部关门。他特意买了台大电视来看葬礼的举行,从新闻里得知，政府已经号召大家前往伦敦要带上干粮，因为伦敦商店都歇业了，商家也加入了悼念的行列。他看到电视里西敏寺前人们扎着帐篷在外面露营。

史蒂夫含着眼泪问我，能猜到他们夫妻俩做了什么吗？我说猜不到。他说他们觉得在伦敦的外地人肯定没有带够足够的粮食，于是他在Portsmouth给当地的一家家商店打电话，问他们有没有多余的即将到期的免费食物提供，说他要送到伦敦去。于是仅一两天时间他们就收集到三卡车的免费食物，光面包就有一卡车，于是他和他妻子还有他一个好友，三个人每人开一辆卡车，连夜开了5个小时，凌晨2点送到伦敦。当时伦敦已经交通管制，可当警方知道他们是来给露营的人们送粮食时，就让他们把车停在警察局，又安排了一些学生来帮他们发放食物。那些饥饿的人们看到送到手上的面包，又激动又好奇，纷纷问面包来自哪里。他记得很清楚，他是这么告诉那些问他的人的：我们来自Portsmouth，我们代表Portsmouth不能来的人们表示对戴安娜的哀悼。说完，他又哭了。就这样他一边哭着，一边讲述。当晚发完面包，他们又在快天亮时返回Portsmouth，因为第二天他们都要上班。第二天下班后当他再在电视里看到那些接过他面包的熟悉的帐篷和面孔时，他觉得很欣慰，因为至少他不担心他们会饿着肚子参加葬礼了。当他说到葬礼上戴安娜那两个年幼的儿子走在葬礼前列时，他又哭了。

戴安娜的死给我最大的启发是，无论发生什么，我都要好好活着，要健康安全地活着，要看到自己的儿子结婚生子的一天。他说他之所以这么伤心，是因为戴安娜的死和他那段婚姻的死亡是联系着的，这是他们最后一起做的一件事。他们已经都知道婚姻无法维系了，是戴安娜的死让他们下定决心，生命短暂，不用再自欺欺人了，必须珍惜时间选择各自的人生道路。

我看他那么伤心，就问他有没有什么高兴的趣事可以说说。他说最有趣的就是出去旅游碰到的各种事情。他去过埃及，50℃，所以他不担心南昌夏天的40℃。又说阿拉伯人是一夫多妻制，有一次他在机场过安检，看到一个安检口就一个阿拉伯人在那，他就走过去排队了，心想等一个人是很快的。没想到，那个阿拉伯人拿了一摞护照过去检查，他定睛一看，原来那个阿拉伯人是个管家之类的，手上拿的是他主人和主人的6个妻子12个孩子的护照，他们都坐在后面等待，就让这个管家前去办理手续。史蒂夫说他整整等了40多分钟，他后悔排错了队。他以后再在阿拉伯人后面排队时，都要环顾下四周，看看有没有一群阿拉伯人在等待了。笑死我了，我逗他："你羡慕吧，那么多妻子，那么多孩子。"他说："不，不，妻子多，买的鞋子衣服就多，听的抱怨牢骚也多，我没那么多钱，也没那么多功夫来管理。"世界之大，无奇不有。

欧洲游行程拟定版

2014 年 3 月 19 日

3 月 20 日

上午 9 点半史蒂夫送我到伦敦 Stansted 机场，乘坐 12 点 30 分飞往德国慕尼黑的飞机 EZY3071，大概下午 3 点半到达。然后乘坐机场 S-Bahn 线 S1 或者 S8 到火车站 Hauptbahnhof（全程大概 45 分钟），先到火车站买 22 日到意大利布雷西亚的火车票。再找到出口 Bayerstrasse Ost，到了人行道，过 Bayerstrasse，左转，再右转第一个路口到 Senefelder Strasse，旅馆 Wombats City Hostel 就在左边第二栋房子。旅馆电话：498959989180。

入住酒店后，晚上逛慕尼黑夜景。

3 月 21 日

游览慕尼黑市政厅，慕尼黑其他市区景点等。

游览慕尼黑这个德国最瑰丽的宫廷文化中心。12 世纪以来的将近 800 年中，这里一直是拜恩王国维特尔斯巴赫家族的王城之地。参观哥特式的市政厅大楼和众多教堂塔楼等古建筑组成的城市风貌。

3 月 22 日

早上 7 点 47 分从慕尼黑出发，中间在维罗纳转车，到达意大利布雷西亚火车站时间是下午 14 点 16 分，朋友来接，住布雷西亚朋友家一晚，下午游布雷西亚。

第三篇 飘逸行云

3月23日

上午朋友带着游览布雷西亚。

中午12点53分离开布雷西亚，14：10到威尼斯火车站。先入住酒店 Alloggi Gerotto Calderan。（走出威尼斯 Santa Lucia 火车站，左转进入一条街道 Lista di Spagna，直走，直到一个大型广场 Campo San Geremia，酒店就在左边一家 Tezenis 内衣店的上面，门牌号283。晚上可赏威尼斯市内夜景。威尼斯住两晚。

3月24日

1. 世界十大旅游胜地之一有"水都"美誉之威尼斯，抵达后乘"水上的士"前往闻名的圣马可广场，游览充满拜占庭色彩的圣马可教堂，连接宫殿和监狱的叹息桥、昔日最繁忙的大运河及充满特色的购物小巷，可自费乘坐地道特式贡多拉平底船，畅游于运河间欣赏水都风光。

2. 玻璃岛 Murano 是世界闻名的玻璃制品生产地，工艺独一无二，秘不外传。意大利政府每年都从穆拉诺岛订购一批玻璃艺术品，专门送给来访的外国友人。玻璃在威尼斯和意大利历史上可谓悠久，一直可以追溯到公元前。

威尼斯主岛火车站（santa.lucia）对面就是船票销售处，12小时的通票，14欧元。24小时的是16欧元。买完票往前走一小段路，在桥下就是站点了。上船前要刷票记录开始时间，没人监督，全凭自觉，如果被抽检到没刷的话，据说要罚款的。去 Murano 岛的最佳选择是 dm 线，直达快船哦，可是要掐准时间，或者要看你运气了。42路比较多的，10分钟左右一班，到 Murano 大概30分钟。

3. 彩色岛（巴拉诺岛 Burano）在威尼斯118个小岛中，有一个岛的名字叫 Burano，这个小岛以五颜六色充满童话色彩的房子而著称，我们习惯称它为"彩色岛"。"彩色岛"位于威尼斯本岛西北方7公里处，其面积只有1.3万平方米，岛上常驻人口约为2 000余人。探访彩色岛的唯一交通方式便是坐船，从威尼斯圣马可广场出发，经玻璃岛中转，大约1小时能到达。

3月25日

早上9点55分从威尼斯乘坐火车到罗马13点28分。入住罗马酒店 The Place in Rome，地址 Via del Macao 9, 00185. 酒店电话：39（380）6927160。该酒店住四晚，位于罗马市中心，距离戴克里先浴场（Thermae Diocletiani）十分钟。

3月26日—3月28日

26日中午一点史蒂夫从伦敦飞到罗马，下午4点半到达罗马机场。

罗马游览景点包括：建于公元七十二年的文化精髓斗兽场Colosseum、君士坦丁凯旋门、万神殿 Via della Rotonda、许愿池 Trevi Fountain、西班牙广场宏伟庄观的统一纪念馆及有许愿泉之称的德维雷喷泉；游览罗马城中之国梵帝冈这个全球最小的国家，Vatican Museum；参观全球第一大教堂圣彼德大教堂，St Peter's Basilica 这座建于欧洲文艺复兴时期的伟大建筑集意大利最出色的建筑及艺术家结晶历时一百二十载才建造而成，大教堂圆顶结构完美，广场气势宏伟庄严，令人叹为观止，教堂内有圣彼得的墓，天才艺术大师米高安哲奴唯一刻上名字的雕刻作品"母爱"仍存放于教堂内。

3月29日

中午13点05分从罗马飞巴黎，15点25分到达。入住巴黎 Ho Marais Hotel 4晚，酒店地址：38 Boulevard Du Temple, 75011 France。电话：33（1）48057976。位于巴黎市中心（沼泽—蓬皮杜—巴黎圣母院），靠近共和国广场、毕加索博物馆和巴黎圣母院。附近还有卢浮宫和孚日广场。

晚上游市区巴黎夜景，塞纳河等。

3月30日

游卢浮宫 Museum Louvre，观赏镇宫三宝，包括：达芬奇的名画蒙罗丽沙、雕像维纳斯女神、胜利女神。

游埃菲尔铁塔 Eiffel Tower，凯旋门 Arc de Triomphe，香樹丽大街 Champs Elysées–Etoile 等等。

第三篇 飘逸行云

展开巴黎市内名胜游览节目，宏伟庄严而又代表着法国民族精神之凯旋门，繁华热闹的香榭丽舍大道，昔日大革命时代断头台所在地的协和广场，拿破仑之墓及伤残军人之家，远眺历两世纪才建成之圣母院和屹立在塞纳河畔的巴黎巨人艾菲尔铁塔，均一一在观光之列，自费登上铁塔，饱览花都美景。

3月31日　船游塞纳河

4月1日　游巴黎圣母院，先贤祠，庞皮杜等

巴黎圣母院大教堂是一座西堤岛上的教堂建筑，也是巴黎的主教座堂。圣母院建造于1163年到1250年间，是巴黎大主教莫里斯德苏利决定兴建的，整座教堂在1345年才全部建成，历时180多年。属哥德式建筑形式，是法兰西岛地区的歌德式教堂群里面非常具有关键代表意义的一座。

《巴黎圣母院》（港译《钟楼驼侠》，台译《钟楼怪人》）是法国文学家维克多·雨果所著，于1831年1月14日出版的小说。故事的场景设定在1482年的巴黎圣母院，内容环绕一名吉卜赛少女拉·爱丝梅拉达和由副主教克洛德·弗洛罗养大的圣母院驼背敲钟人卡西莫多。此故事多次被改编成电影、电视剧及音乐剧。

4月2日

中午12点36分乘坐欧洲之星火车离开巴黎回英国伦敦St pancras，时间是下午两点，再从伦敦St pancras到Stansted机场，再乘坐火车返回剑桥。

慕尼黑徒步一日游

2014 年 3 月 21 日

  21 日慕尼黑一日游，非常充实又充满异域风情的一天！上午 11 点开始的徒步市内游，时长 4 个小时。黑人导游带着我们 5 个游客，用他带有口音的英语，详细介绍了德国柏林、慕尼黑、第二次世界大战及纳粹历史。我们参观了圣马可广场、天主教堂、玛丽广场的市政厅（圣母金像、喷泉）、纳粹聚会地、慕尼黑皇家啤酒 HB 馆、剧院、Odeons 广场等。

  中午 12 点市政厅大楼前人头攒动，大家都在仰头边听钟声边欣赏钟里的木偶旋转舞蹈和振动翅膀的小鸟。每天上午 11 点、12 点及下午 5 点这三个时辰都能看到这个画面。极具历史感的市政厅建筑，让人过目不忘，成了慕尼黑城市地标。午饭导游带我们去品尝了当地面包、猪肉、啤酒和荷兰杜松子酒（3 欧元一小杯，一饮而尽，口感甘醇，回味好）。看到满街的豪车，突然想到这是宝马、奔驰、奥迪的故乡。熊是柏林的吉祥物，而狮子是慕尼黑的吉祥物。我这个狮子座的人怎能错过，听说摸狮子的鼻子可以带来好运，大家纷纷去摸，狮子的鼻子已被游客摸得铮亮。

  下午 3 点行程结束。导游一开始在带团时就告知所谓免费徒步行的规矩，是需要付小费的，大家根据他的服务酌情给。其他 4 位游客来自英国和澳洲，我向导游提出让他说慢点，因为

第三篇　飘逸行云

英语毕竟不是我的母语,而他又有口音,再加上德国地名。但他还是一如既往地快语速。我怕错过要点,拿出事先准备好的纸和笔来记录。但被他几次三番阻止,非要我用脑子记。每个景点他讲完就走,所以我索性一个耳朵听,一边抓紧拍照。他不高兴了,说:"你是老师,我现在在讲解,也是老师,你怎么不认真听讲呢?我讲完后,这些地方你们都可以再来拍的。只要45分钟你们就可逛完全城的。"我不想和他争辩,我不能肯定等下我自己还能找到这些地方,而且过了三点再拍照光线就暗了。后来他又说我不认真听讲,我忍不住和他理论了:"你讲得很认真,我无意冒犯。但也请尊重我的自由,你就随我拍照或者听讲。我没有打扰别人。我只是抓紧时间、利用时间。明天我就离开德国,没有时间再重走一遍再来拍照。"他不作声了。我心里不高兴,心想不让我做笔记又不让我拍照,再妨碍我自由我就走了。

但那只是赌气的想法,后来稍微认真听他飞快语速的非标准英语。最后看大家都每人给了他10欧元小费,我也给了10欧元。其实我是想给他5欧元的,因为他没有上次在伦敦的那个导游敬业。他滔滔不绝在那讲历史,和建筑物相关的常识却没有充分介绍,还带我们去他推荐的地方吃饭,有点像中国导游,让我们没有选择的自由。每到一处,他叫我不是叫名字,而是叫"China"。所以我不想他看低我们,China不差钱,和他理论只是为了表明观点。他肯定没想到他那么说我我还给他10欧元小费,因为当他拿到钱的时候对我非常热情,热心带路带我去附近邮局,在那我给弟弟寄了明信片,买了一版正在流通的慕尼黑邮票。

慕尼黑之夜就在圣马可广场的街头乐队的演奏声中结束了。悠扬优美的曲调在夜空中飘荡。多么神奇!

浪漫的威尼斯

2014 年 3 月 25 日

　　火车从布雷西亚开往威尼斯。快到威尼斯时,天空纯净透蓝,云彩在天上层层飘渺。好想打开车窗,把最近最低的那片云朵摘下来抚摸。曾经在澳大利亚悉尼开往坎培拉 9 个小时的汽车上,也有过这种感觉,就是看着天空出神,心里疑惑:云,怎么可以这么白?天,怎么可以这么蓝?

　　眼前又是一片如海般宽阔的水域,提示着我:水城威尼斯到了!火车仿佛在水里穿行,城市在水上屹立,交通指示牌在水上显示。下了火车出了站台,看到下台阶就是大运河横在眼前,的士是船,交通工具都是船,海鸥在飞,我笑了。这样的一个城市,这样的一种感觉,没有过!想起了出发前和史蒂夫的对话,我说:"当我在威尼斯的街上散步时,……"我话还没说完,他就打断说:"什么?在威尼斯的街上散步,那你会潜泳?"现在我明白了他的意思。

　　出火车站左走很轻松就找到预订好的青年旅馆入住。放下行李,又来到火车站前的购票处,购买船票(14 欧元)来到圣马可广场。虽已是夜幕低垂,但威尼斯的美还是那么让人震撼又撩拨着人的情思。也许是海浪阵阵拍打着停泊在岸边的冈多拉吧,又也许是微风中威严挺拔的教堂、古堡样的建筑和宽敞的广场上群群的鸽子吧,但更也许是商店里展示的流光溢彩、绚丽夺目的玻璃制品。一个人旅游的好处这时显示出来了，在接下去的两三小时里，我尽情投入在各精品小店里，淘着我喜欢的各种小玩意。

威尼斯这第一晚，我欣赏了圣马可广场和大运河的夜景。回程坐错了船，又重坐。怕又坐错，上船前找一人询问。他很热情，于是坐一块聊开了。他在我前面两站下船，所以让我不用担心，他会告诉我地点。当他知道我是教文学并且主要兴趣是现代主义作家时，他马上说出几个。我很诧异，他说他喜欢文学和哲学，但他是瑞士一研究所而且现在是威尼斯 Padua 大学从事天文研究的教授，在过去 20 年里都在世界各地讲学，并给了我名片。他介绍沿途建筑，又兴致勃勃谈起他去中国北京、上海的经历。我的目的地到了，他整理行装准备同我下船。我很奇怪，说你不是前面两站嘛。他说："万一你再迷路呢？我可以送你到住处再回去。"我说不用了，这段路我熟悉。呵呵，意大利男人！如果我单身……事后史蒂夫知道，他发短信说：Haha. A fun adventure you are having！然后他又说："别忘了，意大利男人可是世界上最浪漫的噢，他们是不会放过一个和女人约会的机会的噢。"我的情商可没那么低。人生若总如初见！

第二天我穿上春装准备好好拍个照，一出门看到风大雨大，又回去穿上黑棉袄和冲锋衣。再买船票去圣马可广场，一是补拍昨晚因天黑没照到的景点，二是去现场退税。退税窗口没人等待，5 分钟就办好退了现金。看到广场各个景点都排起了长龙，我就买了 18 欧元往返玻璃岛和彩色岛的船票。因为是淡季，玻璃岛很冷清，看了玻璃制作工艺展示，又买了匹玻璃马和玻璃项链带回。我历来喜欢玻璃制品，曾经千里迢迢从新加坡带回海豚和金鱼玻璃制品，又从新西兰带回纯蓝的玻璃果盘，一路小心翼翼。今年是马年，这匹马又得小心谨慎带回了。

彩色岛很美，如童话世界一般。每家窗台的花、蕾丝花边装饰的窗帘门帘、各家不一样颜色的屋子，意大利人真懂生活和享受。平淡的日子也能因心思细腻而出彩。站在那，我在想，如果我是这儿的居民,我会把家漆成这个颜色:玫紫。

赶回圣马可广场,准备趁着天色未晚坐冈多拉。上前询问票价,一人 80 欧元。这么贵啊!再细问,一艘船游 40 分钟是 80 欧元,游一个小时是 120 欧元。噢,是按船收费的,每船最多可坐 6 人。这时过来一对中国游客说一起拼船,我当然愿意。他们又说再找一对拼。于是我们又分别去找人,有点像拉客的导游,看到中国人模样的就上前去问。可惜很多人都不坐。最后一对阿根廷情侣答应一起拼,于是我们每人 24 欧元游了一个小时。

坐着冈朵拉感受威尼斯风情。导游边撑船边介绍,莫扎特居所、马可波罗住家、叹息桥等等;几船相会时,大家互相问好;边上一艘船额外付了小费,有专人弹唱音乐,歌声在水上盘旋。真浪漫!我说:"要是我是女高音歌唱家,我愿意免费唱给大家听。"同船的都笑了。我摸摸脖子上刚在圣马可广场买的"开心"项链,打开心扉真快乐!

这第二天,可是坐够了船,从火车站到圣马可,又到玻璃岛,再到彩色岛往返,又是坐冈多拉游一个小时。好在威尼斯船平稳,只是有些噪音,却如履平地般,毫无晕船的感觉。后来听人说,我应该买 24 小时的通票 20 欧元,就可以随便全岛坐船(冈多拉得另外付费)。而我买了两段的就是 32 欧元,多花了 12 欧元。呵呵,此攻略留给后来人!物有所乐,也值!

罗马印象

2014 年 3 月 27 日

　　罗马，意大利首都，"万城之城"，西方文明的发祥地。显赫一时的古罗马帝国，独特的城市建筑，优美的自然风光，让我身未至时，心已迷醉神往。待身临其境，辨得古风古韵犹存，唯民风民情却沾染了现代都市恶习，为罗马之行添了些许遗憾。权且把它当作旅行趣事记下吧。

　　出发前在网上订酒店时，我选取了一个离火车站和市中心广场都比较近的地方。但攻略做得不够细致，下了火车还是不知道酒店具体方位，于是出站台打车。很顺利，的士司机也很热情，帮着搬行李，帮着找路，介绍沿途建筑物的历史（虽然英语不是那么地道），半个小时后到达酒店。付了 11 欧元车费，我谢过司机进了酒店大堂。

　　第二天，如约去罗马火车站附近的公交车站接史蒂夫。咨询大堂经理去往火车站最近的线路，他满脸好奇地问我昨天是怎么来的。当我告诉他是花了 11 欧元打车来的时候，他边摇头边一脸坏笑地说："出酒店门左走，步行不会超过 3 分钟，火车站就在酒店对面，拐弯就是。在这里，你们要小心自己的物品安全。别忘了，这是匹诺曹的故乡哦。"他边说还边比划了下变长的鼻子。

　　我满腹狐疑出得门去，果然，火车站就在视线范围之内。

第三天早上我们在酒店用早餐时,和隔壁桌的两位老年妇女闲聊这段经历。没想到,她俩也是和我一样的经历,只是司机带她们在城区兜的时间更长,她们付了 30 欧元的车费。这让我们不约而同想到那个 18 世纪意大利作家卡洛·科洛迪(Carlo Collodi)笔下《木偶奇遇记》(The Adventures of Pinocchio)中的小木偶匹诺曹。

虽说这个小插曲让我对罗马的初次印象打了点折扣,但它的建筑和历史还是没有让我失望,心中已有的崇敬在我眼前立体呈现。罗马不是一日建成的(Rome was not built in one day.)。但我却想一日看尽罗马。罗马古城区酷似一座巨型的露天历史博物馆。随处可见的古迹,深深历史烙印的建筑,吸引着我无法止步。罗马三日,我几乎天天早上 9:30 在酒店用完早餐,10 点正式开始罗马徒步游,直到下午 4:30 回到酒店,除去午饭半小时,每日徒步时长近 6 个小时。

从酒店出发,步行 5 分钟就是戴克里先公共浴场。该浴场曾经是古罗马最大的公共浴场。戴克里先浴场从罗马皇帝戴克里先时期(公元 298 年)开始兴建,在其禅位于君士坦提乌斯一世后,于公元 306 年建成,是当时最大最奢华的浴场。当我每日出发和返回都得从它身边经过时,心里就是阵阵真切与虚幻交织的激动。公元 298 年啊,此刻是 2014 年,斗转星移,我终于来到了这里!

途经 Barberini 广场;再经过 Via Del Tritone 大街,来到 Fontana Di Trevi 许愿池,投下一枚硬币,许下自己和家人身体健康的心愿,告诫自己不可贪心,只要我爱的人都健康就是上天最好的恩典。

又经过 Quirinale,来到西班牙广场 Piazza Di Spagna。在电影《罗马假日》中的经典场景处拍照留念,倾听广场上艺术家的钢琴演奏,拾级而上著名的西班牙台阶,进到教堂里静静地享受那份从容,再来到西班牙广场上的济慈和雪莱故居,翻阅济慈写给爱人的书信。故居虽不大,但很多真迹手稿、文学作

第三篇 飘逸行云

品介绍;济慈卧室的窗户就对着西班牙广场,看着他躺过的木床,体会着两位诗人在此度过的最后时刻。有文学的地方,就有感动。

来到 Piazza Del Popolo 广场;沿 Via Del Corso 大街,又来到 Augusteo。

途径 Piazza Venezia;自然也不会错过号称世界第八大奇迹的古罗马竞技场和著名的万神殿。古罗马竞技场是公元前 80 年建成的雄伟的竞技场,堪称公共建筑的楷模。在这里可以见到古罗马建筑最基本结构和最伟大的成就之一:拱券结构。一系列的拱、券和恰当安排的椭圆形建筑构件使整座建筑极为坚固。当时的建筑就是依靠这种高水平的结构形式,使内部空间得以解放。竞技场设计了宽敞的阶梯和走廊,并设计了 80 个拱门,在每一个拱门的入口处都标有数字,方便让观众很快找到自己的座位,可以让 5 万人于 10 分钟内进入剧场内坐定。这样的设计即使在今天也算是很进步的。可惜由于美国总统奥巴马的到访,竞技场从上午 11 点开始封闭,周围实行交通管制。我们只得欣赏了竞技场的外观,没有入内参观。

我们安排的行程是中午坐飞机离开罗马前往巴黎,抓紧最后一个在罗马的上午,史蒂夫赶去博物馆看他的罗马古钱币展,我则只身前往万神殿。都说"条条大路通罗马",罗马市内也是条条道路通达,我虽自封为"路痴"分辨不得东西南北,但手拿地图,一路问询轻松找到。万神殿(Pantheon),被米开朗基罗赞叹为"天使的设计",于公元前 27 年兴建、公元 120 年重建。万神殿 Pantheon 的 Pan 是指全部,theon 是神的意思,指必须供奉罗马全部的神。由于 608 年它被献给教会作为圣母的祭堂,所以它是罗马时代独创的建筑物中保存得最好的。正面的 16 根圆柱让人联想到古希腊建筑。殿堂内部比例协调,十分恰当,直径与高度相等,约 43 米。大圆顶的基座从总高度一半的地方开始建起。殿顶圆形曲线继续向下延伸,形成一个完整的球体与地相接。这是建筑史上的奇迹,表现出古罗马建筑师们高深的建筑知识和深奥的计算方法。万神殿还是第一座注重内部装饰胜于外部造型的建筑。里面供奉有拉菲尔和意大利第一、二位国王的墓。

　　当清晨的缕缕阳光从万神殿的圆顶洒落在殿内的墙壁上,当透过圆顶看见天空的灿烂与高远,那一刻,我的心中满是愉悦与满足。罗马之行虽不够完美,但圆满了!

兴奋奇妙的梵蒂冈之旅

2014 年 3 月 29 日

照片太多、时间太紧、细节太多,梵蒂冈之旅实在是不可思议的圆满、奇妙与兴奋。来到梵蒂冈时,门口已排起长龙,不想排队,于是找了个导游,每人 40 欧元加入团队直接入内。

导游操着意大利口音的英语,带领大家游梵蒂冈博物馆,所到之处详细讲解,满眼精品名作,实在是叹为观止。梵蒂冈博物馆曾是世界上最小的国家博物馆,同时也是最伟大的博物馆。因为它面积虽然不大,但是里面的藏品尽然可以媲美伦敦大英博物馆和卢浮宫。博物馆本来是罗马教皇的宫廷,后来被改造成为了梵蒂冈国家博物馆。这座博物馆主要以收藏艺术品为主,大部分是文艺复兴时期留下的艺术精髓,如米开朗基罗创作的《创世纪》和《最后的晚餐》都藏于此,梵高、拉菲尔等的作品比比皆是,令人大饱眼福。

来到 Chapel Sistina,吸引我的是米开朗基罗的屋顶画作。对于爱好文物古迹的史蒂夫来说,馆内一些古希腊、古罗马文物的收藏同样引起他的兴趣。当然,除了里面的藏品,博物馆本身的建筑风格也很值得称道。

最不可思议就是在梵蒂冈 S. Pietro 广场上的经历。著名的圣彼得 Basilica 大教堂近在咫尺,却因已过参观时间,我们不能进入,只能在广场上晒太阳,让我心里无比遗憾沮丧。史蒂夫劝我趁着教堂里的众多游人尚未散场,赶紧打道回府,以免人流高峰期交通拥堵。我见广场上排起了长龙,不甘心就此离去,也拉着史蒂夫排在队伍后面。突然人群骚动,原来可以放行进入 Basilica 了。我大喜过望,因为导游中午就说了一点钟后不再让人进入大教堂。但此刻已是下午四点半,居然放行了。可刚才还井然有序的队伍,转眼间随着人群的挪动,就被一些插队者搞得乱了队形。我正着急这可要等到何时才能轮到我们啊,只听史蒂夫说"Do as the Romans do!"(入乡随俗)说着,他就拉着我挤到了队伍的中央,顺着人流我们进入了教堂内。

我一定是抑制不住地欣喜,因为他说我当时的表情简直就是"Cat eats the cream"。圣彼得大教堂(Basilica di San Pietro in Vaticano)建于 16 世纪,是世界上最宏大、最壮丽的天主教堂。虽然不是罗马主教(教宗)的主教座堂,但仍被视为是天主教会最神圣的地点。圣彼得大殿建于 1506 年至 1626 年。教堂中央是直径 42 米的穹窿,顶高约 138 米,前面有两重用柱廊围绕的巴洛克式广场。占地 23 000 平方米,可容纳超过 6 万人,这个伟大的建筑是由文艺复兴时期众多知名的建筑师、艺术家参与设计,包括米开朗基罗、拉斐尔、布拉曼特等。而教堂前方就是圣彼得广场,设计人是贝尔尼尼。堂内保存有欧洲文艺复兴时期许多艺术家如米开朗基罗、拉斐尔等的壁画与雕刻。中央穹顶(Cupola)是米开朗基罗设计的,可以通过狭长的环形楼梯一直抵达圣彼得大教堂的顶端,站在这里可以俯瞰整个圣彼得大教堂和罗马全景,人们都说,这里是最接近天堂的地方。梵蒂冈墓窟(SacreGrotte)位于大教堂下方,是众多教皇的陵墓。

教堂里金碧辉煌、宏伟壮观的建筑设计已经让我心满意足了。没想到还有礼拜仪式,更没想到的是 5 点教皇的到来。当我看到大家都在教堂礼拜仪式后保持安静,又都往门口看,还都举着相机、手机的时候,我想到在广场上有人说一两个星期前就有人预订了今天的这个入场票。我非常好奇,问身边的一个小伙。当他告诉我,教皇 5 点要来时,我兴奋激动异常,于是

第三篇　飘逸行云

和在场上万人一起,在屏气凝神的静穆中等来了列队鱼贯而入的各教职人员,还有众目所盼的穿着紫色衣袍的教皇。顿时现场一片按动快门的声音。

　　走出教堂,天色已晚,但心情还是和教皇从身边走过时一样兴奋不已。从一开始不准进入,到后来亲眼、近在咫尺见到教皇,聆听他的布道和祝福,太神奇了。昨天与奥巴马在同一个地方,今天与教皇在同一个地方,不可思议的巧合。船到桥头自然直,哈哈,有人心服口服了。

旅游杂感

2014 年 4 月 4 日

  两周的欧洲游结束了，各种感触在心头。由于第一周是个人行，第二周是双人行，有些感触就更有对比更为深刻。第一周的德国慕尼黑和威尼斯之行，给自己很大锻炼。虽说自己是大大咧咧不拘小节的性格，但事到临头，还是会详细规划、制定行程并且打印各类预订单。当厚厚一叠打印的材料，如所安排的那样一张张完成时；当如行程上所列，一件件落实时；当目的地被一个个找到时，还是很有成就感的。看景、逛街、购物和陌生人聊天，随心所欲，没有压力，且行且歇且感受。

  意大利布雷西亚之行，让我找到"什么是幸福"的答案。"什么是幸福？"每个人都在追求幸福，不计时间、不计成本地在奔波忙碌，以为幸福就在追寻的前方。其实幸福很简单，它就在你拥有的现在，如果你懂珍惜，如果你知道把握。布雷西亚的朋友，他们是幸福的。有体贴关爱的爱人、有健康聪明的孩子、有健康善良的父母、有知心真诚的朋友、有温馨有品位的家、有一定的经济保障、有享受生活会安排生活的计划，这些就是幸福的含义，虽然他们都是聋哑人。她美丽善良，他温存体贴，这就是两情相悦。爱情，与年龄无关，与国籍无关，但与彼此相通相懂有关。虽然他们无法用话语直接表达，但属于他们的沟通更真诚更简单更畅通。幸福，从来不会从天而降，它需

第三篇 飘逸行云

要努力需要争取需要付出。短短一天的相处,我看到了他们为家的付出。我感动于他们为我所做的每一个细小的安排,和他们那些朋友的真诚,来回开车2小时,只为来看我一下。睡在他们让出的主人房里,那样充满爱意的氛围,让我在离开中国到达英国后,第一次晚上做梦回到了南昌的家。家,是什么?它不是房子,是有爱的地方。

到达罗马,这个无数次让我憧憬的地方,它的历史和文化仿佛被融入永恒的建筑中,让我景仰、叹为观止,又偶尔神伤。为何神伤?为我们文明和文化的被洗劫被摧毁,多少遗憾。五千年文明古国的中国,如向外人介绍,我能带他去哪?长城?故宫?兵马俑?只有这些了?而在罗马,古迹随处可见。我马不停蹄,可时间还是不够用。当万神殿的一缕晨光透过殿顶洒落在神殿上,时间仿佛被定格,历史瞬间凝固成永恒。万物皆有变,而罗马凝结千百年历史的文化遗产每每让我感动,每每让我觉出己之渺小、自然轮回以及人类文明的可敬可佩。

而罗马给我感触很深的,除了它的文化古迹,就是这的确是个匹诺曹的故乡,正如旅馆接待员所说。匹诺曹,爱撒谎长着长鼻子的小孩。下火车,到旅馆,走路步行不超过5分钟,过条马路就到了。而我刚到罗马时,人生地不熟,于是选择打车到酒店,11欧元。第二天出门才发现,火车站就在酒店马路对面。呵呵,的士如此宰客啊!第三天在酒店用早餐和隔壁两女士聊天,她们更可怜,从火车站到这酒店,被收了30欧元的士费。与她们相比,我心态平和了,我这还宰得不算厉害,但对罗马的印象打了折扣了。去一自助餐厅吃饭,被告知不是按人头收费,而是按盘子收费。第一盘10欧元,第二盘4欧元。见一意大利男人吃完装好的第一盘,又趁服务员不注意,又去装了一盘,没有用新的盘子,而是桌上仍然是只有一个盘子。呵呵不太老实嘛!

第二周的巴黎游,给我感受最深的不是景,而是两个人的相处之道。旅游,历来被我认为是最能在短时间了解一个人的。

两个人是否合适,需要多大的包容尺度,在旅途中都能反应出来。

旅游,就是一段人生,你无法知道下一刻会发生什么。只有亲身经历,你才知道:意大利斗兽场3月27日中午起不开放,因为美国总统奥巴马要来参观;3月28日下午5点梵蒂冈教皇会出现在Basilica。你才知道卢浮宫门口的那个门不是凯旋门,而是一个入口;才知道香榭丽舍大街整条街都有五星红旗飘扬。你才知道埃菲尔铁塔,排队等待坐电梯上去要2个小时,而选择爬楼梯上去的我只需要20分钟就到顶。你才知道原来各处景点都有各种骗局,旅游在外要小心。你才知道,有些人适合做朋友,有些事最美在初见。

人生,就是一段旅途,谁都是这个世界的过客。经历过,才知道是否精彩;尝试过,才知道是否合适。每处风景,也许没有想象中那么美,但肯定也没有想象中那么差。而每个人,也是那么独特独立的个体,有其可爱的一面,但肯定也有不完美的一面。我不为无法改变的东西沮丧,我选择改变自己的心境和决定。回忆,只选择美好的留下!于是,不管生活如何安排,照片里的我依然微笑自然,因为这是我的人生,我希望每一处记忆都有美丽的身影。只要我健康美丽独立依旧,生活依然灿烂明媚。

旅游结束,做回自己!

英国的酒吧文化

2014 年 4 月 19 日

在英国,酒吧文化是英伦文化重要的一部分。仅在剑桥这样 10 万人的城市,大大小小的酒吧就有 200 多家,还尚且不包括各学院自己开设的面向学生的酒吧。如果外面的酒吧一杯啤酒 2 英镑的话,各学院酒吧就是 1 英镑一杯啤酒,让学生喝到便宜的啤酒是学院为学生提供的一项福利。(就像各学院在节假日组织的 formal 晚餐一样,已经成为剑桥的一大特色,也是各访学老师亲身体验的一份难得经历。)为何酒吧文化如此风靡?我一度非常好奇。待深度感受不同酒吧之后,其神秘面纱也渐渐揭开。

英国人情愿把大片土地留给草场和绿地,也不拓宽街道或是增开店面,所以酒吧就和其他沿街商铺一样,难免显得场地局促。英国酒吧是个人休闲、朋友小聚聊天的好去处。没有音乐,自然就少了嘈杂,也方便了互相的交流;不让室内抽烟,温暖舒适的环境又添清新轻松的氛围。下午 6 点后,18 岁以下不得入内,有些酒吧门口甚至有专人查看身份证。白天的酒吧可以偶尔看见孩童的身影,而夜晚的酒吧就成了供成年人社交的场合,一切的布置也都体现着成熟与品味。免费 wifi 和卫生间,也是酒吧受欢迎的一个原因。

在这里你可以观察到英国社会各阶层、形形色色的人生万象:一杯咖啡、一台打开的电脑,就是一位绅士独自在酒吧乐享的清静;牵着手入内的一对老年夫妻,各自点杯茶水,再配上糕点,坐下,丈夫摊开了报纸,妻子一手拿小镜子,一手往脸上拍打着粉扑、补着妆容,虽是暮年,却举手投足透着优雅;隔壁桌上的一群大学生模样的青年,欢笑着、争论着,互相又在调侃着什么,青春的面庞那么兴奋,全然看不出世事的烦恼;那一对,定是度过一个激情夜后晚起的情侣,互相不多言辞,一份双人 brunch 套餐,一边刀叉着培根一边交换的眼神,流露出彼此的默契与温情;左手抱着婴儿,右手还不停指挥丈夫照顾老大、老二的女人,忙得不亦乐乎,老大、老二是对双胞胎,丈夫的呵护里透着平和的幸福。

就这样坐着边喝咖啡边解人生,有时竟会让我看得入神呢。或者带上自己的书本,那样的时光慢得正正好。

不论是有着简易吧台的 bar,还是既有酒水供应又有食物提供的 pub,如果说他们的酒水和食物在我们中国人眼里是那么单一又乏味的话,那么各个酒吧自身所蕴涵的历史彰显着英国酒吧迥异的个性。

说到英国最有名的酒吧名字,非这两个莫属了:The Kings Head 和 The Royal Oak,但一般这两个名字的酒吧不会出现在同一个城市。他们有很强的历史印记,源于 1640 年的克伦威尔和英国内战。The kings head 是共和派常去的地方,他们支持克伦威尔砍下国王的头颅。The royal oak 是保皇派常去的地方,他们支持君主立宪制。所以从当地酒吧的名字,你就可以知道当地当时是支持哪一派。但在剑桥这两个名字的酒吧都没有,为什么呢?因为剑桥贵族上层支持国王,平民支持克伦威尔,两派相持不下,也就没有挑衅建一个此名的酒吧来抗庭另一方了。

在剑桥最有名的是老鹰酒吧,位于市中心本尼特街上。别看门面不大,进去后可是别有洞天。既有露天的花园吧桌,又有一南一北两间 bar,还有紧凑放置了长长短短桌椅的 pub。老鹰酒吧的传奇史源于 20 世纪 50 年代,科学家弗朗西斯·克

第三篇 飘逸行云

里克和詹姆斯·沃森经常在这家酒吧吃午餐。就是这两位，以200米之遥的老卡文迪许实验室为基地，研究DNA结构模型。在《双螺旋》一书中，沃森提到，1953年的一天，克里克冲进老鹰酒吧，大声宣布："我们已经发现了生命的秘密。"所以至今，在老鹰酒吧他们曾经坐过的一张桌子后面的墙上镶嵌了这样一块铜牌"克里克和沃森在这里宣布发现DNA的双螺旋结构"。从这张桌子前抬头望去，天花板上是第二次世界大战遗迹。第二次世界大战期间，即将奔赴德国战场执行轰炸任务的英美飞行员在这酒吧最后一聚，他们用打火机和蜡烛在天花板上熏出自己的名字和队伍番号。

由于了解老鹰酒吧的历史和它在剑桥的意义，再想到DNA在今天的重要性，让昨天准备前往该酒吧的我和史今都有些小激动。夏天的老鹰酒吧是座无虚席的，唯恐冬天也会没座，我们决定为保险起见提前订座。打通电话，酒吧服务员却告知订座得通过email邮件预订。史今下午三点把邮件发出，晚上七点我们就出发了。老鹰酒吧边上的巴斯酒吧门前冷落，可老鹰酒吧果然人气兴旺。一番交涉，被告知预订不成功，他们没有收到史今发出的邮件。经确认，是史今把邮箱地址搞错了。我们都抱怨，哪有通过邮箱订座的啊，打电话预订多简单啊。服务员一阵解释，又忙给我们临时安排座位。为表示他们工作不周到的歉意，8.5英镑的甜点算免费赠送。时针指向八点，酒吧的顾客越来越多了，最后他们竟都站着喝酒聊天。从人流量可以看出，老鹰酒吧果真是附近剑桥大学师生最青睐的酒吧。这一顿晚餐，不仅让我们亲身感受到酒吧傲娇的历史，而且品尝了传统的英国美食，还体会了它对顾客实实在在的尊重。

除了剑桥的老鹰酒吧，其他让我印象深刻的酒吧还有这么几处：

1. 苏格兰爱丁堡的大象酒吧

大象酒吧之所以有名，是因为写哈利波特的作家J.K.Rowling在成名前就是在这边喝茶边写作该书的部分章节。

红色建筑外墙的酒吧在这条街上很显眼,酒吧里的陈列柜满是各种各样形态各异的大象摆件,墙上也贴了很多宣传画和作家的照片,众多哈迷纷纷来此感受氛围。我虽然不是哈迷,但虚无的文学能让人在现实中记住,这个成就我还是很仰慕的。想想 The Kings Cross 火车站的 93\4 车站,那么多人去拍照留念,不就是文学的魅力吗?所以哪怕白天已经步行了 10 个小时,我和另一老师还是用导航找到这里,各自点了杯咖啡坐下来,歇歇疲倦的双脚,也放松下紧张赶路的心情。

2. 北爱尔兰首府贝尔法斯特的皇冠酒吧

结束了一天的独自小镇探险,下午四点我回到贝尔法斯特。为了好好给自己压压惊也庆祝下自己突破成功,我来到了汽车站对面的皇冠酒吧。这个酒吧在当地很有名,富丽的意大利雕饰,精美的玻璃门窗,极度奢华的大理石,装饰优雅而舒适的座位,都让它与众不同。我点了一杯爱尔兰传统的黑啤 Guinness 和当地 Irish stew,独坐窗前任思绪漫游。

3. 伦敦的 The Comedy Pub

2014 年 7 月 14 日是世界杯最后一场比赛举行的时候,我们在伦敦找到一家当地比较有名的酒吧,准备在这感受酒吧球迷的热情。该酒吧订座费每人 5 镑,我们每人一杯 larger 啤酒 5 镑,晚餐每人 10 镑,冰激凌 5 镑。该酒吧分上下四层,basement, ground floor, first floor, second flood 都是全满,门口还排了长长的队伍。听说阿根廷外交部召集了 100 多名球迷前来该酒吧助阵。我们所在的第四层是有位置的看球区,坐在前排和我们身边的都是中国人。台湾的,江苏的,都是大学生模样,男的帅女的靓,都是支持德国队的。我很高兴看到中国年轻人在国外的酒吧,这么举止得体有涵养,点餐看球,该兴奋时该安静时,非常有教养,有大国气度。史乃说:"你看,我看到很多中国人都是这么有教养。"他和他们聊天也很开心。第三层也许是站区,站满了很多阿根廷球迷;第二层的球迷比较冷静,边喝啤酒边聊球;楼下一层的很激动,站在那随着音乐舞动,比赛中场间歇放的是阿根廷音乐。

我是真正的伪球迷,看比赛远远比不上看酒吧现场球迷的表情有趣。群情激奋的一刻出现在上半场比赛进行到30分钟左右时,阿根廷进一球,坐在第二排和身边的阿根廷球迷激动得站了起来,还没到几秒钟,裁判亮旗显示是界外球,第一排的台湾女球迷和史今都兴奋得起立鼓掌尖叫,哈哈,他们是德国队的球迷。史今其实没有那么喜欢德国队,只是不喜欢阿根廷队,因为英国曾经和阿根廷有过战争,很多英国人死在那个和阿根廷的争端之岛上。所以昨晚德国队夺冠,他和德国球迷一样很开心。我是继续做"BBC记者",负责观察和拍照。

4. 罗马斗兽场附近的 Shamrock Pub

白天参观罗马斗兽场因奥巴马也来此参观而受阻。晚上我们在斗兽场边的一家爱尔兰酒吧吃饭。Shamrock 三叶草,爱尔兰国花,一看名字就知道是爱尔兰酒吧了。在罗马看到爱尔兰酒吧,让有四分之一爱尔兰血统的史今感到亲切。酒吧里悬挂着各个足球队的旗帜和队服,原来老板是球迷,喜欢足球的来这儿坐坐,一定可以找到很多同类和话题。史今说:"多么疯狂的世界!在一家爱尔兰酒吧,一个英国男人和一个中国女人,喝着意大利啤酒,看着电视里美国总统接见罗马教皇。"

5. 威尔士的 The Kings Head 酒吧

放下行李,稍事休息,我来到酒店所在的这个小镇 Landaduno 的海边栈桥。几乎和 Brighton 一样的布局,也一样有各种游戏设施,但因为已经晚上7点多,又天气开始阴沉,所以栈桥上人迹稀少。和葡萄牙、印度、新加坡还有一个美国女孩一起,我们来到导游推荐的 Kings Head 酒吧用晚餐。该酒吧位于市中心,离我们酒店就两步路,是该地历史最悠久的酒吧,生意非常好,人声鼎沸。我们好不容易寻到一处座位,点餐时被告知需要等待至少一个小时才可能上菜。我们边聊天边等待,结果等了一个半小时。葡萄牙游客说她都已经忘记自己点了什么了。哈哈,不过等待还是值得的,我点的 fish and chips 鱼排薯条口味比较正宗，份量也很足。

  关于酒吧的话题还可以聊很多：英国饮食文化中的 Sunday roast，即星期日烤肉餐，现在也从家庭移到了酒吧里，忙碌一周的英国人不必费神在自家厨房忙碌了，家附近的 The Green Man 酒吧花费 8 镑左右就能吃到这顿传统大餐了。复活节肯特郡 The Grey Lady 酒吧的爵士乐表演，直率大胆的英国女人总是先于男人步入不大的舞池随着音乐扭动腰身，让我这矜持的中国女人也被感染加入群魔乱舞的行列；Tunbridge Wells 和剑桥的 Wetherspoon 连锁酒吧，食物永远那么传统，是欣赏英式餐桌礼仪最好的去处了；巴黎共和广场那儿的一家酒吧，史今和老板聊得非常起劲，两人仿佛相见恨晚一般，临别时互留电话，老板坚决不收我们的酒水费用，史今坚持把钱当作小费塞给酒吧招待，这才依依惜别。也曾有老师只身游历欧洲两个月，我还询问孤身的旅途不会觉得闷吗？"不会啊，有酒吧啊，饿了渴了累了想找人说话了就进酒吧啊。"听时我还无法理解，现在我明白了，吸引旅人的除了山水自然，还有那 360 度沉浸的异域文化。

傲慢即偏见

2014 年 5 月 5 日

早在 1811 年,英国英格兰中南部汉普顿郡的斯蒂文顿镇的著名作家简·奥斯丁就在她的第一部小说《傲慢与偏见》中描绘了英国不同阶级之间的冲突与矛盾。男主人的傲慢和女主人的偏见都带有明显的阶级属性。表面看来是男女主人公彼此偶然的误会,或者是听信小人的谗言,才让他们在爱情上遭遇各种挫折,而实际上是一条无可回避的鸿沟横亘在不同阶级地位的双方之间。最后的大团圆结局,结合当时的历史背景来看,反映了英国平民资产阶级地位的升迁,也是法国大革命中自由、平等呼声的一个理想回应。

作为一个讲授英国文学和英语听力的英语专业的老师,我自然知道英国历史上存在已久的阶级性。在《英语中级听力》课本的第 22 课,就专门探讨了英格兰的阶级特点和差异性。但在现在社会,英国是否还是如以前一样那般阶级分明呢?如是,又有何特点呢?在我搬到 Trumpington 居住后,与英国室友迈克、马克相处后,特别是与史蒂夫交往后,让我对这两个问题有了深切的体会。

Trumpington 的房子,我一直想在走前帮史蒂夫出租,但至今没有中国学者来租。一个重要原因就是,这房子所在的地方是中国人眼里的所谓富人区,附近有一个大超市 Waitrose。每个提到它的人,都说这是剑桥最贵的超市。所以虽然前来问津的人不少,但一听到富人区、最贵的超市,都打了退堂鼓,让我很是郁闷。想我当初租这房子的时候,只想着离学校近一点,根本没考虑买东西贵还是便宜的问题。这倒不是因为我有钱,而是我同意推荐此房子给我的陈老师的观点"一分钱,一分货"。所以再贵,也不至于承受不起,贵有贵的道理,吃得放心。也正因为这个决定,才认识了这个房东史蒂夫。也就是说,你把自己放在什么位置,你才能结识什么位置的人。

傲慢与偏见,其实不仅体现在英国的各个阶级之间,也不仅体现在爱情领域,在国人之间,在同事之间,同样是存在的,关键就看如何化解了。想我刚到剑桥的时候,我和陈老师之间就是典型的他傲慢我偏见的立场与态度。但也许在他眼里,他会认为是我傲慢他偏见。因为大多数前来访学的都是国内高校的教授、博士、硕导甚至博导,很多都带有课题、论文任务前来,所以骨子里透着一种自傲兼自信。我寒酸的资历自然是不值一提,但自诩为文人的那股不卑不亢、自视清高,也从来没让自己觉得低人三分。所以事后和陈老师熟识知道他为人之后,他说我,上课从他面前过都不打招呼,鼻子朝天不理人的。而在我眼里呢,他更是自以为了不得、独自出行,不屑与我们为伍。最初让他给我在学校门口拍个照,都应付了事。课间还经常冷嘲热讽我,觉得我幼稚太高调。彼此之间太多的傲慢与偏见。但其实这些都不是真实的我们,只是互相缺乏了解。我并没有高傲不理人,也并不觉得他在冷嘲热讽,我就是那样简单、直率、真诚。只是后来成为了室友,同处一个屋檐下,才知道其实大家都是性情中人。

现在进入正题,说说我感觉到的英国人的阶级性。首先体现在英语语音上。同在剑桥访学的朱老师谈过她的体会,她觉得在英国越是下层的人地方口音越重,越是上层的人语音越标准。从这话虽然可以看出她的一些偏见,但一般来说,的确受教育程度越高、家境越宽裕的阶级英语更纯正。可也不是绝对。

有些学历高的上层阶级也还带有比较明显的地方口音,特别是来自苏格兰地区的。剑桥大学一个来自 Lancaster 的高级管理人员就带有很严重的英国北方语音,每次他说话,我都要仔细听,很费劲。

有些学历不高且家庭经济状况普通家庭里的孩子,由于父母的严格管教和身边环境的影响,也有语音优美的。比如史蒂夫。他的英语语音非常标准,我可以毫不费力地听懂他说的每个我知道的字。当然这与他的耐心也有关系。由于我的词汇量没有他的多,每当我没听明白皱下眉头时,他就知道我又听到生词了,就用最简单的词来解释,以至于我都说他可以来中国做外教了。语音标准流畅让我们沟通没有障碍,哪怕隔着玻璃,我都能明白他在外面说的唇语。

史蒂夫几次被派往荷兰培训,是医疗领域拥有两项技能的工程师,应该是属于英国中产阶级。但他说他儿子就读的小学是名校,放学来接孩子的家长开的车都是劳斯莱斯或是路虎级别的,而他的宝马只属于小儿科。他去工作的伦敦的医院,前来就诊的病人开的也都是顶级豪车,因为那是私立医院。从他的谈话中,我感觉到他内心里还是有他的阶级自卑感的。但在他的房客面前,他又有他的一种阶级优越性。别看平时他会和房客有说有笑的,觉得他们彼此好像没有什么阶级差别。直到那次去朴次茅斯解决房客纠纷,从他不屑的语气和对历任房客的介绍里,我才体会到他们属于两个不同的阶级,而且那种阶级之间的差异性和排斥性存在于骨子里。只是表现程度不一样,如果碰上蛮不讲理的房客,这种阶级性就很明显;而如果是接触到了以平等待人又通情达理的房客,不论属于哪个国籍或种族,还是很容易打破那种不合理的成见而交起朋友来的。

对于我们这样的访学的租客,他自有他有别于英国租客的态度。但骨子里是否把中国人当做二等公民,我还拿不准。直到有一次在家里举行中国学者聚会,我才知道他深深的中国情结。在聚会之前,我告诉他这些学者在国内都是博士、教授(除了我),比如讲道德经的颜老师是要请才能请到的,而在剑桥我们一叫他就来了。(我说这番话,也许在骨子里,我也是有阶级性的。哈哈)那天他认真接待,早上很早起来就搞楼下卫生间的卫生,虽然此前他有过抱怨说这是我们这些房客该搞的卫生,而不是他这个房东的职责,但马上有客人来,既然叫不动我们这些懒散的房客,他就自己打扫了。然后就忙着刮胡子、找衣服换,还不停练他那二脚猫似的汉语。客人来了,我在里面接待,他在门口几步远迎接,边握手边说中文"你好"。还殷勤地拿出他儿子小时候玩的玩具给几位老师的小孩玩。可见,他是尊重这个民族和阶级的。

在《英语中级听力》中有写道:不知道你属于哪个阶级,会让英国人产生接待困惑,从而带来交往障碍。事实也的确如此。比如在他眼里,中国来访学的学者都是能力很强的博士教授。但我表现出来的不是这样。不会开车、不会认路、什么都要问要教,仿佛温顺的日本女人。他很疑惑,特别是开始我没有和他实行AA制,由他买单,这与他的文化和习惯相悖,他更疑惑我的阶级属性。他说他去他妹妹店里理发都是要自己付款的。直到后来我意识到这点自觉AA制以后,他才平复那种困惑。特别是有一次过海关时,我被拦住问了几个问题,在我还未来得及回答时,他上来说:"她在中国是老师,是教授。"我立即补充说"是副教授"。大家都笑了,我也就被立即放行了。他给他的同事也是这么介绍我的。看样子,在国外,教师和教授是个让人尊重、信任的职业。他言辞里的为我职业的骄傲也可以听出来。

关于AA制的争议,我们是存在分歧的,但我是接受这种做法的,觉得这样简单、不欠人情。就在前天我告诉他我在重读小说《傲慢与偏见》,又谈到这个话题。他说:"小说里描绘的是两个世纪前的故事与习俗。可是现在是男女平等的社会。如果一味让男人买单,对女人是一种侮辱。男人尊重女人,才不会用钱来买她。女人为男人买单,同样也是种侮辱。男人得

第三篇 飘逸行云

靠自己,我们从小接受的教育就是这样。"我说不服他,但我明白,他要找的是他那个阶级的,如果你无力跟上他的步伐和他的消费水准,他是不会尊重你的。他又继续说:"婚前是各付各的,婚后就是同一账户,共同支付。如果女人因为家庭、孩子没有了工作,男人养家也是应该的。这在他们决定结婚并且女人辞去工作时,就是接受了的现实。否则如果不接受,也不会结婚了。"这个话题实在太复杂,我无法深究。但我知道,把自己提升到能开宝马的资历,而不是简单成为开宝马车的男人的附庸,才是根本之道。在女人有价值时,他才不会轻视你。因为大家找的都是与自己相当的人。也就是说,在女人想周游世界时,如果男人还在为温饱打拼,那他们就是不合适的。无关阶级性,关乎平等也。

另一个偏见表现在身高。我在意大利布雷西亚时,见到朋友老公的父母,他母亲对我的身高特别诧异,表现出惊奇地说:"原来中国女人有这么高的啊。"我后来告诉史蒂夫,他说:"是啊,我也一直以为中国女人都是个子很矮的啊。在我的择偶标准里,女人低于170厘米的,我是不会找的。而你就是170,你在中国肯定是巨人。哈哈。"当然这是他的傲慢与偏见,关于身高,老外因人而异。

关于中国,老外也是有着他们的傲慢与偏见的。比如史蒂夫就对中国的食品安全、人权等很是担心,他不信任中国政府。所以在说到马航问题时,他说如果我在那架失踪的飞机上,他一定不会找中国政府,甚至都不会找英国政府,他直接去找他在海军情报部门的朋友,自己解决。这番话,体现了他的天真与单纯,但也可看出西方人的个人主义精神。关于"中国制造",他也是颇多言论的。他说:"中国在几千年前有悠久的文明和创造,可现在只有制造,但这些制造很多都是价廉物不美的。"说完他吐了吐舌头,因为他知道我又要不高兴了。这样的争论我在新西兰时就和当时的房东有过争执。对史蒂夫,我也正告过他:"你说我什么,我无所谓,只要你说得对,我就接受。但涉及到中国,请你慎重,因为我一定不高兴。就好比我如果说你母亲不好,你一定不高兴一样。"所以他知道我的立场和态度,接着他说:"也许我有偏见,但这正说明我需要到中国去看看,体会真正的中国是什么样的。而不是电视里播放的。前几次去中国都是为了工作,行色匆匆,只路过北京,还有广东,没有看到真正的中国。"听他这么说,我心里又打起了鼓,因为他说的中国制造的假货问题和食品安全问题,是实实在在存在的问题啊。

他还举了个例子,比如他们公司的设备坏了,在中国修不好,运来英国,一下就修好了。他笑着问我,知道是为什么吗?知道是哪里坏了吗?我看他一脸不怀好意的样子,摇摇头。他说:"其实哪里都没坏,只是因为中国没有知识产权保护,为了防止中国盗版,才设置了必要的程序。我们只是换个程序就可以了。我们情愿承担路费,到英国来改换程序,也不愿意告诉中国人如何换程序,因为那样的话,你们就不需要我们这个品牌了,你们的模仿能力太强了。"我无语、无奈,又只能接受。他解释说:"没有办法啊,这也是我们保护自己啊。"我问他到底哪里换了什么程序。他说:"哈哈,再说下去,你就要成为商业间谍啦。所以不用问了,我不会说,都是电脑程序,说了你也不会懂的。"我同意,我是不懂那些,可是这也是他们的傲慢与偏见吗?还是中国商业社会的事实呢?难道我们在国际社会已经失去公信力了吗?

就这样,在慢慢的交往中,我慢慢体会着英国社会的阶级性,没有维多利亚时期那么鲜明,但深深在骨子里。我回国临走时,他说了这样的话,我明白他终于找到我的阶级属性了。他说:"现在我知道,我们是平等的了。"很好,我终于用我一如既往地贯彻执行 AA 制的做法,和我大度包容的性格,让他明白了,我们是平等的,他不是《简爱》中的罗切斯特,而我也不是罗切斯特的家庭教师简爱,我们在上帝面前是平等的个体。所以他才会有什么事都征求下我的意见、汇报下进度。正如此刻,我在折腾着我的房子，而他也正在折腾他的房子、船。他在把他南部海边的一套房子装修，那房子在市内主干道上，公交站台后面，地理位置很好，但年代久远、装修过时，他准备让它焕然一新，从而升值，再把它卖掉。他又给他的船上装了4Gwifi，把他硕大的电视机搬上了船，又把船开到了河的下游，好让管理船位的人割去附近一棵摇摇欲坠的大树。

关于傲慢与偏见，细节还有很多。总结陈词：傲慢即偏见！需要时间和彼此的真诚来化解！

求知之所　智识之源

——濡染剑桥人文

2014 年 5 月 13 日

半年的访学已经结束，静静地坐着思考如何写我的留学总结时，却总是迟迟不能不敢动笔，唯恐一个懈怠就会惊扰了这段岁月，一段值得非常慎重对待和认真整理的岁月，一段我生命中的里程碑。翻看着平时随手写的这 200 多篇日记，往事历历在目，感叹时间的飞逝，更感叹生命可以如此精彩。这是一段永远珍藏心底的幸福时光，它让我与文学、与文字如此近的亲密接触，与人生、与快乐、也有落寞如此真实的品味。住在出租小屋里，每日骑着自行车，剑桥的一草一木一云一朵，如此平和地抚慰我的心灵，让我深深知道了自己内心的愉悦所在。感谢剑桥，她让我真正成长、蜕变、进而走向真正不惑的成熟。我的收获之大可以从以下三个方面来概括，这三个方面也是我所承担扮演的三种社会角色：

一、教师之职

作为一个老师，我始终未曾忘记自己身上的职责和身怀的使命。20 年的教学生涯曾经让我感叹自己如被抽干了水的枯井，日复一日的重复教学让我渴望重新注入工作的激情。剑桥

第三篇 飘逸行云

给我了这个机会,于是我像海绵一样,让自己珍惜投入在这里的每一天。课堂上跟老师学,课外跟其他访学老师学,跟当地人交谈接触了解他们的文化、提高自己的语言,从书本里学,也从大自然山水之间寻找自己诗歌文学创作的灵感。

暂时放下 20 年的教师身份,我无比享受再做学生的感觉。剑桥大学一年分为三个学期,因为每年复活节日子不固定,每年的开学日和放假日也不尽相同。一般在每年 9 月底或 10 月初开学,以圣诞节和复活节(每年春分月圆之后第一个星期日)为界,6 月中旬放暑假。剑桥大学的三个学期分别被称为米迦勒(Michaelmas)、四旬节(Lent term)和复活节(Easter term)学期。前两学期每学期 8 周,最后一学期 6 周左右。剑桥的学期名字具有浓厚的宗教色彩。比如:

"米迦勒学期"从 9 月或 10 月一直到圣诞节,该名称来自西方教会 9 月 29 日的"米迦勒节"(Michaelmas),是基督教节日,用以纪念天使长圣米迦勒(St. Michael)。而相比,美国的学期名称简单明了,直接就叫秋(Fall quarter)、冬(Winter quarter)、春学期(Spring quarter)。

从课表看,英语系本科生课程分三种,一是对访问学者开放的讲座课(lecture),另外两种是 class 和讨论课(seminar)。根据我的访学时间,我听了 Michaelmas Term 和 Lent Term 两个学期的课程。在这段相对比较集中的授课时间里,学校课程安排比较紧,有时一个钟点会有几门课同时开,所以我经常要面临取舍,选自己感兴趣的课程尽量多听。课程为选修性质,所以课堂上一、二、三年级的学生同时上一门课是很常见的现象。课程开设也很细,从古英语的《贝奥武甫》,中世纪的《乔叟》《绿衣骑士》,17 世纪、18 世纪,维多利亚,一直到 20 世纪的反文化书写,从诗歌的韵律节奏,到文学批评理论与实践,从文学与政治暴力,到女性现代主义、文学费边主义、跨文化写作、流行小说理论、希腊与莎士比亚悲剧、19 世纪第一人称叙事、现代主义与短篇小说等等,课程包罗万象,涵盖英国文学方方面面,也涉及美国文学经典诗歌等文学作品讲读。我就如进了大观园的刘姥姥一般，目不暇接，欣喜不断，也挑战不断，困惑多多。有的课程于我有醍醐灌顶之顿悟，有的课程囫囵吞枣来不及细细品味。但更多的是充分感知了两点：一是剑桥老师的授课风格和他们的科研兴趣所在，朴实平和、踏实、细小入微；二是作为有行为能力的剑桥大学生他们高度自觉地自主学习能力和习惯。

所以作为一个教授文学和听力的英语老师，我获益匪浅，因为这样全方位的学习环境，给我提供了最大的学习便利。当然我也体会到了国内大学与剑桥大学巨大的差异所在，前者还在知识的传授阶段，而后者已经是在掌握知识后的研究阶段；前者更多的是接受式的语言的输入，而后者是批判吸收的知识的输出。

二、学者之识

既然身为剑桥访问学者，自然未敢忘了这个想忘也忘不了的角色。自从1989年进入江西师范大学学习，25年象牙塔里的生活，让我无需扮演，已经深入骨髓，成为一个喜爱文字诗书、也只擅长与文字诗书打交道的文化人。剑桥半年访学，我参加的具有文人学者气息的活动有：一是与别的访学老师一起创办"剑桥青源学术沙龙"，（"青源"名字的由来：问君何得清如许，为有源头活水来。水至清则无鱼。不想清无鱼，想要"青春"无限期。）每月定期有活动，就西方人文和中国国学进行开放式探讨，体会"谈笑有鸿儒，往来无白丁"的知识碰撞的畅快，并写下心得体会以记之。二是充分利用剑桥图书馆资源，下载、复印相关研究资料和书籍。三是参加各种讲座（国学、人类学、圣经等）、读书会，交流思想，增进所学，开拓视野；并约请访谈当地畅销书作家Emily。四是捧卷夜读，吸取知识养分，体会文字之优美、知识之无涯，并引发思考，汇诸笔端，写作相关科研论文。五是记录每日所思所想，作为一个文学爱好者，不仅停留在欣赏阶段，更享受文学写作之快感，目前把写下的诗歌和散文收入自己的《西剑文集》（暂定名，现为《云之端》），以告慰自己、答谢这段岁月。

三、游者之视

剑桥之行让我真正学会了独立生存，独自面对生活中的点点滴滴，从联系访学学校开始，到办理英国签证，到独自来到剑桥，独自租房、去修车、自助付款、查找路线、定出行安排、网上汇款买票、打印复印等等，一次次挖掘挑战了自己的潜力，一次次体会到自立自信的成就感。

人不仅是独立的个体，更应该是有着丰富精神生活的个体。更何况以英国文学和英语为主业的我，闭门锁室只能让思维之泉枯竭，行游四处、广结善友才能最大可能地提升和完善自己的英语表达能力和知识认知结构。所以在这半年，我让自己和大自然、音乐、当地人尽可能多地接触，把曾经抽象遥远的书本知识，具体清晰化地与现实生活相结合，感受人文感受文明。

以下就是我耳濡目染、积极参与体会过的英伦文化：英国老师 Alice 家的英式下午茶；剑桥老师组织的圣诞拍卖；教会牵线的到英国人家享受的圣诞家宴；剑桥老师的罢工；剑桥读书会；万圣节晚上在剑桥最古老的学院 Peterhouse 的 Formal，是大学里的一种社交晚宴；康河上的划平底船 punting；Mill Road 上的 Winter Fair 冬日集市；一年一度的伦敦市长巡游；英国乡村 Thriplow 每年四月第一个周末的水仙花节。当然还有很多，比如：圣诞果园的滚筒比赛；每年元旦之夜伦敦的焰火燃放；英国诸多博物馆、城堡和庄园所展现的历史与自然风光；酒吧文化等等。

剑桥之行被我喻为文学朝圣之旅，所以怎么可以没有拜访文学名人故居的旅行呢？那样虔诚的心、那样匆忙的脚步，只为心中对文学无比的热爱！于是利用周末及剑桥长长的圣诞和复活节假期，我让自己的脚步在沾染有英国文学气息的各个地方停留：英国文学的发源地坎特伯雷、莎士比亚的家乡、伍尔夫聚会的果园、拥有悠久历史的巴斯、巨石阵、温莎城堡、伊顿公学、弗洛伊德的故居、丘吉尔庄园、满载异域风情的苏格兰、北爱尔兰的贝尔法斯特、让华兹华斯写下无数优美诗篇的湖区、记录英国历史的伦敦的大街小巷停留等等；除了参观大本钟、伦敦塔、伦敦眼等著名景点外，重点参观与自己专业相关的名人故居、墓地、纪念碑等，借此重温英国文学及历史文化中的重要人物与事件，为自己以后的教学注入了新的养料。因此华兹华斯的湖区，彭斯的苏格兰高地，爱丁堡的司各特纪念碑，巴斯的奥斯汀中心，哈沃斯的勃朗特三姐妹故居，伦敦的弗洛伊德博物馆、狄更斯故居、伦敦和罗马的济慈故居等，连同他们的作品，都在脑子里鲜活起来。

　　总之，在英国半年，最充实的是精神，最纯净的是呼吸，最安全的是食物，最可怜的是中国胃，最幸福的是眼睛，最辛苦的是耳朵，最干净的是肺。剑桥半年访学，太多的感悟和领会，太多的际遇与邂逅，太多的心灵与精神的涤荡，文字已显苍白，无法一一捕捉记录。谢谢中国江西省教育厅，谢谢江西师范大学外语学院，谢谢剑桥给我的这个机会，我想我唯一的回报就是再上讲台，更多自信、更多优雅、更多底蕴、更多涵养。剑桥给我的所有精神给养和知识储备，我都将毫无保留回馈我的母校和学生。

第三篇　飘逸行云

家门口看环法自行车赛

2014 年 7 月 7 日

在剑桥家门口就能欣赏到著名的环法自行车赛让我很兴奋。有同事去市中心看,结果回来说人太多,差点挤窒息。我就在史蒂夫家门口看,宽松悠闲得很。话说他这房子位置很好,前庭对着广阔的运动场和绿地,后院是幽静的小区,走出去就是通往市中心的大街,果园就在不远处。

我 12 点 30 分在剑桥看自行车赛选手经过,他今天在伦敦上班,被我的短信渲染的气氛感染,也跑出工作场地,来到大笨钟下观看。从下午 3 点到 4 点,他在伦敦看,我在家里看电视直播。他短信告诉我现场的情况:直升飞机头顶盘旋啊,现场音乐此起彼伏啊,伦敦下雨啦,警车巡逻啊,雨又停啦,大笨钟敲响啦。我短信告诉他电视直播的情况:经过奥运村啦,下到隧道啦,快到西敏寺啦,离终点还有多少公里啦。

我说:"电视镜头对准大笨钟啦,自行车队伍快过来了,做好准备啊,我尽量在人群中找你啊。"他说:"那我要跳高点你才看得到啊。"然后他说:"你就找人群中头顶着一个绿塑料袋的人,因为下雨了,我就把超市的绿塑料袋套头上了。"我说:"哈哈,你要笑死我啊,头顶个绿袋子,你知道在中国男人戴绿帽子是什么意思吗?"然后一番讲解,他也笑死了。他听了我的电视播报,告诉他身边那些拿着相机手机准备拍照的人放松,不要急,自行车队伍才到奥运村。然后大家就问他怎么知道,他说:"我有BBC记者的内部情报。"哈哈。

车队风驰电掣从他身边骑过,他不知道比赛结果,我告诉他最后的获胜者。就这样,用这种方式,我们看完了今天整个在英国的赛事。我在起点剑桥看,他在终点伦敦看。就像我在南昌,他在英格兰,我们通过手机短信就可以同时点评世界杯赛事一样。

碰到一个有趣的人,会让你的人生也有趣。他有自己的世界,他为你打开一扇窗去参观他的世界。有时他的世界让你感到新奇,又或许他的世界让你感到惊讶,甚至不认同。但经历一段时间的磨合以后,你开始理解并欣赏他的世界,从此你与他彼此都拥有了两个世界。但,首先,你要有一个自己的世界。

游览汉普斯特

2014 年 7 月 13 日

汉普斯特位于伦敦市西北部,其最有特色的汉普斯特荒野 Hampstead Heath 是一个比海德公园还要大三倍的伦敦最大的公园,内有大小湖泊 16 个。之所以称"荒野",许是因为它所在的汉普斯特区曾经只是个远离伦敦的小村庄,当然现在已是相对人口稠密、经济发达的地区。

汉普斯特荒野风景一如往昔的美好,是英国人锻炼身体和家庭休闲的极好去处,电影《诺丁山》就在此取景。英国风景画代表画家康斯太勃尔也曾把他的画笔对准这片简约和谐的土地。蓝天白云下葱翠连绵的草坪,湖边随微风吹拂的垂柳,湖上体态优雅的天鹅和岸边从容咀嚼着小草的黄牛,这样的田园风光直接让我呆傻在那,实在不忍离去。索性就势躺在那软软咋咋的草上,用顶太阳帽遮了从树枝缝里洒落的阳光,闭着眼仿佛世界只我一人的存在。谁料耳鼻却出奇地灵敏起来,清澄的水声、鸟虫的鸣叫、树叶的婆娑,还有阵阵扑鼻的草香。

但终归还是要和这一片绿地告别,拍拍身上沾着的几片枝叶,我循着那锦带似的林木,沿着一流清浅,来到了这荒野的中心。一栋 18 世纪的古老建筑 Kenwood House 出现眼前,里面正展出曾经居住在这里的主人的各种书画和珍宝藏品。我喜欢这房子的内部装修,特别是那个别具特色的图书馆。浅粉和淡蓝色装饰的穹顶,满屋的藏书从地上层层而置,古式的梯子放在跟前便于书的查找。书桌上有各式用于介绍的小册子,信手拿一本,坐在长椅上翻阅。

走出此宅,寻找 Parliament Hill,一座高 98 米可以俯瞰整个伦敦远景的议会山。英国是岛国,大部分地方地势平坦,剑桥更是一马平川,偶见小小起伏的丘陵。能有一处高地放眼远眺,自然是看景的好平台。Heath 太大,虽然路人指路有误导,但沿途美景尽收眼底,也不算走了冤枉路。到达议会山顶,远处的圣保罗大教堂等高大建筑如海市蜃楼般若隐若现。换个角度,又见绿树掩映下紫红屋顶的富人区住宅群。骑车上山的,跑步上山的,徒步上山的,遛狗的,看景的,微风拂面,视野开阔。见很多年龄虽大,却化着精致装容、穿着运动短裤的女士,牵着狗,优雅地在草地上信步走着,也许她是附近富人区的住户,很会享受大自然的馈赠。

从议会山下来,我在 Kenwood House 附近的餐馆用完午餐后,又信步来到荒野边上汉普斯特区另一有名的去处——济慈故居。故居夏季(3 月 1 日到 10 月 31 日)开放时间是每周二到周日的下午一点到五点,冬季(11 月 1 日到 2 月 28 日)开放时间是每周五和双休日的下午一点到五点。所以我上午安排去附近的荒野是正确的选择。济慈故居门票成人是每人 5 镑,60 岁以上的老人、学生和无业者是 3 镑,17 岁以下的孩子免票,门票一年有效,一年内可以不限次数前来参观。故居里经常会举办各种读书活动。我 4 月份第一次来时出示剑桥学生证,用 3 镑购得门票,今天是第二次来。

英国浪漫主义诗人济慈 1818 年到 1820 年居住在这里,他在这里恋爱,也是在这里写下许多著名的诗歌,其中一首就是《夜莺颂》。我仔细在故居的花园里寻找一棵年代看似最久远的梅树或桑树,心想兴许诗人就是在这树下写出的名作呢。故居里展出有济慈的一些遗物,一缕头发、一枚镶着红宝石的订婚戒指、他看过的书、画像等等。在书房墙上的一副油画里,济

第三篇 飘逸行云

慈坐在一把椅子上,左手胳膊肘支在边上紧靠着的另一把椅子靠背上,左手扶着头,右手翻着摊在架着的二郎腿上的一本书。而这一坐一靠的两把椅子今天就这么放在书房里,仍然保持着当年济慈看书的习惯。

次日早上9点半在金碧辉煌、古朴典雅的伦敦圣保罗大教堂,围坐中厅倾听管风琴独奏;又来到位于汉普斯特的弗洛伊德故居博物馆,曲径通幽温馨别致,感受一代大师最后岁月的积淀与人生轨迹,一几一榻一摆件皆可体会他让我们离自我和人性本真更近所作的努力。

离开弗洛伊德故居博物馆,我来到伦敦著名的海格特公墓。没有手机导航,也不需要地图,英国人民友好热情,我不停问路,总能顺利到达目的地。来海格特公墓的主要原因,是为了长眠于此的无产阶级的领袖人物马克思和英国著名作家乔治·艾略特。4英镑门票,跟随墓地里的一个导游,一个半小时他介绍了很多英国名人的墓地和他们的生平。与其他人的墓地相比,马克思在这绝对是大腕级人物,他的碑牌和头像都是巨大,彰显了他不可动摇的地位。没有阴森的气氛,阵阵花香扑鼻、绿树摇曳,各种墓碑、十字架的设计让我大开眼界,原来人生旅途最后的归宿也可以如此有个性和创意。很欣赏一个人的墓志铭:"Better a spectacular failure, than a benign success."我把它理解为:"宁为玉碎,不为瓦全。"情愿错得精彩,也不愿对得平庸。

就这么逛了一天,在附近上班的史蒂夫下午五点在海格特墓地接到了我。中午约好下午"墓地见",这个约见场地还是很与众不同吧。回家途中,说到墓地和葬礼,他说英国有土葬和火葬,随各人自愿。他曾经和他儿子的妈说过这个话题。她想死后土葬,史蒂夫说:"你也太自私了。你这么胖,那死后还要占用那么大块地啊。我就是火葬,然后把我的骨灰撒入大海,我喜欢大海。英国这么小的岛国,我死后不占地方,留出地方做更有意义的事。"

晚上在 Tonbridge 的船上住,我选了自己最喜欢的一家中餐馆,享用了一顿极为丰盛的中国自助餐。各种美食,吃到我肚子再也撑不下为止。我没想到他第一盘给自己端上来的居然是蛋炒饭。我选的可是海鲜、烤鸭噢。史蒂夫说他上次来还是我四月份回国前和我一起吃的。边吃他边给我上餐桌礼仪课,因为他看我吃虾,入嘴后再吐出虾皮,这引发了他的介绍。他说在英国如何培养出一个绅士淑女是每个家庭和社会的一门重要学问,他可是接受了他妈妈 15 年的唠叨和培训。我被他说得不敢在餐桌上大大咧咧了。他看了哈哈大笑,说:"大可不必受我的话影响,我说的是英国社会的普遍接人待物的礼节。你的行为举止如果是中国社会能接受的,我就能接受。入嘴的食物不再从嘴里出来啊,吃饭嘴里不能发出声音啊,胳膊肘不能趴在餐桌上啊,垃圾不能吐在桌上啊,不能在公共场合和马路上吐痰啊,不能在室内吸烟啊,等等,注意这些细节,可以让我们更有修养和魅力。"

这顿饭每人 15 镑,史蒂夫说这个周末都是 waitrose 买单,直到把那 70 镑用完。他指的是剑桥家附近的 waitrose 超市退回给他的购买两盆植物的退款。(四个月前买的两盆植物,不到一个月就蔫黄了,但一直没空去退换。没想到这四个月后,在已经找不到发票收据的情况下,超市不仅给换了新的两盆,还给了 70 英镑的退货精神赔偿金。)这顿免费的丰盛晚餐就算是对这两天汉普斯特行的完美收官吧。

议会大厦威斯敏斯特行

2014 年 7 月 18 日

英国是君主立宪制国家,英国的议会体制,即上议院和下议院以及女王,已经有 700 多年的历史了。位于威斯敏斯特桥、大笨钟、伦敦眼附近的威斯敏斯特宫就是英国议会所在。为了更好地为下个学期的英美概况课做准备,我决定去议会大厦亲自感受这个历史悠久的老牌资本主义国家的民主模式。

在威斯敏斯特宫门口经过简单的问询和随后较为严格的安检程序后,每个参观者挂着"已过安检"的胸牌进入大厅。该大厅 Westminster Hall 是征服者威廉的儿子 William Rufus 在位时动工,于 1099 年完工。1834 年的一场大火毁坏了威斯敏斯特宫的大部分建筑,但此大厅却在经历了大火、洪水、轰炸后仍然保存完好。迄今它已是皇家加冕宴会、君主皇室死后葬礼前放置(如戴安娜)、授予首相荣誉称号(如邱吉尔)、重大的历史上的审判(Guy Fawkes 纵火案和查理一世)等的重要场地。我去的当天在这没有任何大事活动进行,坐在空旷的大厅里,想象着女王伊丽莎白二世、南非总统曼德拉、美国总统奥巴马在这大厅里举行各种庆典仪式的情景。这时一名工作人员走过来,非常有礼貌地问我是准备去哪儿。我回答说去下议院。他指明方向后,强调说:"不急,当你休息好,可以朝那走。(when you are ready, you can go to that direction.)"我在英国很多地方,不仅是此处议会大厦，不管是问路还是麻烦路人拍照，都体会到了英国绅士淑女真正的绅和淑所在。

进入圣史蒂芬大厅（St Stephen's Hall），该大厅原址是圣史蒂芬教堂，是过去君主皇室礼拜祷告的地方。1550年教堂改为下议院的辩论室。"辩论"是议会很重要的一个部分。议会（Parliament）这个单词就来自法语单词"parler"（"to talk"说话的意思）。今天议院面对面的对抗式设计也来自教堂曾经的布局。就是在这个大厅查理一世试图逮捕五名议员，从而引发1640年议会与王室的内战。

再进入中央大厅（central lobby），这里是威斯敏斯特宫的中心，也是选民有权力游说议员的地方。如果选民有要求见议员，守门的卫士就会去把议员找来，然后议员与选民就在这大厅里会见讨论。当然选民也可以提前与议员办公室联系。这个大厅里还设有邮政窗口，我在这儿给弟弟寄了首日封（3.4镑）。然后从这里的几个典雅奢华又历史厚重的大门，先后去了下议院、上议院、会议厅。也许是因为我长着一张诚实的中国脸，我只身前往会议室等大厦各处都无人质疑我的身份，还问我是要见哪位议员，仿佛我是来上访的选民。

下议院是英国议会实权所在，亲眼亲耳聆听下议院的议政模式，自然是此行的重要任务。英国这个国家人与人之间的信任在很多细节上可以感受到，比如进入上下议院前的安检，（与此前入威斯敏斯特宫的机器安检不一样）只是让我们在一张写好注意事项上的纸上签名即可，然后存包。我不能辜负这份信任，自觉没有在里面拍照。居高临下倾听下议院议员陈述，先进的设备保障了在每个角落，你都能清晰听到他们的对话，如果听不明白，也有多部多角度的电视提供台词字幕。

议长坐在议会桌末端的议长席上，政府官员坐在议长的右侧，反对党成员坐在议长的左侧。议长的职责是保持辩论的秩序，并请议员发言。发言的议员必须向议长致敬，以议员的选区称呼其他议员或以大臣的职务称呼大臣。我听见议员之间

第三篇　飘逸行云

相互称呼"尊敬的某某选区议员先生",称呼同一党派的议员,一般他们说"我尊敬的朋友"。下议院的一个重要任务就是使政府的政策和措施受到民众的详细检查。隔着透明的玻璃,我和其他参观者一起目睹了议院的内部布置和议事的程序。除了游客,还有很多小学生、中学生模样的孩子在老师的带领下在现场进行讲解教学。议院有很好的隔音和传音效果。上议院的内部装修让人眼前一亮,彰显皇室的典雅气派。衣帽间、整个威斯敏斯特宫工作人员的训练有素、彬彬有礼也让人印象深刻。虽然无法在这样的走马观花中更多地体会英国议会立法的"三读"程序,但在下议院的绿色皮椅和上议院的红色皮椅的观众席上坐过后,还是感慨小小岛国何以被称为"大"不列颠(Great Britain)的。

英联邦运动会

2014 年 7 月 24 日

在电视上看过亚运会开幕式、奥运会开幕式,昨晚第一次看英联邦运动会开幕式。发现两点不同:运动员入场,各参赛国的名字,在我们那是写在礼仪小姐或者运动员撑的旗帜上的,在这儿是写在萌萌的小狗身上的,这是苏格兰当地的小狗,本届运动会在苏格兰格拉斯哥举行。开幕式中间还设有为联合国教科文组织下的贫困地区的儿童募捐的环节,当场世界各地有意募捐者都可发送手机短信捐款 5 英镑,一场体育赛事也可以是务实的爱心盛宴。

71 个国家和地区参加为期 11 天的运动会。我很惊奇地发现英格兰、苏格兰、威尔士都分别组队参赛,一个国家三面旗帜、三个方阵、三方对垒。史蒂夫说这再次说明英国是民主国家。9 月份苏格兰就要全民公投,将决定苏格兰是否独立。我又很惊奇地看到印度和新加坡也出现在 71 个国家和地区中,他们曾经是英联邦国家,现在不是已经独立了吗?这么说香港也要参加?他说:"Come on. 这是朋友间的赛事,看到那出场的小狗了吗?就是让你不要那么严肃。中国政府不让香港参加,否则我们也欢迎。"我说:"中国政府的决定是对的,我们是主权国家,香港已经独立,不再是英国的附庸。你们也不再是'日不落'帝国。"他说:"哇,你说话就像是那个天安门广场国庆阅兵穿着制服和皮靴的女兵,爱国分子啊。看开幕式,不要这么严肃啊。我们尊重中国人民的选择啊。香港回归,英国人民没有意见。在英国你可以参观白金汉宫,可以现场观看议会辩论,英联邦,不再是军事的,你也看到我们帮助很多非洲小国,让他们有归属感。"

  我保持沉默,继续看表演。开幕式看到很多苏格兰特色元素,比如格子裙、风笛、尼斯湖水怪、茶饼、草地滚球、无篮板篮球等。文化无国界,体育乃最具活力的文化之一。

英国的福利制度

2014 年 7 月 28 日

史蒂夫的外祖母今年 93 岁了。一个月前她在老年公寓摔断了盆骨住进了医院。她是位骄傲又独立的女性，哪怕年事已高又是独立居住，她也不喜欢拄拐杖，这就是她经常摔倒的原因，但这次是她摔得最重的一次。明天她出院重回老年公寓，由英国政府派护士提供免费全陪护理。关于外祖母的故事，史蒂夫说了很多……

20 多年前外祖父母一家曾住在政府提供的房子里。后来英国首相撒切尔上台，撒切尔推行私有制，提倡住房自有并且政府提供帮助。于是外祖父母决定三方合资购买下他们居住的两层楼三间卧室的房子。一方是政府援助金，一方由外祖父母自己出资，第三方由外祖父母的孩子们想办法集资。外祖父母有三个孩子（两女一儿），即史蒂夫的妈妈和他妈妈的弟弟妹妹。史蒂夫的妈妈拿出了现金 2 万英镑，他妈妈的妹妹向银行贷款了 2 万英镑，他妈妈的弟弟当时因为刚离婚经济困难就没有出资。这样钱筹好后，外祖父母买下了这栋楼房。在里面住了 20 来年，外祖父先去世了，于是外祖母独自居住。直到 3 年前，外祖母 90 岁，她的 3 个孩子实在不放心她一个人居住，她就把房子卖了住进了老年公寓。当初各出资 2 万英镑的史蒂夫的妈妈和妈妈的妹妹各得到 7 万英镑，因为这几年房价涨了不少。没有出资的史蒂夫妈妈的弟弟就没有分得房款。去年圣诞外祖母给她的每个孙辈和每个重孙辈给了压岁钱,这样作为长孙的史蒂夫和其他兄弟姐妹一样得了4千英镑,史蒂夫的儿子得了1千英镑。(因为钱如果存银行,不但没有利息,还要交一定费用;如果作为遗产,是要交遗产税的。所以外祖母选择把钱分掉。)其他的钱就作为外祖母住老年公寓的花费了,每年大概2万4千英镑。

我问为什么外祖母不去三个孩子家住?他说各家有各家的情况和难处,何况三个孩子现在也是70多岁了,没有精力和专业的护理常识来照顾外祖母,更何况外祖母一贯独立不想给孩子添麻烦。但根据英国法律,如果老人的孩子愿意照顾老人并且居住在一起的话,政府每月会发放给该照顾人经济补贴(carer allowance)。

我又问如果外祖母没有卖房收入,能住进老年公寓吗?他说如果外祖母没有经济能力支付,政府会提供援助,但也许等待床位要很久。这也是让史蒂夫忿忿不平的地方,他说英国政府是保姆政府,只帮助弱势的群体。每个月他交很多税收,等他老了,他却要靠自己支付养老费用,因为他有住房和养老金。所以在英国有很多老人在能行动时到处旅游把储蓄房产花光,然后向政府提出援助,政府自然不会坐视不管。史蒂夫是保守党人,他喜欢撒切尔政府,喜欢私有制,觉得人应该靠自己。一方面他喜欢自己有钱老了可以自己决定自己的命运,另一方面他又为他这么多年交的税享受不到老年福利鸣不平。

英国的孩子可以享受到免费的教育和医疗。半个月前史蒂夫的儿子在公园摔断胳膊,史蒂夫打电话叫来救护车。从入院到住院、手术,全程没有任何费用。当时在公园还有一个女孩也摔伤了,由于女孩的父母向医院要救护车时描绘得比较严重,医院直接就派了直升飞机来送他们去医院,结果女孩并不严重,简单包扎后当晚就回家了。倒是用救护车送来的史蒂夫的儿子比较严重需要开刀上石膏。

以上记录,也许你可以感受到英国的福利制度,或者也许你更会体会到,无论西方东方,有些人情世故是那么相似。

牛津行

2014 年 7 月 30 日

说到世界知名大学,人们马上就会想到英国的剑桥和牛津,美国的哈佛和麻省理工。所以来了剑桥,岂有不去牛津的道理。最早剑桥就是源于牛津的历史,更让我对它仰慕已久。"牛桥"大学太多的渊源,到底两个大学、两个城市有哪些异同,就成了此行待回答的一个问题。室友迈克说:剑桥就是另一个牛津。史蒂夫在牛津工作过,他说在城市布局和美感上他觉得牛津比不上剑桥。水的深浅,小马过河,只有自己去过才有发言权。

上午 10 点半从剑桥开车出发,12 点 20 分到达牛津郡(Oxfordshire)。连绵草场印入眼帘,由于快到秋季收割季,沉沉麦穗静穆待割,也有勤快的农场主已经在草地里垒起了草垛。地势高低起伏,与剑桥一马平川的景色,形成稍许不同。在 park and ride 停车,改坐当地公交(往返车票 4.5 英镑)前往牛津市中心。不直接驱车前往市内,是出于两点考虑。在剑桥市内停车就很难找停车点,且按小时收费,停车费很贵。(在伦敦停车就更贵,曾经 3 个小时停车费 30 镑)所以想必牛津也差不多,与其到时在市内到处找停车点,不如改坐公交。而且双层巴士视野开阔,坐在巴士顶端可以悠哉悠哉欣赏沿途风光。当经过宁静安谧的小镇、古老典雅的大学城墙、绿树掩映的过街天桥,

第三篇　飘逸行云

看到咖啡馆外闲聊喝茶的人、公园绿地上遛狗跑步的青年、马路两边衣着清凉的扎着金色马尾辫的女大学生，这个城市的美历史又现代地立体呈现。

　　15分钟后到达牛津市内，在Queen's Street与High Street的交叉路口下车。马路对面很是热闹，是一个叫market的地方，入内见各式餐饮店，泰国的、中式的、印度的，但更多的是当地的餐饮、食品、服装和菜市场。在这儿吃罢传统英式午饭，出市场右走来到又一繁华所在。我们手拿地图，寻找Carfax Tower。作为工作狂的他虽然去过牛津多次，但从来都是直奔工作地，然后下班又直接回了家，从未在牛津逛过，所以问他哪里也不知道，他和我一样都是"第一次"游牛津。牛津到处都是游人，其中不少中国人，看不到警察或者什么工作人员，所以问路真不知道该问谁。见身边两个中国女孩走过，他让我问她们，我很疑惑怎么是让我问中国女孩，他说：中国游客知道所有的名胜古迹，也许她们刚去过Carfax塔。呵呵，他的逻辑，我无语，但又貌似不是毫无道理。

　　这时他见旁边一处高的钟楼，冷清无人问津，与周围的人声鼎沸形成鲜明对比，他提议不妨进去问问。谁知一问，这正是我们在找的目的地。1032年在现在Carfax塔所在地曾经是圣马丁教堂原址，1896年圣马丁教堂被拆毁，但作为教堂一个部分的此塔楼却保存至今，也是圣马丁教堂唯一保存下来的建筑。Carfax这个词来自法语单词"quatre vois"（四条路），因为此地代表的是牛津最古老的中心，是东南西北四条路的交叉点。购得门票2.5英镑，沿着窄窄的99级楼梯通到塔顶，牛津市全景尽收眼底。四面景致各不相同，平静的远山遥遥在那天地交接处，普通的民居错落有致，但更吸引我的自然是那高耸的历史厚重的教堂、大学、博物馆建筑。满载游客的色彩鲜艳的红色、绿色双层观光巴士穿行在古朴并不宽阔的街道上。自然与人文交杂着的异域之风在塔顶扑面而来。

　　下塔沿主干道左走，沿街热闹，店铺林立，很多店名和品牌

279

都和剑桥一致，Next, Asutin Reed, Gap, Clarks, Jigsaw等等，带给我熟悉的感觉。

慕名来到Ashmolean Museum，这个号称英国最古老的博物馆，与大英博物馆齐名。设计师是Sir Christopher Wren，他也设计了圣保罗大教堂。门口是中国设计师朱铭的作品，名为"太极"，雕塑抽象派。博物馆门口看到两个中国旅行团，发现一大区别，引发我对来英旅游的一些想法。其中一个团有30多号人，全是中国来的中小学生，由一个中国老师领队。只见一个英国当地导游用很简短的语言告诫了注意事项后，就让学生们自己入内参观了，约定2个小时后门口集合。中国老师又重复了注意事项："不准触碰馆内物品，不准在里面拍照。如果打坏物品，要赔偿。"除此再无其他话语。在里面参观时，我问了其中几个孩子，他们分别来自深圳、珠海等地，15天的暑期夏令营，交费用是3万元人民币。全程他们没有任何讲解，孩子们就在博物馆里自己随意逛着，完全对所见没有任何概念。史蒂夫对此很不理解，问这些中国孩子的家长很有钱吗？我的回答：未必很有钱，但对孩子都有着很高的期待，希望他们能见多识广，希望孩子能耳濡目染，有朝一日能考入牛津这样的大学。但这些家长不知道的是，孩子们并没有享受到应有的服务，走马观花的行程并不能增长很多见识。而且整个行程他们都是和自己的同学在一起，就连提高英语这个愿望也是奢望，因为他们始终在用中文交流。

另一个旅游团都是成年人，也有带着孩子的，是中国导游。这个导游就比较专业，在博物馆门口详细介绍了此馆的历史、博物馆门顶上的牛津校徽（三个皇冠、一本书）、馆内的馆藏。然后他再让大家选取感兴趣的展厅各自观看。我们也随之入内参观。我自从看过大英博物馆、法国卢浮宫、伦敦博物馆、剑桥Fitzwilliam博物馆后，对很多展品已经激不起兴奋了。于是我选了中国展厅看中国书画展，看到张大千等名家的作品感到很亲切，好像这多少是我能看明白的画作。但中国馆藏不多，看完我就去寻找那个说去上厕所却半天不见人影的史蒂夫。我来到楼下罗马希腊展厅，果然他在那些古钱币前挪不开步子，我就知道他会被这个吸引。（曾经在罗马四天，他就有三天时间每天去同一家博物馆的同一个展厅看古钱币展，直到把所有的钱币和讲解词拍照录像为止。）

在剑桥，一条康河引发人们多少遐思，河上划船是剑桥一景。到了牛津，我们也想寻这样一条河，于是沿河岸行走，他又被一条船吸引。这船和他的船一样大，但船内各种设施齐全，船主人见他很感兴趣就热情邀请我们上船，一一展示讲解了船内的各种功能和区域。船主夫妇俩退休后就开着这船到处游玩，周末或者假期他们的女儿女婿就带着三个孩子一起到船上来度假。一条船能住下7个人，还有那么大的厨房和储物空间，如此多的变化和利用，让我们俩看得叹为观止，他是看得"口水直流"。他说：这下你知道我以后退休了有事做了吧，一条船能捣鼓出这么多功能，又有那么多旅游线路可以去探险。

谢过船主，沿 ship street 走，由于已过下午5点，很多学院都无法入内观看。就在沿途粗略看了看耶稣学院、林肯学院和一家还在开门营业的老古玩店。再来到 Radcliffe square，这里是现在牛津大学的中心，被称为欧洲最好的广场。18 世纪 30 年代牛津大学推倒周围的很多中世纪的房屋建立了这个仿如"大学论坛"的大学中心。说是广场，面积并不大，只是围绕着的几个建筑非常有特色。广场东面是建于 1438 年的 All Souls College，西面是建于 1509 年的 Brasenose College，南面是圣玛丽大教堂，从 1200 年开始就是大学学术会议和庆典举行的地方，北面是牛津大学的 Bodleian Library，其中有宏伟的古典主义建筑 Radcliffe Camera（camera 在意大利语中是"room"房屋的意思）。

本来还有一个目的地就是皇后学院，但我实在走不动了，想想剑桥壮观秀美的国王学院，我倒也没觉得有多少遗憾。而让我走不动的原因倒不是因为体力不支，而是因为今天选择了错误的一双鞋出门,一双高跟鞋。所以大家绝对想不到的是,我梦想已久的牛津之行的后半段,我全是手提高跟鞋,光着脚走完的。这当然归功于英国28度的气温、牛津干净平整的路面,让我亲脚感受了牛津的青石板街道。开始还有些羞怯于是否不雅观,但实在痛苦于鞋子对脚的折磨,再加上他在边上说:"想怎样就怎样,除了你自己,没有谁会在意发现你光脚。再说别人看到了又怎么样,你自己的痛苦自己知道。"我同意,如果人生是场戏,观众如何看并不重要,关键是我们作为每个演员的感受。于是后来我就坦然光脚在牛津行走了。这给我很多的人生启示,美丽时就绽放,痛苦时就放弃,就算有一天你看我又光脚走路,又如何?风景阅过,坦然舒心最为真实……

晚上10点返回剑桥。我问他:剑桥和牛津,在游玩之后,谁更美?他说:你知道答案,我的观点从来没变过。我问自己,答案也是剑桥更美。虽然一天的行程无法更多地对比它们的异同,虽然都有着一样古朴典雅的建筑、一样深长久远的历史、一样青春灵动的面庞、一样花团锦簇的街道和门窗,但还是剑桥更美。都说人生最美在初见,但与剑桥共沐了四季的我,依然为剑桥心动。

第三篇　飘逸行云

布莱顿,一座欢乐之城

2014 年 8 月 3 日

　　一直不明白为何英国被国人称为"腐国",因为它的黑暗料理(boring fish and chips)？还是它的同性恋文化？今天的布莱顿(Brighton)之行让我近距离地感受到了腐国的特色所在——同性恋。布莱顿是英国南部海边城市,不仅因其美丽的自然风光而成为度假胜地,更号称是同性恋者的天堂。虽然出发前史蒂夫跟我说了在布莱顿我会看见很多同性恋,让我要有思想准备,但我还是没想到我会碰到那么多,而他们的着装和举止更是超出我的意料。

　　上午 9 点到达,在街上(The Lanes)看沿街各种特色小店。由于时间尚早,很多小店没有开门,就只好 window shopping 了。10 点半来到海边(The Pier)栈道,这里早已人头攒动,站满了等待的人们。在来的路上,我们并不知道这将是今天的重头戏。打开车上收音机,里面播报说今天有 Brighton Pride,他立刻兴奋起来,我却不知道这是什么。他解释说是同性恋游行。他说:"你可真是个福星(lucky star),走哪儿都不用刻意安排,船到桥头,就自然有活动等着你。去罗马斗兽场就和奥巴马撞上,去梵蒂冈就见到教皇,别人都是提前两周网上预订教会的活动,你就是直接去就碰上。这布莱顿同性恋巡游一年一次,正好今年英国通过同性恋婚姻合法的法案,所以一定是盛大庆祝。"果不其然，11 点开始的游行有 16 万同性恋者参加，来自世界各地、英国各行各业的同性恋者，在热情度极高的现场观众面前展示了他们与众不同又极具个性的性别取向。整个布莱顿各地都飘扬着七彩的彩虹旗，这个象征着同性之恋的旗帜，传达的意思是：生活是七彩的，你可以有更多选择。游行者、观众都有各种七彩的图案附身，脸上的彩绘、身上的图腾、彩虹帽子项链、彩虹袜子鞋子衣服，就连那小狗脖子上的项圈都是彩虹色的。

我明白了为什么英语中同性恋一词 gay 会有另一个意思"快乐"，那现场可真是快乐的海洋啊。音乐、舞蹈、男扮女装、女扮男装、骑马的、开车的、轮滑的，当看到那么养眼的警察帅哥都是同性恋时，心里有丝丝惋惜，哈哈，太可惜了，多么好的 eye candy 啊。我也才明白了为什么中国现在流行一个词"出柜"，原来来自英文"come out of the closet"，字面意思是从柜子里出来，引申意思就是眩自己，不要躲在柜子里，来展现自己。当某人宣布自己出柜，那就是承认自己是同性恋了。我和他今天在街上看到无数参加完游行的同性恋者，不论男女，都无比自信骄傲地在世人面前行走，也非常乐意被人拉着拍照。我们俩边走边看，主要就做俩件事：一是判断迎面走来的是男还是女，是否是同志；二是为自己如此平淡、如此乏味自嘲。哈哈，入乡随俗，不知不觉，我们的脖子上、胳膊上都被"同志们"套上、贴上了各种五彩的花环和贴纸。

在《文学批评》最新第五版中新增加了一个章节——酷儿理论。这是继女权主义、性别研究的一个新的文学理论阶段。所谓酷儿，queer theory，不同于此前的男同女同研究，它反对性别的二元对立，提倡用自己的行为宣布自己的自我身份，而非社会习俗约定束缚，且性别非生而有之，而是后天很多因素使人的身份始终不是固定的，承认其流动变化的特性。今天的布莱顿之行让我对此理论有了更中立、客观的理解。同性恋大游行彰显了社会的进步和包容。他们在活动当天表现出来的热情友好有序，也证明了他们不是社会的异类，他们所经历的因性别取向而产生的孤独、压抑、自卑,以及受到的排斥、嘲笑、边缘化都需要这样一个机会和场合让他们渲泄排解。而今天不断在我心里对"何为正常?何为不正常?何为男性特征?何为女性特征?"的拷问,也正是酷儿理论的研究范畴。此理论的研究意义就是拓展延伸对文本中人性的把握和情节脉络的理解。

  下午参观了布莱顿著名的印度建筑 Royal Pavilion。然后在海边吹着海风,踩踩奇特的鹅卵石沙滩,又走过长长的栈道,来到里面的游戏厅。他向我介绍每个游戏的玩法。我被赌博机吸引,他换了零钱,我们俩开始投币,指望投一进十。呵呵,可是怎么可能有意外之财?我不甘心颗粒无收,准备自己再去换硬币再来投。它这里可不是像澳门赌场样的用钱换筹码再来赌,而是全真硬币直接投。但他阻止了我,不准我再去换,他说:"哈哈,你上瘾了,你太容易受诱惑了。你是不可能赢钱的,这里只有一个可能赢的,那就是这个机器,因为它就是这么设计来鼓惑你的。"我当然知道我不可能赢过机器,但仿佛只需要再一个硬币,那些钱就都会掉下来归我似的,设计得真很诱人。看过游乐场的其他游戏项目:碰碰车、摩天轮、过山车、大转轮、蹦极等后我们返回经过赌场时,他拉着我走侧面,以免我无法自控又想投一个硬币。小赌怡情,这么清醒干嘛,适度放松下嘛。

威尔士两日游(人文版)

2014 年 8 月 13 日

英国是大不列颠岛和爱尔兰岛东北部及附近许多岛屿组成的岛国。东濒北海,面对比利时、荷兰、德国、丹麦和挪威等国;西邻爱尔兰,横隔大西洋与美国、加拿大遥遥相对;北过大西洋可达冰岛;南穿英吉利海峡行 33 公里就到法国。英国由北爱尔兰、英格兰、苏格兰和威尔士四个地区组成。从英国的国旗米字旗上也很容易反映这个特点。英国国旗上的十字分别代表英格兰守护神圣·乔治、苏格兰守护神圣·安德鲁以及爱尔兰守护神圣·帕特里克。国旗上没有代表威尔士地区的形象,因为设计时,威尔士早已与英格兰合并了。英格兰圣·乔治的白底红十字旗产生于 1200 年,随后被英格兰采纳为国旗。苏格兰的圣安·德鲁的蓝底白色"X"型十字旗,最早于 8 世纪时出现,但直至 13 世纪时才被苏格兰正式用作国旗。1606 年,詹姆斯一世统一英格兰和苏格兰时,将这两面旗帜图案重叠起来,作为大不列颠的国旗。爱尔兰的圣帕特里克的白地红色"X"型十字旗,最早是爱尔兰菲茨诺德家族的旗帜;1801 年,爱尔兰与大不列颠联合组成王国后,这面旗帜又与大不列颠国旗重叠,最后形成了大不列颠及北爱尔兰联合王国的这面构图奇特的"米字旗"。

第三篇　飘逸行云

威尔士亲王（英语：Prince of Wales，威尔士文：Tywysog Cymru），威尔士公国的元首，自 1301 年英格兰吞并威尔士之后，英王便将这个头衔赐予自己的长子。从此以后，给国王的男性继承人冠以"威尔士亲王"的头衔逐渐相沿成习，"威尔士亲王"便成了英国王储的同义词。现在的威尔士亲王就是女王伊丽莎白二世的长子查尔斯。

英国的北爱尔兰和苏格兰都有自己独立的货币，威尔士没有，但在英格兰货币上有威尔士的象征，比如一英镑背面的龙图案、韭菜图案、花图案、竖琴图案、卡迪夫的标志和 Menai 桥。威尔士有自己独特的国旗和语言，以及独立的政府。威尔士国旗是绿白底的红龙旗。红龙是凯尔特民族的标志，凯尔特人是欧洲最古老的居民之一，有近 4000 年的历史，曾遍布整个中西欧。今天他们的后裔主要分布于英格兰岛西南部的威尔士地区和北部爱尔兰地区的一部分。我们所熟悉的许多以欧洲中世纪为背景的奇幻故事，诸如巨龙飞舞，法师作法，骑士驰骋等中的典型场景大多出自凯尔特神话传说。龙在凯尔特文化中具有举足轻重的地位，事实上，凯尔特人和中国人一样崇拜龙图腾。他们的守护神叫作 Y Ddraig Goch，意思是红龙，一直是该民族的象征。电影《龙之心》（Dragon Heart）便是以凯尔特神话为背景塑造了卓克（Draco）的形象。现在常见的欧洲龙（Dragon）的形象正是来自凯尔特红龙，虽然与中国的龙外形差异较大，但在凯尔特民族及他们的后裔心目中，其意义与中国龙之于华人没有任何区别。

威尔士语是现存最古老的语言之一，来自于凯尔特语，比英语早 1000 多年。威尔士人非常以自己的语言自豪。威尔士随处可见用英语和威尔士语两种语言标识的地名。威尔士法律规定，公共机构应计划并实施一套威尔士语言计划。因此，威尔士的议会、各地的委员会、警局、消防署、健康部门等都将威尔士语作为官方语言来使用（如校方写给家长的信函、

287

图书馆的资料及委员会的资料等）。一些在英语和威尔士语中都存在的地名也应用两种语言分别标出，如威尔士在威尔士语里被称为 Cymru，威尔士的首府及第一大城市卡迪夫：Caerdydd 及 Cardiff。世界上最长的单词是威尔士的一个地名 Llanfairpwllgwyngyllgogeryc-hwyrndrobwllllantysiliogogogoch，这个绕口的城镇名是欧洲最长的名字，有 58 个字母，可以简称为兰韦尔（Llanfair）。

英格兰全境面积为 13 万平方千米，占大不列颠岛的大部分。这一地区自西向东分为 4 部分：以塞文河流域为中心的米德兰平原；海拔 200 米左右的高地；伦敦盆地；威尔德丘陵。威尔士面积有 2 万余平方公里，境内多山，地势崎岖。威尔士境内有 1/4 的土地被列为国家公园及天然保护区。其人口不到 300 万，但羊群却达 1 100 万，可见其自然环境保护之完好。正因为此地理条件原始粗糙不适宜农业耕作，曾经的征服者罗马人才放弃在此定居而转向土壤较为肥沃的英格兰。

康维城堡（Conwy Castle）：威尔士北部重要的旅游景点，世界文化遗产保护地。修建于 1283 年爱德华一世在位时，至今我们仍能在保存完好的古城墙上行走参观远眺，由此可见英国对古迹的珍视和修缮水平。

麦奈吊桥（Menai Suspension Bridge）：狭长又危险的麦奈海峡把位于威尔士西北海岸的 Anglesey 岛与威尔士大陆分隔开来。苏格兰工程师 Thomas Telford 于 1826 年建成麦奈吊桥，580 英尺的斜拉跨度让它曾经一度是世界上最长跨度的吊桥。时至今日 188 年过去，此吊桥还在使用，为 Anglesey 岛与周边的交通提供了极大便利。此桥其间虽几度修缮，但仍然保留了设计师 Telford 原创的典雅风格。该桥梁设计建造的成功为以后的桥梁设计做出很大贡献，也奠定了吊桥作为大跨度桥梁主要形式的地位，因此在英国货币一英镑的背面都有此桥的图案。

斯诺登国家公园(Snowdonia National Park)：英国第三大国家公园，仅次于湖区国家公园(Lake District National Park)和峰区国家公园(Peak District National Park)。该公园占地 840 平方英里(1 352 平方千米)，位于威尔士的北部，包围苏格兰南面最高的斯诺登山。斯诺登山最高海拔 3 560 英尺(1 068 米)，位于英国威尔士北部，是英格兰和威尔士的最高峰，也是英国坎布里亚山脉的最高峰。(英国最高山峰 Ben Nevis 在苏格兰)。每年大约有 50 万游客前来近距离接触斯诺登山，包括来攀山、行山或者来乘坐斯诺登山火车。斯诺登山有许多条上山小道，让不同程度的登山者可以选择，也是登山发烧友渴望征服的地方。公园内还有河流、湖泊、瀑布、沼泽地、冰河、峡谷河和美丽的海岸线等自然景观，还有石器时代和青铜时代的墓室、罗马要塞、诺曼第城堡、溪流火车，和英国矿藏的遗址等历史遗迹。观景中心包括登山者避风所兰布里的湖边、明信片常有介绍的风景区贝兹考德(Betws-y-Coed)、以前石矿村落 Blaenau Ffestiniog 以及哈利赫(Harlech)的古堡。2008 年英国奥运火炬就到达了此威尔士最高山，是由英国最受欢迎的登山运动员之一，77 岁的克里斯·伯宁顿爵士传递的。

Snowdonia，威尔士语是 Eryri，意"鹰的天地"。也许正因为威尔士之旅行色匆匆，其纤尘未染、纯自然景观当然不敢懈怠错过。斯诺登国家公园里的各种景致更是让威尔士之美达到了登峰造极的程度。绿色与蓝色永远是这一路行程的主色调。第一日的艳阳天和第二日的阴雨天，就像一位风情万种的女子在展现她时而明媚时而忧郁的美。山色空茫，野趣横生，云遮雾绕，如梦如幻。蒸汽火车在山间穿梭，自然景色会瞬间转换，或是细如线状的小溪，或是层层盘踞山脊的板岩，或是黑暗阴森的隧道，或是清清湖水连了那山的衣襟，或是蛮蛮巨石突兀呈现，或是漫山黄、粉、紫的野花在清冷山风中摇曳，又或者潺潺瀑布做了这寂静山脉的伴奏，更有那镜面一般平静的湖泊不动声色就擒住游人的双眸。空灵变换,随意恣意,隐去了喧嚣与嘈杂,心灵仿佛在被自然过滤直至纯净。任时光流转,岁月在山水草坡间静止。无论此刻,你是那踏入这异域之地的罗马征服者,还是 2014 携带 Iphone 的游人,你眼里的斯诺登山亘古不变,始终忠诚如一、毫无保留地呈现。正如人生,纵使骤然风景或晴或雨,但脚步不会凌乱,因为向善近善的禀性从来都在,从来都在。

(部分文字、数据来自百度、谷歌和导游的介绍词)

威尔士两日游（琐碎版）

国内旅行社一日两日游的潜规则，行色匆匆逛景点，强买强卖拉去购物点，起得比鸡早，吃得比猪差，上车睡觉，下车拍照，回去一问啥都不知道，这些套路我们早已屡见不鲜。那么国外的短途游是怎么样呢？8月9日、10日我亲身体验了威尔士之行。

英国号称大不列颠及北爱尔兰联合王国，由北爱尔兰、苏格兰、英格兰和威尔士四个地区组成。前三个地区我已经去过并写下游记以作回忆。位于大不列颠岛西南部的威尔士，其迤逦的自然风光和独特的人文历史，让我在再次踏上英国国土之后就早早在网上预订了行程，207英镑（包括8镑自愿购买的保险和一晚住宿、一日早餐、往返车程、景点火车票）。

9日早上我来到约定地点（剑桥市中心Parker's Piece的警察局门口）等候。我是提前10分钟到达，这是我的个人风格，不喜欢迟到和让人等待。7点整一司机过来询问我们是否是去往威尔士的，在一一核实姓名后我们上车，并没有要求我们出示网上所说的必须打印出来的电子票。还差4位游客，我们又等待了15分钟，后来证明是司机的失误，这4位早已经在7点前就等在警局门口。只是司机问是否是去威尔士的，但他们不是去威尔士的，所以他们没有反应。经过沟通，得知大家都是先前往伦敦，然后再重新换车分赴各地。9点我们到达伦敦，车子停在杜莎夫人蜡像馆前，我很吃惊，还以为是直接从剑桥到威尔士呢，没想到还要先到伦敦和其他游客会合前往。事后想想也正常，我们剑桥过去的一共才6个游客，而16人才可成团旅行社才有利润啊。然后换车，导游Tony清点人数，一行16人从伦敦前往威尔士。导游介绍自己是爱尔兰人，但长在美国，现在又到了英国做导游，难怪他一口标准的美国口音。我放心了，事先我担心导游的语音如果像我曾经在德国慕尼黑遇到的导游那样，很重的地方口音让我大多听不懂，那这两日就要泡汤当聋子了。所幸Tony是美语。我们这16人分别来自西班牙、巴西、俄罗斯、新加坡、美国、印度、葡萄牙、澳大利亚、委内瑞拉、爱尔兰、智利等国，哇，简直一个地球村啊，就我一个中国人。

　　上午9点到中午1点半，除中途司机停车休息45分钟外（这是英国长途开车的硬性规定），我们都在车上度过。车窗外蓝天白云飘过，导游用纯正的美语介绍英国历史与现状，讲解威尔士的历史与风土人情，一个美国女游客和一个委内瑞拉的女游客，两人不停提问，导游就一一回答。13点30分，我们到达英格兰与威尔士交界处的一个城市Chester。导游带领大家沿城市古城墙参观该城市市容、罗马古竞技场、教堂。在Westgate的那个大钟前，导游介绍说这是英国第二吸引眼球的钟，排第一的就数伦敦的大笨钟了。趁着他带大家购票入内参观教堂的功夫，我一个人溜了出来逛街，一则因为教堂看太多，不想再花钱去看了；二则在来的路上我看到Ecco店的打折标语，禁不住诱惑，进去买了双皮鞋。（回来后史蒂夫调侃我说：你还真是Cindy啊，Cinderella啊，灰姑娘旅游都惦记着买鞋啊。）然后又买了当地的巧克力糖Fudge边吃边欣赏这个城市的建筑。我对建筑比看展览更有兴趣。

　　两个小时的参观后，我们前往康维城堡（Conwy Castle）。5点到达。该城堡建于1283年，古城墙非常有特色，保存也很好，导游带领参观。又来到海边，看帆船遨游，听海鸥鸣叫。这里

第三篇　飘逸行云

有号称英国最小的 house,花 1 英镑入内,1 分钟看完,果然麻雀虽小、五脏俱全。买了支巧克力华芙冰激凌蛋筒,边吃边欣赏远处的古堡和身边的或走过或站立或坐着的各色游人。6 点半导游把我们带到海边 Warwick Hotel 住宿,无需出示任何身份证件,直接拿钥匙入住。我和一来自美国纽约的女孩住一间房。看她就是中国人模样,但一口纯正美语,原来她母亲是日本人,父亲是爱尔兰人,他们家现在美国,她是来剑桥的 Shakespeare Summer School 读书的。放下行李,稍事休息,我来到酒店所在的这个小镇 Llandaduno 的海边栈桥,几乎和 Brighton 一样的布局,也一样有各种游戏设施,但因为已经晚上 7 点多,又天气开始阴沉,所以栈桥上人迹稀少。和葡萄牙、印度、新加坡还有这个美国女孩一起,我们来到导游推荐的 King's Head 酒吧用晚餐。该酒吧位于市中心,离我们酒店就两步路,是该地历史最悠久的酒吧,生意非常好,人声鼎沸。我们好不容易寻到一处座位,点餐时被告知需要等待至少一个小时才可能上菜。我们边聊天边等待,结果等了一个半小时。葡萄牙游客说她都已经忘记自己点了什么了。不过等待还是值得的,我点的 fish and chips 鱼排薯条口味还是比较正宗的,份量也很足。

　　10 日早上睡到自然醒,8 点半在酒店用早餐,服务热情,用餐区干净卫生,菜品地道。该酒店整体环境氛围都很好,一进门就感觉非常温馨有特色。给人印象就是住进了朋友的家,而不是一个冰冷陌生的旅馆。原定 9 点出发,但另一美国游客和委内瑞拉游客不见踪影,导游去找,耽误 15 分钟后开车前往 Anglesey。路上导游介绍说这是世界上有 cable car 地上缆车的三个城市之一,另外两个是里斯本和旧金山。果然见缆车道绕山而行。此时的村庄还仿佛在沉睡未苏醒,无人的站台、连绵的群山、天空漂浮的青云、黄绿相间的草坡,雨中的空气分外清新。几万年前英格兰就是通过此地 Anglesey 和欧洲相连接,对面就是荷兰阿姆斯特丹。导游带到山顶一开阔处,海天衔接、群山环抱,平静的水面如静面一般,顿时让人心境豁然开朗。

293

我们压低声音说话,唯恐惊扰了那山坡上正低头吃草的羊群。

9 点 45 分来到 Menai Bridge,此桥建于 1826 年,属于维多利亚风格。在宽阔水域的对面,另一座桥建于 1971 年,曾经被火连烧了 5 天。桥下水面上一极小的小屋增添了几许静谧,缓缓河水皆打此绕行。

10 点半来到号称世界上最长名字的地方。正是这个地名 Llanfairpwllgwyngyllgogerychwyrndrobwllllantysiliogogogoch 吸引了无数游客的到来。这是导游唯一推荐的购物点,他给我们半个小时的时间入内选购旅游纪念品。里面各具特色的商品让我在每个货架那都凝步不前,可惜时间和金钱有限。开车时间到,委内瑞拉游客又不见了踪影,导游有点着急了,跑去寻找,10 分钟后开车。我是自觉遵守时间,因为我总觉得自己在国外代表的是中国形象。导游记不全我们的名字,所以谁不见了,他直接就是问:"Where is Venezuela?"(委内瑞拉去哪啦?)

中午 12 点来到 Beddgelert 村庄,小桥流水、依山而居。

14 点来到威尔士之行的重头戏斯偌登国家公园 Snowdonia National Park,这是在英国排名第三的国家公园,前两个分别是湖区和位于英格兰北部的 Peak District。我们坐上蒸汽火车,前往斯诺登峰,这个威尔士和英格兰最高峰。(英国最高峰是苏格兰的 Ben Nevis)。我们在火车上聊天喝茶吃午饭,窗外风大雨大,火车在瀑布、草场、湖泊、隧道、山脉间穿行。透过火车车窗,斯偌登峰的美景尽收眼底。导游介绍国家公园的各种地质特点。

一个小时的车程后,15 点我们坐在小巴士,领略国家公园的景观。我还以为下了蒸汽火车就直接到山顶,可以俯瞰整个斯偌登峰的全景呢,没想到火车直接就把我们带到了山下。如此美景有点嘎然而止、囫囵吞枣之嫌哦。在欣赏了国家公园里被云遮雾绕的各种自然风光和原始广博的山脊草坡后,汽车载着我们返回伦敦。除中途司机休息 45 分钟外,我们于晚上 9 点到达伦敦,再换车。想想中午 2 点还在威尔士最高峰山顶蒸汽

第三篇 飘逸行云

火车上,晚上 10 点半到达剑桥。我又骑车 25 分钟从剑桥市中心的警局那返回住处,11 点进家门。

概括三点中外导游的不同:一、英国导游全程陪同,不是像国内导游样到了一个地方,说好时间然后让游客自己去玩到时集合,而是和游客一起去往各地(山顶、城墙、教堂、市区)。相信他已经去过无数遍了,可他还是尽职尽责,一路介绍历史、风土人情、当地传说、兼讲故事。二、全程没有推荐任何强制游客要买的商品和购物点。唯一去往的一处也只留了半个小时的时间。里面的物品都非常值得慢慢寻味。三、服务态度好。很多次见他上下左右找人,直到把我们这 16 人全部召集齐,他才领着大家前往下一处。虽然有几次有人迟到他去寻找了,但他只是用开玩笑的口吻抱怨了下。下车后还是继续帮那些曾经迟到的游客拍照。途中没有任何索要小费的行为。

美中不足:时间太紧,行程太满,浅尝辄止,意犹未尽。

旅游者的素质:出国旅游,一个人的素质也许代表的是一个国家的形象。因为换位思考,旅行团里的一个美国游客,由于她的行为,我就认为美国人很随性、自由、独立自主、不太守时、自我。再比如史蒂夫接触过的中国人,他的同事宋和他曾经的房客陈老师,给他留下了中国人都是友好文明的印象,所以他接受我之前已经给中国人打了高分。我希望我给周围的外国朋友也传达这样美好的信号。

守时不迟到,因为耽误的不是我个人的时间,事实上因为几位游客的迟到,导游就压缩了随后的行程;过马路不闯红灯,出门在外注意自身安全是非常重要的常识,不需要导游提醒;大部分时间在车上度过,吃完东西留下的垃圾自觉放入包内,下车时再丢入垃圾桶,不管别人如何,做好自己;英国垃圾箱分了可循环和不可循环两种,举手之劳、尽量分置;出外就餐时,不直接进入饭店空桌坐下,而是遵循国外习惯,等在入门处,工作人员会过来安排座位并带领前往;点餐时多用敬语,即在回答饭店服务员的每个问题后都加上 please;平时说话把祈使句改为一般疑问句,并用升调结尾,语气委婉很多;公共场所小声说话,注意就餐礼仪,比如不咀嚼出声,入嘴食物不再吐出,胳膊肘不上餐桌等;英国路窄,多谦让,我多次看到路上车让人、人让车、互相致谢的情景;力所能及给别人提供帮助,比如下雨时我在已经身穿防雨衣的情况下,把雨伞借给一巴西游客,事后他表示感谢。也许正因为这些细节的注意,最后旅行结束我要求和导游合影时,导游说了这句话:"China, wonderful people!"

船游肯特郡

2014 年 8 月 22 日

　　船上的生活不像想象中那么简单。计划一次出游，需要给船注满 572 公升的生活用水。史蒂夫每年交三千多英镑的船停泊费，包括可以随意用船坞的自来水。用软管接水一般需要花一个小时才能把船灌满，储存在船前甲板下。我们又去给船买了柴油做引擎动力。船上的厕所用的是化学除厕，到了一定用量就需要倒掉换上新的厕盒，有两个这样的盒箱子轮换装。还需要定时购买电卡、网卡。我在船上用电脑看电视剧《离婚律师》，从第一集追看到二十集，两天工夫就把船上的网络费用用完了，害得后面几天都失联。

　　船上生活也不像想象中那么复杂。史蒂夫是船长，他弟弟艾伦是厨师，负责做汉堡和烧烤，他还带了吉它和钓鱼竿上船。我负责照看两个孩子陪他们玩和清洁等内务。船到闸口或靠岸时，史蒂夫负责上岸开闸放水，艾伦负责掌舵开引擎，我负责抛缆绳系缆绳。除了闸口，船有时还要过桥，有的桥身非常矮，我们就需要把船上重的物品放到前仓，这样可以压低船身以便船能顺利过去。

　　船开到哪儿看有合适吃的，就停船系缆绳上岸找餐馆吃晚饭，酒足饭饱又回到船上。岸上如果只是青草草坡，艾伦就在船头架起烧烤支架和瓦斯炉，一边在烤鸡翅，一边烧香肠。

每天早上大概八九点钟，小男孩 Joe 醒来的时候就预示着新的一天的开始，他会把所有人都唤起。然后史蒂夫给俩小孩做早餐，牛奶加麦片，面包加果酱。他又给我们三个大人泡茶，每天早上一杯英式红茶是他们的习惯。小女孩吃早饭的工夫，我就给她梳头发压辫子，这样一吃完俩孩子就船里船顶跑个不停了。艾伦照例是负责中饭，他每天早上起床后就是给女朋友打电话。他刚谈了个女友，是个 34 岁的画家，俩人正在热恋期，电话短则一个小时，长则两三个小时。

船舷两边游过的野鸭和天鹅，起初还能引起我们的注意，给它们喂食些面包屑，后来就任它们自游自乐了。但捕食小鱼的俗称鱼狗的蓝色翠鸟每每从水面略过，都会引得船尾的两位男人叫唤：kingfisher, kingfisher。岸上长了许多红色黑色的野果，红色的叫不出名字，黑色的是黑莓，摘下来入口尝尝还有几丝甘甜。岸边也有在休闲垂钓的，有的甚至支起了帐篷彻夜钓鱼。根据英国的规定，钓上来的鱼不可以带回家煮了吃，必须放生。所以有时我总是想不明白这样钓了又放掉，怎么还有那么多人乐此不疲呢。这样的垂钓者真正在意的是钓鱼的过程，也许他们才真正放下了功利心，不为结果，享受当下。看样子我还要多修行啊！

第三篇　飘逸行云

坎特伯雷半日

2014 年 8 月 24 日

再度重游坎特伯雷,虽只半日,但却感触良多。信步走在两边店铺林立的街巷,现代与古朴交融的氛围一如往昔。英国各种你能想到的品牌商店在这都能找到,这也正说明这块圣地已成旅游宝地。但你嗅到的商业气息,丝毫无损古城散发出的历史与文化魅力。英国健全的文物保护工作,让这里每一处古迹仍然熠熠生辉。岁月的流逝,南来北往的游人更替,营销品牌的此消彼长,唯有久经风霜洗礼、见证历史变迁的自然与建筑成为坎特伯雷永远的主人,也更凸显其价值。

建于古罗马时期、重修于 14 世纪的古城墙默默守护着古城中的一草一木,估计再过几百年,它依然会环城屹立。保守又兼容的英国人"以旧修旧"的风格,让中世纪在现世流尘中风姿绰约。Great Stour 河缓缓绕城、旖旎从容流过,河水轻轻拍打着静静停泊的船只,可以想象夏日河上穿行的小船往返运载游客的繁忙。1500 年修建的老纺织工人之家依旧日风格修缮一新(The Old Weaver's House),现为酒吧正接待着顾客。1564 年 2 月 26 日戏剧家 Christopher Marlowe 受过洗礼的教堂,已经伫立成坎特伯雷标志性的建筑。1858 年修建的皇家博物馆兼图书馆,增加了一项功能——旅游信息中心,继续开放免费为公众服务。这就是英国古迹又一特色,保存古迹不仅只为保存历史、尊重历史，不仅只是或供参观或起旅游噱头的装饰点缀作用，而是有其真正的实用功能，是尚能正常使用的建筑物。

　　一年前我行色匆匆，只是从博物馆前经过，此次我特意放慢脚步，静心欣赏馆内各种陈列。就如曾经欣赏印象派大师莫奈的画作一般，细细品味影色、景致、季节变换中的坎特伯雷。18 世纪英国重要的浪漫主义诗人 William Blake，那个宣称"一花一世界、刹那即永恒"的他，为英国诗歌之父乔叟的作品《坎特伯雷故事集》亲刻的版画真迹也在此博物馆展出。

　　就这么我在现实与古典中慢慢感受，每到一家小店一处古宅，都会想起曾经和我一起同游的黄老师、海燕和晓兰，那一刻，很想念。一切如昨，却只留我一个。

　　夜色暗了下来，还飘起了雨点，在坎特伯雷大教堂前的 buttermarket，我进入 the old Buttermarket 酒吧避雨，也休息下走累的腿脚。要一杯果汁，临窗而坐，透着细密的雨丝，看着近在咫尺的教堂大门，和酒吧墙上挂着的各个年代坎特伯雷教堂的画像，很想知道每日在此生活工作的当地人是否会对被联合国教科文组织列为世界文化保护遗产的这一处处，是习以为常还是心生自豪？也许两者都有吧。

　　时间改变了很多东西，我也不再是两年前初来剑桥的我了。那时的我对英国的酒吧文化既好奇又生畏。好奇它何以成为英伦文化的一部分，生畏源于它在我心中曾是陌生人猎艳的场合这一狭隘之见。记得曾经为了领略酒吧文化，又不敢孤身独往，故邀朋引伴，却未成行，竟悻悻然。而现在，我可以在众多的酒吧中，选一最有特色的，淡定只身进入，从容点上一杯，或等人，或只为歇息，或发会儿呆冥想，或闲聊凑趣。

　　时间改变很多。但坎特伯雷没有变。

第四篇　楚雨巫云

曾经沧海难为水，除却巫山不是云。
取次花丛懒回顾，半缘修道半缘君。

——元稹《离思五首·其四》

第四篇 楚雨巫云

云凝和史今的故事

——写给 2014

　　她,43岁,大学老师,喜爱文字、诗歌和漫无目的的遐想,就叫她云凝好啦。他,52岁,工程师,来自一个喜欢鱼排、薯条的国家。云凝给他取了个中文名字叫"史今",不仅因为他的名字以 S 开头,而且酷爱历史,更因为云凝无比珍视"今天"。不念过往,只存当下。

　　史今与云凝,他们的生活原本并无交集,一个在岛国非常独立地经营着他的人生,一个在地大物博的国度品味着她的过往。都说年尾岁初、辞旧迎新的时候,是人最容易痛下决心的时候,是的,史今与云凝就是在那样的时候,不约而同,带着痛楚告别了 2013。那时他们没有打过照面,更不知道恢复自由的对方心底对幸福的渴望。史今在忙碌一天后常常觉得自己就像陷入一张网,丝丝缠绕无法自拔;来到异域的云凝也总是抬头看云,不知道云归何处、不再飘荡。

　　就这样,日子不经意地过着。终于有一天,史今和云凝见面了。至今他们都记得在寒暄握手时,史今对她说的第一句话:"哇,没想到我的中国房客这么高,这么漂亮的啊。"云凝只当它是西式的恭维,虽然也是满心受用和开心。于是慢慢地,云凝会看见史今来住处修理各种故障。煤气灶、热水器、暖气片、烤箱、微波炉,真是奇怪,一个宅子里居然有那么多东西轮着坏。

可是更奇怪的是,史今抽空过来修,但又不急着修,总是和云凝天上地下政治历史一顿神侃。云凝虽是纳闷何时能修完各种物什,让宅子重归清静,却也乐意被史今纯正的英语熏陶增长见识。

史今与云凝慢慢熟悉起来,他们成了可以聊天的朋友。史今修东西时,他会让云凝搭把手,自然也不介意云凝给他拍个照。他的话语欢快起来,有史今在的时候,宅子里也多了分人气和温暖。当他们终于知道彼此都单身时,互相都觉得难以置信又窃窃心喜。于是聊天的内容开始触及彼此的情感世界。敞开心扉,才知道原来对方早已是心伤累累,才知道在自己眼里优秀的对方竟然如此抑郁孤单。在史今说出"我就是最适合你的人"时,云凝在他的自信中接受了生活安排的这个挑战。

史今与云凝在一起了。

相爱是容易的。史今与云凝都很忙碌,他忙着工作,她忙着她的进修和四处的旅游。但哪怕只是短暂的相处,一顿饭,一次散步,都让他们觉得那么美好。当他们牵着手在剑桥的阳光下走过,云凝起初总是会恍惚,因为就在不久前她还是一人在风雨中骑行,而此刻分明一双大手牵引着她。每一处,她不再陌生,因为史今是云凝最好的向导。史今走路步伐很快,云凝又忙于抽出手来拍照,史今就总是伸出手,在前面等着拍完照的云凝,然后再一起携手前行。冬天的剑桥有些冷,但云凝的手被史今握着揣在他的口袋里很温暖。很多时候,对面的行人走过,彼此不认识却不妨碍互相微笑致意。那种感觉,云凝很喜欢,人与人,自然又亲切。

一

来到异域之邦,云凝总是沉浸体验,她又踏上了北爱尔兰之旅。临行前,她对史今说:"我在剑桥还有55天,除去北爱4天,那就是51天。你要好好珍惜哈。"史今说:"我不算日子,因为在我脑海里,从来就不是55天,而是55年。你应该这样说,

第四篇 楚雨巫云

我们在一起的日子除去北爱这四天,还有 54 年 361 天。"女人总是喜欢被哄的,听史今这么说,云凝决定在北爱为他做件事情。史今的曾外祖父是北爱人,因此他有四分之一的北爱血统。但他们家谁都没有去过这个四分之一的故乡。史今对那块土地充满了好奇,云凝准备帮史今探祖寻源。而她得到的全部线索就是史今唯一知道的两个地址,曾外祖父出生地在 County Tyrone 的 Benburb,安葬于 Ballynakelly。

爱情的力量真是伟大啊!想想在剑桥英文系云凝要去几步之遥的 Queen's Road,都搞不清方位,都是让朋友带路。想想来到北爱首府贝尔法斯特,这么大目标的一个地方,云凝都是和这么多人一起来。现在让她找这么个陌生地方郡的镇的村子,云凝虽然毫无把握,但还是决定挑战一把自己,既为给他惊喜,又是自我突破,看看自己到底能走多远,潜力有多大。

在汽车站,说买到 Benburb 的票,工作人员说不知道这个地方。云凝又说买到 County Tyrone 的票,对方让她查具体方位,因为这是个很大的郡。她后悔事先没做功课,只有打求助电话给中国的朋友,让他给查方位。告诉朋友还有一个目的,万一有什么事,要有个人知道自己在哪里,是从哪里消失的。可朋友只在电脑里查到 Benburb 离 Moy 很近,6 公里,在 County Tyrone 的南部。其它他发来的地图云凝全打不开,手机受流量和网络讯号限制,她无法用谷歌查找地图。

就这样她买了 9 点 05 分到 Moy 的汽车票,但没有直达车,得在 Dungannon 转车。10 点到 Dungannon,10 点半坐车去 Moy,11 点到达 Moy。从 Moy 到达史今的故乡没有公交车,只有打车。云凝在路边 Mckeever chemist 一药店询问打车电话,但又不知道自己所处方位。热情的店员索性用她自己的手机帮云凝叫了出租。11 点半坐上出租,一刻钟后到达 Benburb。出租车司机说这是个很小的村子,只有一间商店、一个酒吧、一所学校、一个城堡和两所教堂。云凝问要多久可以游完,司机笑着说"五分钟"。最后她用了一个小时慢慢边走边欣赏小村风景。

  Benburb 是个非常静谧优美的地方，一条小河 blackwater 缓缓流过，大片绿地草场，街上没什么人，偶尔几辆车驶过。当云凝告诉史今她在 Benburb 时，他的惊讶和激动程度不亚于她的新奇和忐忑程度。好在这里的人们很友好，问路什么的都是热心指点，给云凝很大帮助。唯一一次拒绝别人帮助是在一古堡，云凝正一个人东瞧瞧，西照照，突然一个建筑工人模样的男人问她是否想进古堡去看看，他可以带路。要是一群人云凝肯定巴不得入内参观，但想想孤身一人，还是婉拒了他的好意。安全比探秘重要啊！一个小时后云凝打的士司机电话来接她，他非常热情，帮她拍照又讲解，还随时停车让她拍照留念，并且答应如果有需要，他可以帮她把小镇照片拍下来用邮件发给她。而她只是多给了他三镑小费而已。人越近自然，民风越纯朴。云凝相信那个主动提出带她逛城堡的男人也是好心，但她防人之心不可无啊。

  北爱之行让史今和云凝的心又贴近了些。当云凝对着一张张拍来的照片讲述自己的历险经历时，史今开始刷新着对这个东方女子的印象。就这样云凝在北爱的最后一天，放弃了和其他朋友一起前往爱尔兰这个文学故乡朝圣的机会，而是只身为史今探秘，云凝的朋友感动了，史今也感动了。他答应云凝，有一天他们再一起去爱尔兰。

二

  剑桥的春天来得晚，天黑得早。那时史今住在肯特，为的是离上班、离儿子近，云凝住在剑桥。史今总是很忙，平日里只能偶尔约会。渐渐地，云凝不满意这种大多靠手机、电脑视频聊天的日子，何况自己的归国日期在即。她开始抱怨，独自吃饭和等待的日子让她觉得仿佛上一轮的梦魇还在继续。于是爆发了他们相处以来最大的一场争吵。但隔着两地又操着两种语言，就连争吵都是短信进行的。愤怒的史今让云凝冷静考虑 21 小时,然后决定是继续还是放弃。也正因为是借助文字而起的争执,冷静后的云凝一遍遍斟酌争吵中双方写下的文字表达,她发现一个冠词使用的不当就可以有失之毫厘、差之千里的误读,这才导致了史今盛怒下的最后通牒。于是她用文字梳理思路,既表达清自己的初衷,又详述自己的理由。史今的怒气慢慢平复,他提议以后再有不满绝对不能用短信沟通,一定要面对面时再交流,否则如果不是云凝及时发现的这个用词错误,双方的误会会越来越大。但固执的史今是不会轻易收回他说过的话的,他坚持让云凝 21 小时后等他电话,他会做出他的决定。

下棋永远只能想到下一步的云凝,不明白史今在谋划怎样的一盘布局。煎熬的 21 小时过去,史今一分不差打来了电话,他告诉云凝:4 小时后他会带着他在肯特的所有物件开车来剑桥,从此史今要和云凝永远在一起,要满足她希望的下班就能见到他的心愿。放下电话,云凝懵了。她只是简单地想要在这短暂的两三个月的剑桥时光里经常能见到他,她不会想到在这个要求背后,史今在这 21 小时里,完成了自己的工作和领导的约谈,回去收拾了自己的行囊,然后就这么驱车奔她而来。曾经的云凝对前男友也有过无数次这样的抱怨,但换来的都是他心有余而力不足的无动于衷。但史今为她改变了生活轨迹,她知道这对一个男人意味着什么,她觉得史今有一种一言九鼎、一诺千金的豪迈。云凝感动了。

三

就在史今搬到剑桥的第二天,他收到了朴次茅斯(Portsmouth)市政府给他的信函。朴次茅斯是英国南部海边的一个小镇,是英国海军驻地,也是夏天度假的好去处。史今曾在海军服役十年,1991 年就在这买了房。房子目前由一个租客住着,可这个租客把他告到市政府,说房子里没电没暖气,告他是个坏房东。于是市政府写信限他在三月份之前解决纠纷,否则诉诸法庭。他看了信非常生气,这个房客已经折磨他几个月了,是个无业游民,房租由政府每月给他。但这个租客每个月拿到政府给的钱后从来不及时主动交房租,都拿去喝酒了。现在住了半年,欠了 53 镑房租,也没钱交电费,当然电就没有了。这也是房东无法控制的,电费是要交给电力部门的。但这个房客就以这个为理由一直拖着不搬走,还不再交房租。英国政府是保护弱势群体的,他找不到住处,房东是不可以赶他走的。史今无可奈何,他原计划对房屋的翻修也只有搁置了。曾经他也碰到一个这样的租客,结果双方发生冲突,对方还叫了警察,史今最后被罚了 6 000 英镑才解决了此事。这次又碰到这样的情况,他只有连夜赶往朴次茅斯,否则拖到第二天就是三月份,他就又要上法庭了。那个房客已经说了狠话,说要揍他要叫警察,总之他没地方去就是不走。

　　虽然看到这封市政府的来信都已是晚上八点钟,但听明白缘由,云凝没有选择只能跟着史今前去解决了。从剑桥开车到那需要三个多小时。一路上史今都在和云凝商量对策,他说他真想直接叫警察把他赶走。云凝认为应该尽量沟通,和平解决,必要的时候能用钱解决的就用钱私了,像这样的人最能打动他的就是钱。史今说因为时间紧张,离明天的期限还有半小时,他进门直接负责检修线路和取暖器等,保证租客有电用有暖气,他让云凝负责沟通,他不愿搭理那样的无赖。还叮嘱说万一他们发生冲突,让云凝直接拨打电话 999 叫警察,并且他让云凝拿着手电筒,既为照明也为防身用。她一听,心里顿时一阵紧张,云凝可是不喜欢主动和人搭讪的人,她是有事都往后躲的人啊。但现在情况紧急,只能这样分工试试了。史今迅速在楼下取款机取出 400 英镑,这是他们在路上说好的,返还租客 300 英镑的租房定金,再给他 100 英镑让他明天就搬走,那欠的 53 英镑就算了。希望关键时刻钱能管用吧。史今说这是中国人解决问题的办法吧,这在英国就是贿赂,如果房客不肯,反而以此为理由再告他,他罪名会更重一层。或者他拿了钱但还是不走,他们也没办法,还是只能叫警察,叫了警察他无处可

第四篇 楚雨巫云

去,还是得让他住。云凝说只能这样试试了,作为目击证人,可以起到一些作用。

晚上 11 点半,车刚停稳,史今就从车窗后视镜看到那个房客从酒吧出来进了家门。史今看到他就两眼冒火,拿上修理的工具,按照事先说好的他们尾随房客进去了。房客很吃惊史今这么晚的到来,更吃惊后面还跟了个中国女人。史今简短说明来意,亮出英镑,那家伙果然眼睛一亮,云凝在边上搭腔,但主要是史今说为主,云凝只是一直微笑。她在必要的时候恭维几下,说英国男人都是绅士,相信明天他能顺利配合搬走,房客也对她微笑着说明天 11 点半就走。半个小时后走出家门,史今一直在说,"哇,我从来没见这小子对我笑过,他居然对你微笑同意明天搬走,他居然真的想要这钱,太不可思议了。"云凝说中国有句话叫"伸手不打笑脸人"。但史今说这小子随时都会改变主意,只有等明天真正他走了才能放心。

第二天是周六,享用了丰盛的早餐后,史今和云凝来到朴次茅斯的海边溜达,又开车逛完市景,估摸那小子该起来了。十点半到达,可他还没起来,行李什么都没有收拾,毫无走的迹象。史今气得出门猛抽烟,云凝让他镇静,冲房客昨天对她的微笑,云凝决定由她来跟他谈。于是半小时他起床后,史今负责修东西,云凝没话找话和他聊天。他兴致很高,从双方年龄聊起,他 38 岁,他猜云凝 28 岁,她说你这也太离谱太会恭维人了。他说女人就是要恭维的。云凝说自己是来这里学习深造的,他说有一天他也要去学习,还反问她:学习永远都不晚吧。云凝夸他语音没有多少地方口音,他开始介绍各个地方的语音特点。云凝看他有音箱,他说他曾是 DJ,她就和他聊音乐。说得不亦乐乎,始终看不到他要搬走的迹象,史今在那急得像热锅上的蚂蚁走来走去任由云凝在那闲聊。她看时机成熟,离约定的 11 点半都过了一个小时了,就问他:"你今天打算什么时候走啊?需要我帮忙给你收拾行李吗?因为我下午还要赶回剑桥去,中间有两三个小时的路途呢。"他赶忙打电话催来接他的

309

父亲。这之后云凝只有没话找话,边等他父亲又边聊天,他拿出冰箱里的黑莓来洗了给云凝吃,云凝给史今泡茶也顺便给房客泡了杯咖啡。她心里等得烦死了,但面上若无其事,房客又介绍他在德国的哥哥。

好不容易,一点半他父亲开车来了,史今忙把钱付给他,云凝让他在事先拟好的收据上签名,以防他拿了钱不算数。史今本来打算用自己的车送他走,现在看他父亲在大包小包地搬,问云凝要不要再给他父亲20英镑。云凝认为如果是11点半准时走了,可以给。但他们现在晚了两个小时,耽误了两个小时的时间,所以不能给,否则他认为拖得越久可以要得更多,那就麻烦了。史今没有坚持,又让云凝问到他的新地址,因为市政府要确认房东没把房客赶到街上去。云凝装作随意似地告诉他自己的真实年龄,他笑开了花,不相信。她又问他地址,他爽快地说了,然后问云凝可以去喝一杯吗?她岔开话题帮他搬行李去了。

一个棘手的房客事件就这样圆满解决了,只花了一百镑和免去了那53镑。史今欣喜得简直乐开了花,说此刻就是云凝想去见英国女王,他都可以给她安排,他要去问他朋友借最好的车直接送她去女王官邸。哈哈,这是玩笑话,但他也领教了中国人处事灵活变通的厉害了。一个无赖就这么轻松聊天就给打发走了。他觉得简直不可思议,困扰他半年的难题,就这么,云凝给他搞定了。这以后但凡说到北爱的探险和租客纠纷,史今就觉得开心和骄傲。其实后来在欧洲,史今才真正见识了云凝的细心和沉稳。

四

史今和云凝就这么满是轻松又心急火燎地连夜赶回了剑桥。之所以急,是因为第二天周日是一个月前就定好的日子,云凝邀请了20多个她认识的中国学者来家里聚会,请了国内著名的一个教授来讲国学《道德经》,然后中午再集体聚餐。原本

第四篇　楚雨巫云

　　她是打算周六来准备的，可是被朴次茅斯这一闹，就彻底打乱了计划。史今仿佛倒是很镇定，他先同云凝去超市买齐了食品饮料，又问明了第二天聚会的各个细节，提前把讲座的音像设备接口备好。聚会是在上午10点，但早上云凝一觉醒来，发现史今不见了，原来他早早就起来搞卫生了。想到马上有20多人来自己家里聚会，史今睡不着变得不淡定了。他说使唤不了这些房客搞卫生，就只好他这个房东自己动手了。他先从楼下卫生间搞起，已经忙乎一个小时了。他佩服云凝居然有事还睡得那么香。云凝可是个只要心中有数就主张"船到桥头自然直"的主。9点半史今进卫生间洗澡刮胡子换衣服，忙得不亦乐乎，还时不时学说几句中文。云凝看史今那么煞有介事，觉得挺好玩。其他几个英国、荷兰、印度的室友早早就消失得无影无踪了，把这个宅子留给了中国人。

　　史今和云凝分工，史今在前门迎接，云凝在后门守候。这些中国学者虽然史今一个都没见过，但没关系，只要在前门看到中国人，他就上前去握手然后迎进家门，果然一个也没搞错。同仁们陆续到齐了，一阵忙碌，许久不见，大家都有很多话要说，宅子里很是热闹。虽然史今事先问了很多细节，但云凝忘了告诉他有几位老师会带孩子来。孩子们在房间里玩耍，在沙发上蹦跳，客厅窗帘也给扯下来了。云凝忙着招呼大人，无暇顾及。史今赶忙拿出他儿子小时候玩过的玩具让他们分享。他和云凝商量，反正他也听不懂云凝他们的中文讲座，干脆他带孩子们去门口公园玩得了。这正合云凝的意，她正愁讲座的事不想分心呢。

　　大家或坐或站听完了国学讲座，于是齐动手准备午餐，厨房里好一阵热闹。云凝曾经的一个学生也在剑桥访学，她也来参加这次聚会了。边做午饭她边好奇地问史今，他是如何爱上她的老师云凝的？史今腼腆一笑说："是一见钟情。"席间大家纷纷倒酒举杯，史今一杯红酒下肚先干为敬。云凝及时阻止他倒第二杯，因为他们马上还要开车去赴一个约会。史今还是坚持倒了第二杯酒敬大家,说是在英国喝两杯红酒不算酒驾。大家看到云凝挡史今倒酒这一幕都笑了,说就像对老夫老妻哦。史今看到大家笑,不知何意,云凝翻译给他听,他也笑了,直说:"是哦,你就像个操心的妻子。"

聚会结束后,大家在家门口合影留念就告别了。史今这才有空给云凝讲述带孩子们游玩的经过。他说:"难怪你们中国政府要实行计划生育政策了,四个孩子累死我了。其中最小的那个,却是最重的,但却是最想爬到最高地方的孩子。每次他爬不上去,我就在下面撑住他,他爬上去了,我就在下面给他鼓掌鼓励。然后他就爬了一次又一次,我实在吃不消了,就叫最大的那个女孩用中文告诉他 no more,但他还是坚持要。哦,我的上帝,他的体力需要 10 个父亲来对付。然后他还好有个性,喜欢自己随意逛逛,所以有时我低头在发短信,等我抬头一看,哦,我的天,最小的那个呢?赶快找,跟在他后面跑,发现他在网球场小便。我让他找个树荫处小便,话没说完,他已经尿尿完了,周围人看着我,我好尴尬又看着他好可爱。最好玩就是我对他说:你今天表现好回去奖励你吃巧克力蛋糕。然后他的眼睛和脸色的表情就好夸张地欣喜地说:太好了,我真的能吃吗?我妈妈说我吃太多巧克力,已经不准我吃了。哈哈,我完全不知道他父母对他的政策和我的许诺冲突了。但他的表情实在太可爱了。哈哈,其他几个还比较消停,最大的最乖。开始是两男一女三个,后来又来了一个女孩,就是四个。她们俩女孩玩得很好。噢,同时看四个,我一下觉得责任重大。然后我还居然用微波炉烧了一道糖醋排骨,哈哈。"这次的聚会史今给中国学者留下了很好的印象,特别是那四个小朋友,三个给他打了满分,一个给他打了 95 分,说是史今抽烟被扣五分。

五

云凝在剑桥的访学时间还有不到两个月,她和史今都很珍惜在一起的每时每刻。但史今的工作性质又决定了他不可能有

第四篇 楚雨巫云

很多时间来陪她,他得在英格兰各个有他们公司医疗设备的医院查找、检修仪器故障。经常从住地到工作地往返都需要四五个小时的车程。他们决定利用每一个单位时间,于是,在云凝没有课程的时候,史今就把她带到他上班的每一个地方。在汽车封闭的空间里,他们畅聊自己的工作、家庭、过往。增进了彼此的了解,也缩短了彼此的距离,漫长的车程也不显得枯燥了。

  碰上史今在伦敦的医院工作,云凝自然更是欣然跟随。她喜欢在伦敦漫步,特别是伦敦的清晨。夜晚的一场雨水清新了这雨后的城市,空气中弥漫着四处盛开的、悬挂的五彩花的香气。蓝天白云中,不时有飞机滑过天际,与之呼应的,是身边匆忙驶过的汽车。没有了伍尔夫小说《达罗卫夫人》中提及的战争,此时飞机和汽车承载的是和平安宁的人们旅游、出行、上班的步伐。特拉法加广场上,举着标语、喊着口号的外族人在抗议着什么,警察在边上微笑着和同伴聊着天,没有如临大敌般地严阵以待,只是仿佛如例行公事似地保障着一切井然有序。围观的人群中更多的是凑热闹的游客,他们的相机捕捉着这里的一幕。四处溜达的鸽子悠闲地在他们脚边踱着步,时而在地上啄食着什么,时而一跃又到空中,仿佛这一切它们早已习以为常。纵使你有再多的要求,伦敦也可以满足你。免费开放的博物馆,时尚青春的服饰店,年代久远的古玩铺子,历史古迹,人声鼎沸的酒吧咖啡馆,琳琅满目的旅游纪念品商店,幽静狭窄的小巷,总有一处,会把云凝的视线牵引过去。

  一次,又像往常一样,史今把云凝带到了工作的医院,把她介绍给工作部门的朋友和同事。同事很热情,由此云凝也认识了这个同事的中国爱人。但没想到这个部门领导却事后告状,说史今带云凝来工作地是妨碍公务,因为那是医院禁区。告状信里写道:他任由闲杂人员在严禁外人入内的核磁共振区独自闲逛。而实际上云凝一直都是在他办公室待着,看他在电脑上修改程序,只是出去上了一趟卫生间就被这个女领导看见了。这个告状风波让史今很懊恼,因为影响不好。虽然同事都劝他,说这个领导两周后退休,心理有点变态,一向也得罪人不少。尽管如此,史今决定以后行事还是谨慎点,毕竟还是有工作纪律。他还是一如既往带云凝上班,但不再让云凝出现在工作区域了。云凝也不介意,她的好奇心早已得到了满足,在告状风波之前,史今就已经带她参观了医院他工作的各处,向她展示了他工作的各个环节。

所幸每一家医院都有咖啡馆。每次,史今把云凝安置在咖啡馆后,就径直奔向了他的工作间。他的压力总是那么大,来到工作地,他只知道设备坏了,具体是电脑故障还是机器故障,都得通过他问询查找后知道,然后再尽力维修或申请更换设备零配件。他在做这些时,病人就得等待,所以他总是说"早一点修好,病人可以早一点得到救治"。每每在他忙碌一天后的返程途中,听他讲述一天的工作,云凝内心就涌起一阵阵佩服,看史今的眼神也越来越欣赏。她也不想因为自己的出现让史今工作分心。但在工作休息间隙,比如午餐时,史今和他的同事在咖啡馆外抽烟、聊天,他会偷偷隔着玻璃,冲着坐在咖啡室内的云凝使个眼色、做个鬼脸。边喝咖啡边看书写字的云凝也报以微笑。没人会注意到这一幕,但他们俩享受这个仿佛如克格勃、中情局、地下党接头的画面,只有他们能心领神会彼此的一吐舌一眨眼。

史今是那么想让云凝了解他的一切,他不仅把过去五年所有的照片发到网络云盘让云凝看个过瘾,而且就连和公司经理的约谈都想让云凝倾听。他们公司隔一段时间就要安排员工与分管经理见面,以便了解员工思想动态。会面的地点有时在办公室,有时是非正式的,就在公司楼下的咖啡馆。于是云凝就亲历了一次他们在咖啡馆的约谈。很有趣的情景,史今和云凝早到一点,装作陌生人,分别坐在隔壁桌子边上。没一会儿,约定的时间到,云凝看见一个和史今年龄相仿的也穿着公司制服的男人进来,看见他们握手、寒暄、落坐,然后听见他们聊她听不懂的工作,接着聊家常,很随意轻松的员工与领导的会面。

经理绝对想不到,隔壁桌那个看起来正对着电脑认真看书的中国女人,其实正把一切尽收眼底,这让云凝的心情很愉悦,一种被男友信任和参与的愉悦。这也让他们事后又多了很多话题。

六

与史今交往之前,喜爱旅游、充满好奇心的云凝早就计划安排好了三月底的欧洲游。情定情人节的当天,史今毫不犹豫地提出要和云凝同游欧洲。后来由于工作时间的安排,两人决定在欧洲的第一周由云凝个人行,第二周史今去意大利的罗马与云凝会合再同游罗马、巴黎。这样,充满挑战的欧洲行开始了。

云凝自由自在的一个人畅游了德国慕尼黑、意大利的布雷西亚和威尼斯,又在罗马满是古迹的大街小巷步行了一天后,迎来了从英国赶来的史今。说来很搞笑的是,史今和云凝约好在罗马火车站前见面,他会坐机场巴士在那下车。云凝在约定的时间,看着停靠在巴士站的汽车里的乘客一个个从她面前下车经过,可就是没看到史今的身影。正疑惑中,突然一只大手猛拍了下她的肩头,一个熟悉的声音说道:"哇,我从你面前经过你都没看见啊!才一个星期你就不记得我长什么样子了吗?是因为我剪短头发了吗?"回头看着史今委屈的面庞,云凝也迷惑了,怎么就没认出他来呢?因为这个小插曲,后来他们再有分别,史今都会打趣地说"不要认不出我来哦。"

小别重逢在异域,两人的激情四溢自不必多说。一周的分别让俩人都有很多话要跟彼此说,史今要告诉云凝他的工作进展和与儿子的相处,云凝也急于分享她第一周的欧洲见闻。史今提议去酒吧聊天,游玩了一天已经疲惫的云凝不想走远路,于是俩人就在旅馆楼下的小巷子里的一家小酒吧门口坐着闲聊。史今要了杯啤酒,又点着一根烟,顺手把手机放在面前的桌上;云凝点了杯饮料,手里的包握着放在腿上。夜晚的罗马有丝丝凉意,小街上看不到什么行人,俩人就这么面对面坐着享受着这闲聊漫谈时光。

不知何时，史今和云凝的身后各站了一个人。只听云凝身后的一个男人问史今借打火机，史今递了过去，就在那个男人即将接过打火机的瞬间，打火机掉在了地上，随着一同掉下的还有那个男人手里的几枚硬币。丁零当啷一阵响，史今马上俯身去拾地上的打火机。云凝警觉地注意着周围的环境，她没有被这一切动静分散注意力，出门在外又是异国他乡的深夜，她总是谨慎的。这时她吃惊地发现，站在史今身后的一个男人趁史今弯下身子的功夫，正伸手要来拿史今之前放在桌上的手机。云凝一个机灵，下意识地抓紧了自己手里装了各种证件物品的包，又用最快的速度赶在那个男人得手之前，一把抓起史今的手机，然后拉着刚拾起打火机的史今就往旅馆走。边走她还边说："我困了，想回去休息了。这里好冷。"史今很奇怪，不明白云凝怎么了，怎么突然就想睡觉了呢？待惊魂未定的云凝把史今拉到旅馆门口，待她觉得危险解除了，她把刚才观察到的一切告诉了史今。他这才明白那个罗马人问他借打火机的把戏是怎么回事了。他说："难怪你拉我走时，我边回头看，那两个人是那样一脸惊愕的表情。他们也被你的快速反应呆住了。"越说他越气愤，不甘心就这样灰溜溜被罗马人的伎俩吓住，他提议再出去，换家更好的大酒吧继续聊天，他不愿在欧洲的第一天就留下这样的回忆。云凝不愿意，她已经累了一天了，也担心夜晚再出去的安全，她劝史今放弃这个想法，因为兴许那两个罗马人还有别的同伙呢。可是史今不听，坚持要出去，云凝发火了："要去你一个人去，我累了要洗澡上床睡觉。出了事，我也保护不了你了。我不会给你开门的，你自己带钥匙去。"

史今就真的自己拿着钥匙出去了。云凝边洗澡边是气愤又后悔。气愤是因为这个史今不听自己的，不知道体谅人；后悔是自己没陪他去，真担心他的安全。不到一个小时史今回来了，嬉皮笑脸地说："大酒吧很安全，不远，就在路口，我喝了杯啤酒，再跟人聊了下你的壮举就回来了。"云凝虽然消了气，也

第四篇 楚雨巫云

放了心,但实在太困就没搭话。史今觉得无聊就去跟旅馆前台经理又复述云凝的机智灵敏了。回来又带回很多从旅馆经理那听来的关于罗马人各种坑蒙拐骗的招数。气得云凝无语了,这是彻底不让人睡觉的节奏啊,史今呢,这才觉得这一天算是功德圆满了,可以消停闭嘴了。

史今喜欢收集古钱币,到了西方文明的发源地罗马,自然是不会放过参观古钱币展的机会。云凝对古钱币兴致不高,陪他看了一次,就再也不愿次次作陪了,她更钟情于罗马的各种古建筑,觉得那才是鲜活的历史和厚重的文化。两人约定,先各看各的,再打电话会合。至此倒也相安无事。

一次会合后去卢浮宫,到了门口,史今认真在那阅读门前的说明和地图,云凝就拿着手机猛拍照。不知不觉,两人就分开了一段距离。待云凝拍够照片回过头来,看见史今被一印度女人缠着,只见那个女人伸手索要什么,史今又是递烟又是翻口袋掏零钱,可那女人还是不罢休,直追着史今走。云凝一看不妙,马上跑过去,询问究竟是怎么回事。待那个女人刚说完"地上有个金戒指,我们同时发现,现在要分钱"时,云凝就立刻打断她的话,愤然呵斥道:"不要说了,这是在我们中国早已玩厌了的骗局。你再跟着他,我就报警了。"女人嘴里嘟囔着什么走了。云凝看着还在一脸雾水的史今,无奈得摇摇头,搞不清这史今是太单纯还是太幼稚,就这都能让人给骗了。她解释给他听,让他把那枚假的金戒指丢垃圾桶里去。他居然说:"这是我耻辱被骗的证据,我得留着。谁让你一个人跑去拍照,我没有保镖,就被别的女人盯上了。"好吧,以后云凝就24小时贴身保护吧。第二天,史今对云凝说:"现在我知道为什么美国报业大亨默多克要娶个中国老婆了,简直就是找了个保镖啊!"云凝笑着调侃:"你不知道这个默多克和他的中国老婆离婚了吗?"史今忙说:"那是因为他太老,我又没他那么老。"云凝被他说得哭笑不得。此后在别的景点,史今和云凝就寸步不离了。碰到有上前来兜售旅游纪念品的小商贩,史今就看一眼云凝,

317

若她摇头,他就唯恐避之不及,以为又是什么新骗术。

都说旅游是最考验两个人感情的机会,也最能反映两人是否适合在一起。这次欧洲游就让史今和云凝两人开始动摇在一起的决心。几件小事让他们闹得很不愉快,也可以看出彼此性格中不那么完美的一面。两人都是自我中心主义者,都希望对方听自己的。为此史今还特意在出发前强调出游纪律:"两个人一起出游,一定要一个为主一个为辅,否则总是意见不统一就容易生闷气。从现在开始,我是探路者领航者,你做跟随者,因为我方向感比你好。可以吧?"云凝没有意见,反正她也不喜欢问路找路。但她擅长走路,好不容易来欧洲一趟,她把行程安排得很紧。这下就体现出文化差异和矛盾了。史今来自主张闲散旅游的西方国家,他就巴不得走走停停,最好一天去一个景点,走一段就坐下喝喝咖啡晒晒太阳。云凝可是能一天连走八个小时,横穿城市南北,直到彻底把自己累趴下才算没辜负光阴的女人。两人风格如此鲜明不一致,于是一路上闹别扭就在所难免了。史今发现虽然自己是探路者,但每天去哪都是云凝制定,自己只是在云凝领导下的领航者,去的也都是云凝想去的地。他不高兴了,他就想在塞纳河上坐船慢慢看。云凝也不高兴了,因为一次坐地铁只是比他走慢了几步,错过了一趟原本可以赶上的列车,史今就在那叽里咕噜唠叨个不停,气得她直流眼泪。埃菲尔铁塔到了,她毫无兴致。史今却好像全然忘记了之前对她的数落,嚷嚷着要爬铁塔要给她拍照。云凝觉得史今实在太情绪化,懒得搭理他。她想拿出手机来自己拍照,却发现手机不见了。这下她着急了,她不能确定是忘在酒店了,还是刚才在地铁里被他数落时丢在地铁上了。史今见她不理他,又见她着急地在包里翻找着什么,就过来问个明白。当得知是手机不见了时,忙给酒店前台打电话,得知的确是忘在酒店时,两人都松了口气。他又来向她道歉,让她看在帮她找回手机的份上,看在埃菲尔铁塔的份上,不要再生气了。就这样,俩人又拉着手在铁塔下留下了微笑的合影。

第四篇 楚雨巫云

白天游玩史今不愿多走，可是到了晚上一说到去酒吧就兴致极高。他酒也不多喝，就两杯啤酒，却能和人聊一晚上，直聊到跟酒吧老板互相交换电话和联系方式，聊得老板和他仿佛相见恨晚，直接给他免了单，他又坚持把账单算做小费给了服务员，才意犹未尽走出酒吧。云凝虽然白天走了一天，晚上也只得陪他酒吧里坐着，他见她没有说话的兴致才去找酒吧里的人聊天。云凝曾经自认为自己是话痨，见了史今这样，才自愧不如了。

法国巴黎，多么浪漫的地方。可是没想到在这的最后一夜却爆发了他们迄今为止最激烈的争吵，关于钱。自从他们交往以来，就是一直 AA 制付款，彼此都觉得这样简单轻松也各不相欠。可一起出游，频繁付各种费用还 AA 制，让云凝觉得很麻烦。她提议由史今先行一起支付，事后再统一算帐付清。史今也觉得这个做法好，就接受了。最后一晚，云凝提议开始算帐。事实证明这是个愚蠢的提议，彻底毁了浪漫之都之夜。多么不解风情的云凝啊！

帐目算到最后，云凝打开钱包准备付清自己的花费，却发现还差五欧元。史今说："好，这样就清楚了，回英国后再给我五欧元就行了。"云凝原本就是打算这么做的，可听史今这么直白说出来，一鼓无名火腾得冒出来。她从钱包里拿出五英镑，扔到史今面前说："五欧元没有，给你五英镑，算你辛苦算帐的小费，不用找了。你太小看我的价值了。"当五英镑在史今面前掉下时，他彻底被激怒了，也大叫了起来："我不在乎这五欧元，但这是做事的原则，你也太小看我的价值了。你休想用这五英镑来羞辱我。"云凝意识到这也许是西方人的风格，就像他去他妹妹店里理发，他也会很自然付款一样。于是，她向他道歉。但史今已经被激怒，完全听不进去她的解释，他又是不停地在那叽里呱啦。云凝望着面前这个越来越陌生的面孔，又一次怀疑自己的选择和判断了。她被史今说得又心灰意冷起来，不再解释,不再道歉,只是流泪,还趁在气头上给室友发了条短信,就几个字:"受够了,结束。"那晚除了冷漠还是冷漠,无与伦比的冷漠。纵使后来史今下楼去抽了支烟,给云凝倒了杯热开水上来,说是和解的"橄榄枝",云凝也无意再继续了。

旅游结束,云凝在日记中写道:"做回自己!"因为在旅途中暴露出来的点点滴滴都让她对能否共度后半生没了把握。俩人决定分处几天,冷静思考一下。可送走史今,独自一个人待在剑桥的云凝,又不争气地想念起那个让她在巴黎生气和流泪的史今来。史今呢,在分开几天后,又迫不及待地投入到她的怀抱。史今对云凝说:"听人说,如果两个人经历过争吵和闹别扭,可还是想在一起,那他们就注定在一起。"云凝历来在面临抉择时总是理性大于感性,她才会走出围城又对儿子放手,结果自己却吃尽了苦头。这回她决定让感性作主,随心漂流,既然对史今还有那么多留恋,那就再给彼此一个机会。

七

生活不是鲜花美酒夜光杯,生活是实实在在的复杂和琐碎,需要彼此的理解、互相地扶持和平静地对待。恋爱是两个人的事,可是在恋爱基础上的婚姻就要牵涉到两个家庭了。虽然还没到谈婚论嫁的地步,但是否能让双方的孩子和家人接受他们的交往就一度让他们担心。云凝和史今用自己的真诚和真心打消了这个顾虑,并且也得到了孩子们的喜爱。

一天,史今提议说周六下午要带儿子来剑桥过周末,云凝就忐忑着,好像很久没有和小朋友打交道的经验。云凝也一直担心能否听懂小孩子的话,因为2007年在新西兰时,房东7岁的儿子说的英语云凝就不怎么能完全听懂,小孩子有很多的口音和吞音。史今的儿子很可爱,8岁又正是无比单纯的时候,或者是他的天性使然。史今边陪他拼玩具卡车,边把云凝介绍给他,然后史今有事要离开下,让云凝和他单独相处。她陪孩子玩多米诺骨牌和拼图。他是个很听话的孩子,玩电子游戏时间到了,让他休息下眼睛,他就停下来拉云凝玩拼图。下午几个小时的相处,已经让他接受了云凝这个中国来客,这个给他带来中国玩具和食物的 Cindy。他是很亲人的孩子,玩着玩着,他会突然放下手中的玩具,走过来亲云凝的膝盖,一会儿又亲额头和脸。云凝问他为什么,他说因为"我喜欢你"。云凝知道为什么,作为一个教育工作者,云凝从来知道陪伴孩子玩耍和蹲下来和孩子说话的重要性。他教她玩电子游戏,非常耐心,她问他爸爸会玩吗?你有教你爸爸吗?他说:"爸爸太老,我没空教他。"哈哈,把云凝笑死了。晚上吃晚饭,她和史今吃牛排薯条,孩子吃鱼排薯条。鱼排太大,史今问他要不要大家帮忙吃,小孩切了一半鱼排给云凝,然后又夹了一小块给他爸。史今抗议说:"哦,我的这么小啊,不公平啊。"孩子就在那嘻嘻笑。

到了睡觉时间,史今问怎么睡啊,是不是让儿子一个人睡楼上。云凝给他们在楼下电视房铺好了床,说:"你和孩子睡楼下,我还是自己睡楼上。我不想让孩子觉得爸爸有了 Cindy,他就失去了爸爸。"这时候云凝看到了史今眼里的柔情似水。史今督促帮助他儿子洗澡刷牙,终于,兴奋的小孩准备睡觉去了,和云凝又亲又抱才算告别晚安了。她坐在楼上想着这西方男人和东方男人不一样,就连这西方孩子和东方孩子都不一样啊,感情表达如此热烈直白。

40多分钟过去了,史今上楼来,云凝问孩子睡着啦。他一摊手,说:"没有哦,他聊了40多分钟的你哦。问我你是不是我女朋友。我说那要问她愿意不。他说,要不爸爸,我们让 Cindy 阿姨和我们一起睡吧。如果她同意了,那就说明她答应做你女朋友啦。我喜欢她,我可以叫她 Cindy 妈咪。他觉得他能帮我追到你呢。现在他就在等着我叫你下去陪他一起睡觉,否则他就不睡。"云凝听完,觉得这孩子太可爱了,于是同他下楼。孩子一看 Cindy 真的来了,兴奋得不得了,拉着掀开被子就让云凝躺下。云凝说要不你爸爸睡楼上,我和你睡?他更加兴奋了,说:"好耶,爸爸晚安,爸爸睡楼上。"委屈的史今在那说:"不会吧，我两周才陪你度一个周末啊，这待遇太不公平了。"一刻钟后，孩子在向云凝的脸、额头、鼻子行了各种吻别礼后睡着了，他的手抓着她的手生怕她趁他睡着就跑了。最后云凝还是让史今和他儿子睡，她一个人睡楼上。没想到第二天早上6点半，孩子就来云凝房里找她了。

　　史今的母亲住在英国的一个乡村，离剑桥开车半个小时。当史今提议说周日去见他妈妈时，云凝就很紧张。史今说："不用紧张，我妈是很好相处的人。何况我们又不是和她一起居住，只是看望一下。我的选择并不需要经过她的同意。不过我任何的选择她都会同意，她只要知道我开心她就开心。我妈妈年纪大了，没有体力做那么多人的饭了，所以我们只是下午去，喝个下午茶，聊聊天而已。"然后一路上都在说他妈妈的生平和经历。他妈妈是个闲不住的人，哪怕退休，现在也要在村里的慈善机构为大家做事。她是个人缘很好的人，有一次因为腿被车撞住院，每天络绎不绝的人来看她给她送鲜花，最后医院只好请求家属不要再让人送花了，整个医院都放不下了。医院还以为这是什么大人物，实际上她只是个退休的老人。他妈妈和继父感情很好，俩人隔一两年就要出去旅游。果然云凝在她家，看到了很多他们旅游的纪念品，她还拿出去年在澳洲旅游的照片给云凝看，一一介绍家里的成员。

　　史今说，妈妈和继父感情好，是因为他妈妈知道体谅与妥协。比如他妈妈一直想要个大一点的厨房，所以在家里需要重新装修的时候就和继父商量，但继父没有同意她的扩建要求，认为现在的厨房够用了。所以在一起生活了25年，妈妈想要个大厨房的愿望从来没有实现。有时候他们兄妹几个调侃妈妈，就会说："妈，大厨房有了吗？"妈妈就说："还没有，还得继续商量。"他妈妈自己有钱，但丈夫不同意，她就不强求。去年她又想买个ipad，老头不同意，说那个东西没什么用。妈妈就有点委屈跟史今说："教会里的姐妹都有。"史今没想到妈妈也眼红别

第四篇 楚雨巫云

人的 ipad,就给她买了。老头见儿子给买了,就没说什么了。但经常不开路由器,妈妈还是用不成,因为老头认为路由器有辐射,所以每回史今回去,就会跟他讲路由器没有辐射的道理,但老头很固执。这次史今又问妈妈 ipad 在用吗?妈妈说用来拍照挺好的,其他没有网络也就不用了。史今听了,朝我噜噜嘴,意思是"看到吧,都是我妈妈妥协。"在他妈妈家饭厅的橱柜里有很多瓷娃娃,史今告诉云凝那是继父前妻的收藏品。继父的前妻去世多年了,但这些收藏品一直被他珍藏着,放在家里最显眼的柜子里,还时不时拿出来擦擦灰尘。他妈妈从来不说什么,尊重他的意愿。史今说:"如果是我前妻画的画,我要挂在家里,你也会尊重的吧。她现在是美国小有名气的画家啦。"云凝说:"如果你前妻的画,和你继父前妻的瓷娃娃一样有这么漂亮,我也没意见。"史今说:"哈哈,你不用紧张,我前妻的画我都不知道自己放哪了。我和她的感情没有继父对他死去妻子的感情那么深。我是逗你的啦。"

席间,史今弟弟来了,然后他弟弟的前妻又带着女儿来了。弟弟的女儿今天过生日。他继父说:"我们家的人都是 7 月的生日,很多人在 7 月出生。"史今的弟弟忙说:"我第二个孩子下周两岁。"云凝在边上说:"我也是 7 月出生。"继父说:"我也是 7 月,是在 26 日。"云凝听了后,嘴巴张成圆形。他继父看着她的表情,然后说:"不会吧,你不会也是在 26 日吧。"然后大家就都知道他们都是 26 日的生日了。这么巧。

史今的弟弟也是个有趣的人,其实史今告诉了云凝他弟弟的很多经历和挫折,但这些在他脸上都看不出来,他的乐观和爽朗,让云凝觉得有他弟弟在场气氛就更欢快。史今邀请他带女儿 8 月份和云凝一起到船上待两周,一起开船从肯特到伦敦。史今很高兴地告诉云凝他弟弟同意了,这样船上就有两个水手了。云凝知道他是觉得指望不上她开船,当然他们兄弟俩有伴,他儿子和弟弟的女儿同年又有伴,这样五人出游欢乐多。

史今妈妈泡了下午茶,拿出自己烘烤的巧克力蛋糕切了来吃。随意闲聊,说到他妈妈的祖父是北爱尔兰人,他们家有四分之一北爱尔兰血统。这时候史今很骄傲地说:"不可思议吧,我们家有北爱尔兰血统,可是我们家谁都没有去过北爱探访故地。我在网上查到家谱,我们的祖先在北爱的Benburbs,这里只有Cindy去了。她特意去了北爱去了我们家乡,她拍了很多照片给我们。一个中国人为一个英国人探祖寻宗,我无法不被感动。"说得云凝很不好意思,她只是把它当作一个旅游地来挑战自己。那么偏僻的一个小村庄,她所得到的所有信息只是一个名字,然后就没有任何准备地出发了,并且找到了,至今想来,还是很有成就感。这个话题拉近了云凝和他家人的距离。

云凝的儿子在澳洲和她前夫一起,由于种种原因,探望儿子总是不那么顺畅。十月的南昌温暖和煦,虽然每日史今见云凝在微博中秀着他在南昌的见闻喜乐,但他也知她每日在焦灼不安的无望中期待着儿子的圣诞行。迟迟等不到儿子父亲的应允,看着一页页撕去的日历,两年未见孩子的云凝越来越绝望,史今看着云凝的软弱越来越愤怒。在他的催促和逼迫下,她拨通了澳洲民政部门的电话,准备为母子相见寻求政府支持。其实她曾经试图在史今来昌之前解决这个问题,但每次拨通这个电话,都是非人工接线员,澳洲口音的英语回复让云凝在切线换线的各个部门之间转来转去,她彻底迷糊只有一次次挂机。这次再拨通,史今站在身边,不愧英语是母语的他,顺利让电话转到相关部门,并且顺畅和澳洲相关部门沟通,强调孩子和母亲的人权,最后留下电话记录归档。正是有了这个电话记录和澳洲部门的支持,她其后措辞严厉的去信才让儿子的回国得到了他父亲的首肯。

正值青春期的儿子,情绪难免有波动。每当云凝儿子委屈的短信发来,史今的肩膀就得承受她的泪水,他总会说这三个字"come to England"(来英国),让儿子来英国。每当她儿子有了高兴的事分享,云凝和史今就可以开心好一阵子,然后他就

第四篇 楚雨巫云

会笑着说:"哈 看样子又不用来英国了哦。"所以如果谁问她,世界上最动听的情话是哪三个字?云凝的回答一定不是"我爱你",而是"来英国"!

八

如果说最好的爱是陪伴,那么在云凝回国前的最后六天里,史今就是24小时的全陪。周四他休息,周五、周一是银行假日(全民放假),周末又是复活节假日,但周日复活节当日他必须加班。他不上班的日子,白天他们就去城堡、小镇转悠,连着两个晚上去听了不同酒吧的爵士乐演奏;上班的日子,他就带她去他工作的地方,他上班,云凝写东西。中午在咖啡馆,他和同事在隔壁桌吃午饭聊天,她就看自己的书、吃自己的午饭,偶尔相视一笑,佯装不认识,很有点007地下工作者的感觉。

4月22日在剑桥的最后一天,他去超市买了牛奶、面包,做了英式早餐、泡了英式茶。然后作为房东,他检查了房内云凝打扫整理的物品,帮着清除了窗上的蜘蛛网,逐一核对是否她有物品遗漏,退回她租房押金,然后正式宣告他们房东房客关系的结束。他开玩笑说再来剑桥,就无需交房租了,享受特殊待遇。云凝算是领教了他一板一眼做事的风格。

他原计划下班后六点开车送她去机场,但云凝还有许多手续要办,不想那么赶,万一堵车呢。他和其他室友都说,四点钟走和六点钟走差不多,因为碰上下班高峰期,四点出发路上好堵。为此21日晚上讨论了半天,他决定22日跟老板申请,就在剑桥家里上班,远程处理公司事务,这样可以早点送她去机场。

下午2点半从剑桥出发,中途加油、喝咖啡、聊天,晃晃悠悠,4点半到达希思罗机场。云凝直接去退税柜台办理退税,人不多,排队的队伍不长。但因为她那些退税表格都没填完整信息,补填信息花了时间,否则10分钟就可以办好了,结果花了40分钟。史今说这就是云凝船到桥头自然直的风格导致的疏忽。退税可选择退现金,或退到信用卡里。她选择要现金,每

325

笔要收 2.7 英镑的手续费。退回到卡上没有手续费，但需要等待一个月。

完税，机场喝咖啡，6 点半排队办理行李托运手续。这是云凝一直提心吊胆的，虽说已经准备好超重罚款了。此前一直在纠结是否要再去买一个行李箱，但算算一个行李箱要 30 来镑，托运费 50 镑，觉得好像划不来，又好像也没那么多东西放，就又偷懒准备随机应变了。到了现场，一称重，大行李箱 29.8 公斤，完全超过 23 公斤的限额。小行李箱和双肩包的重量是完全没人管。此前她在网上查到罚款是一公斤罚当日机票价格的 1.5%。没想到在现场根本不是这么回事。机场工作人员让她再去买个箱子减重。于是只好在现场买了个箱子 25 镑，再交超重费 50 英镑，终于把行李给寄了。虽然史今在边上帮腔好话说了一箩筐，但超重太多，没有办法。这在她意料之中，他却不满她这么做事没计划了。云凝也有点后悔要是事先多买个箱子，兴许还可以多买些东西回来哦。

她也体会到了他充分利用时间和金钱的作风。在她排队退税的功夫，他就去把机场各处看了个遍，了解了办理手续的流程。所以哪里卖箱子、哪里托运，他就直接带着她就过去办了。他说：“如果我是你，我会在中国买票时就要求买学生票，可以直接托运 30 公斤的行李。你有剑桥邀请函，也许可以买学生票。或者我会事先在网上就预定好第二个箱子的罚款，根本不需要现场交 50 镑，最多 45 镑。你知道我们辛苦赚钱，要知道聪明规划自己的钱财。在英国，提前办事，预约办事，可以省时省力省钱。你忘了，我们在法国，埃菲尔铁塔下我排队 2 小时，可如果我们事先网上预定好门票，直接 10 分钟就进去了。有时候船到桥头能直，有时候船到桥头就要掉下去啦。"云凝无语，自知理亏。

晚上 7 点 45 分他离开机场回他的船上去。她过安检，进入机场免税区。先到退税柜台，办理贵重物品的退税，因为按规定，超过 300 镑的物品需要过安检后再退税。然后免税区购

第四篇 楚雨巫云

物,雅思兰黛眼霜、香水、CK 香水等 210 镑。10 点登机,11 点飞机起飞。身边两个座位没人,于是机上吃完晚餐,从凌晨一点倒下睡到早上 7 点,一看也就是北京时间下午两点多了。吃早餐,看一场电影,两小时后,飞机到达广州白云机场。旅途不漫长嘛,睡一觉就到了。

晚上飞机起飞前,史今打来电话,说刚才他在船上泡好了他的英式茶,还有云凝的一杯温开水。然后他才意识到,船上已经没有她了。他说:"船里也许下雨了,要不然,怎么视线模糊了。"唉,一杯温开水,那是她的习惯。每次他问云凝喝什么,茶还是咖啡,她都是说温开水就好。

九

史今的南昌行,是他们交往过程中最浓墨重彩的篇章,而其后的求婚,更是把两人的关系推向高潮。说到求婚,之前并无任何征兆,或者说云凝并未见到史今有打算许下如此承诺的任何迹象。她只是很开心地领着史今在中国南昌这个三线城市转悠着,也很高兴给了彼此机会深入交往至此,因为她看见了一个与在欧洲时完全不一样的史今。此前在云凝心里,总是有着种种顾虑的,他的脾气那么固执,在用钱上那么计较,这让她打定主意享受当下、不思长远。是南昌行,改变了她对他的看法……

都说"近乡情怯",那么"离乡则情坚"。离开英国来到中国的史今就是这样,没有工作的压力,周遭都是让他新奇的一切。他跟着云凝逛车展、坐摩天轮、登滕王阁赏赣江美景、观绳金塔了解南昌历史;艾溪湖畔、大街小巷、酒吧餐厅,都留下他们双游相伴的身影。亲朋好友的宴请和聚会,让他体会到浓浓的亲情;大学讲堂史今给云凝的学生讲述英国文化,一本正经、煞有介事又幽默风趣。

时间就这样过去了一周,史今对云凝的了解也慢慢全方位、立体起来。一天,他们去逛家附近的一家购物中心。想去

327

找电影院的他们,却坐错电梯来到购物中心的楼顶。静静的夜幕下,宽敞私密的楼顶平台,与满是熙熙攘攘人流的购物中心形成鲜明对比。云凝让史今在那等着,她去探路。当她折返回来时,史今掐灭了手里的香烟,盯着云凝的眼睛说:"我想我得告诉你一件事,一个决定。"自打来了南昌,云凝就没见过史今这么郑重其事。他接着说:"你让我很快乐,我想我从来没有这么快乐过,除了我儿子出生时。我也想做件让你快乐的事。我想向你求婚。"云凝吃惊地望着他的眼睛,想判断出他是否在开玩笑。

曾经在英国时,云凝和史今、还有房客迈克讨论过婚姻这个话题。至今仍单身的迈克是主张不婚主义,他觉得婚姻这个形式根本多余没必要,而云凝认为迈克只是没遇到合适婚姻的对象才这么说。史今认为,如果他可以选择,他愿意是介于婚姻与单身之间的一种形式,即 partner 伴侣(非夫妻),这样省却分手后的很多麻烦。云凝反驳,认为那是男人自私的表现。不想确定关系,就是想要自由,想游刃有余,是对现状不满意、对未来不确定的一种选择。她固执地认为,一个男人爱一个女人最真诚的表现,不是吃饭买单买礼物,也不是按时给钱,那只是男人逃避内心负疚的一种心理平衡,也同时满足男人圈养女人的一种心理优势。独立要强的云凝是断然不能接受的,她渴望的是一份承诺,一个坚定在一起的决心。云凝的这个想法,也曾经被迈克和史今调侃批判。

可此刻听到史今说他要求婚,云凝半是开心半是怀疑,让他不要心血来潮。云凝的冷静让史今着急了,他解释道:"不是心血来潮,是此次南昌行的主要目的。来之前,我就在我的阁楼上到处翻找我的一个求婚戒指。它是我在斯里兰卡买的宝石,在英国找名家镶好的。曾经我向我前妻求婚时用过,离婚后她还给了我,她说也许我以后能用上。但我在阁楼上翻遍了都没找到,离婚十几年,记不得放哪了。所以你应该看出我不是心血来潮。我现在需要你的帮助,我在这语言不通、道路也

第四篇　楚雨巫云

不熟,你带我去合适的店买一枚你喜欢的求婚戒指。"云凝在确认了这是他慎重考虑后做出的决定之后,她逗趣地说:"带你去买了戒指,岂不是就等于是答应了你的求婚?那一点惊喜也没有,一点悬念也没啦。我不是很被动吗?"史今说:"戒指买了放我这,什么时候给,是否会改变主意?你最后关头是否会接受?这不都是悬念嘛?我在这人生地不熟,没办法只有求你陪我去买戒指啦。难道你希望我晚上偷偷量你的手指尺寸,再偷偷去买来吗?我要会说中文兴许可以找到商店独自去买。告诉你,惊喜这个东西不好,搞不好,就会变成惊吓。我有过教训,人生第一次求婚,举着个戒指向我的初恋美国女友,可人家说她心里爱上别人了。我当时多傻啊。不再干那样的傻事了。你就陪我去嘛。不仅尺寸,就是款式也要你喜欢啊。"嗯,他总是能说服云凝接受。

　　逛街购物,这是云凝的喜爱,也是她的擅长。陪买枚戒指,对云凝来说岂不是小菜一碟。谁知,她想错了。史今没有随身携带大量现金的习惯,他以为在中国会和他在英国一样随意刷卡消费。但事实是,他的所有英国银行卡都无法在南昌的商场刷用。于是只有去银行取款机上取钱,但奇怪的是每天只能取2 500元,另外还要收取8.5英镑的手续费。连续取了几天后,发现居然就这每天一笔都取不出来了。查询邮件才知道,他出国前没有向所在的巴克莱银行说明去处和用处。英国巴克莱银行见他的卡上每天都有在中国取款的记录,打电话给他又停机联系不上,唯恐银行卡被人恶意盗刷,银行单方面已经终止了他的取现。着急的他赶忙又开通手机的国际长途,发短信给对方确认是他在中国的正当消费,对方这才又在耽搁几天后重新让他使用境外取现业务。

　　云凝见他每日取钱这么费劲,还白白耗费手续费,就提议要不先用自己的钱买,等他回国再一次性还她好啦。这个提议遭到了史今的断然拒绝,他说钱多钱少都必须是他来支付,他不想留下个借钱买钻戒向女友求婚的记忆。至于手续费,他不

329

在乎。这让云凝看到与在欧洲时不一样的他,看样子他做事的确有他自己的原则。

就因为这取钱,也发生件好玩的事。一天史今陪云凝下班后,两人去银行取钱。临近下午五点,银行人比较多,她让他自己先去柜员机上取,她去停放下自己的电动车。就两三分钟的功夫,待云凝停完车回来,见到一个沮丧的史今。他问:"你去哪儿停车啦?我差点被枪打死了,要被警察抓走啦。"原来银行要下班,运钞车上的警察正在银行门口护卫着钱的运送。史今不知道这个中国银行的习惯,他没有留意警察示意他止步的眼神,也没听懂警察在说什么,还是一直往银行里走。直到警察叫他"站住"的声音越来越响,且端着枪到他面前,他才意识到有什么不对劲。双方语言无法沟通,他只有退到门口来寻云凝。听他说完,云凝乐个不停,没想到在中国要和在欧洲一样得对他 24 小时贴身保护啊!

好不容易终于把买戒指的钱取到位了,俩人花了一周时间在云凝每天下班后去各个商场转悠,寻找一枚性价比高的款式简洁、净度和尺寸都合适满意的钻戒。戒指买来后就一直在云凝包里放着,因为史今对云凝的安保意识是毫不怀疑的。至于求婚的时间、地点和细节,他又不停地和她商量。云凝觉得很好玩,这个世界还会有第二对这样的恋人吗?就连求婚都要商量的?

终于史今采纳了云凝的意见,求婚日定在云凝儿子的生日这天,求婚地点采纳她一朋友的建议,在他们即将要安排去的滕王阁游轮上。随着日子的临近,已经知道一切的云凝还是越来越紧张起来,她纠结了好一阵是否要叫家人见证,但觉得实在不好意思,又提议要不就在家里求婚吧。史今又是断然否决,他向前妻求婚就是在两人私密的家里,他决定这次要在公开的公众场合,要一段不一样的结局,要有旁人的祝福。于是折衷意见,公开场合,但不邀请家人,既显郑重又无太大压力。

2014 年 10 月 11 日凌晨一点,史今与云凝还在酒吧里和朋

第四篇 楚雨巫云

友吃着烧烤聊着天。突然,云凝一阵伤心,眼泪止不住地往下流。纳闷好几秒再反应过来的史今安慰道:"不要哭啊。我晚上还要向你求婚呢。我可不要一个哭泣的未婚妻哦。知道你想儿子了,现在不是有我嘛。"是啊,那一刻,正是15年前云凝儿子降生的时刻。她没有想到把儿子带到这个世界就是为了让孩子承受超出他年龄的一切,没有想到此刻要满足孩子一个生日愿望都是那么遥远。

夜幕低垂,华灯初上,赣江两岸灯光旖旎,赣江河水轻拍船舷。游轮上的游客越来越多了,史今把戒指从云凝包里取出放在了自己衬衫口袋里。这么多陌生人在场的场合让云凝越来越不淡定,她轻轻和史今商量,要不改天选个人不多的非周末的时候?史今站了起来,说了句:"不!就在今天!"他大步走向游轮上的主持人,借用她的话筒,面对着一船已经在主持人的介绍后赶热闹蜂拥到游轮前舱的游客,在各式手机拍照模式的见证下,单腿跪地,打开戒指盒,用灼热的眼光看着云凝,说出了那四个字:"Will you marry me?"是矜持还是犹豫,是欣喜还是幸福,那一刻云凝大脑一片空白。尽管她已经知道一切细节,但眼前的场景真实得让她觉得难以相信。"Shall I say yes or no?"云凝用英文半是调侃半是自问地说:"我该说愿意还是不愿意?","Of course yes!"着急的史今举着戒指说:"当然是愿意。"这时整个游轮的乘客都在叫着"yes""yes",那一刻,云凝觉得自己很幸福。她答应了史今的求婚。兴奋的史今赶紧给她戴上戒指,又是各种姿势让游轮上的乘客给他们拍照。他让云凝对着话筒说点什么向大家的热情表示感谢。当云凝用英文说完一句感谢的话语时,边上的史今早已乐得合不拢嘴,他纠正云凝说:"你怎么说英文啊?都是中国人啊。"事后史今调侃云凝:"知道一切细节,还紧张地对中国人说英文。哈哈,好没出息哦。不过你让我跪在那等待的那几秒,你还不直接答复,那几秒好像几个世纪一样漫长啊。"

就这样,云凝和史今在东西这两个半球间续写着他们的爱情故事。从第一次见面,两人互生的好感。事后史今告诉云凝,他曾经在闲聊时对其他房客说"我真希望我的生命里有这样一个女人的出现。"当时在厨房忙碌在庭院晾晒衣物的云凝并不知道他们的对话,但她却是心底里有点小欣喜,因为初次寒暄握手时她没有在史今的手上看见任何戒指。到第一次约会,半夜走出酒吧的云凝被室外的冷风激起了个寒颤,史今伸出手想要握住她的手,矜持的她迟疑着,他说:"这是英国的传统,好朋友和亲人就该牵着手前行。"大手暖暖的包裹,云凝就乐意让他这么哄骗吧。以后再问他这是英国的传统吗,史今调皮地吐吐舌头,一副诡秘地沾沾自喜。

时间是条浅浅的溪,泥沙俱下,留下美好。纵然缺点如繁星,但优点又明显如艳阳,当太阳出现的时候,所有的繁星都消失了。他就成了云凝在等的那个人。他教她如何说话委婉表达,因为她说话太直太白;她教他如何放慢脚步享受生活,因为他是工作狂。他看云凝写字看书,就一脸敬慕,因为他不擅文本文字,他欣赏文化人;云凝看他修设备开船开飞机,也一脸崇拜,因为那是她无法涉及的领域。他纯正的英文,哄她开心时的歌声和萌态,扶她荡秋千让她克服由来已久的恐惧,在电脑上看电影时一句句暂停给她讲解台词,教她在英国生活的种种细节,推动她向前探索生活的勇气,一天天让她成长,开发她休眠的潜力,一步步使她成为了那个更好的自己。

生活还在继续,云凝与史今的故事也还在继续。无论未来如何,无论前方还有多少考验和险阻,他们都决意共同面对。漂浮的云已凝结成水滴,无声滋润几近干涸的溪底。记下这段历程,这些足印,就像"史今"名字的寓意一样,是为了记住"历史上的今天",一个发生在2014的故事。